FJODOR DOSTOJEWSKIJ

Arme Leute

ÜBERSETZUNG VON CHRISTINE GANZER
NACHWORT VON MARTIN SCHNEIDER

PHILIPP RECLAM JUN. STUTTGART

Russischer Originaltitel:
Bednye ljudi

Die Übersetzung folgt der Ausgabe: F. M. Dostoevskij:
Polnoe sobranie sočinenij v tridcati tomach I. Leningrad:
Izdatel'stvo »Nauka«, 1972. S. 13–108.

Universal-Bibliothek Nr. 8047 [2]

Gesamtherstellung: Reclam, Ditzingen. Printed in Germany 1985
ISBN 3-15-008047-9

Kommt mir nicht mit diesen Märchenerzählern! Statt etwas Nützliches, Erfreuliches und Erquickliches zu schreiben, graben sie alle Geheimnisse dieser Erde aus! ... Ich würde ihnen das Schreiben schon verbieten! Was hat man denn davon: man liest, wird unwillkürlich nachdenklich – und da fällt einem dann auch allerlei Unsinn ein. Ich würde ihnen wahrhaftig das Schreiben verbieten, einfach ganz und gar verbieten.

Fürst W. F. Odojewskij[1]

Den 8. April

Meine hochverehrte Warwara Alexejewna!

Gestern war ich glücklich, so glücklich, über alle Maßen glücklich! Wenigstens dies eine Mal im Leben haben Sie auf mich gehört, Sie eigensinnige Person. Abends gegen acht Uhr werde ich wach (Sie wissen ja, Mütterchen, daß ich nach dem Dienst gern ein–zwei Stündchen ruhe), hole eine Kerze, lege Papier zum Schreiben bereit und spitze die Feder. Und wie ich ganz zufällig aufsehe – das Herz schlug mir wahrhaftig bis zum Halse! Haben Sie also doch verstanden, was ich mir sehnlichst wünschte, wonach mein Herz begehrte! Ein Zipfelchen Ihres Fenstervorhanges ist hochgezogen und am Topf mit der Balsamine befestigt, aufs Haar so, wie ich es Ihnen damals zu verstehen gab. Alsdann war mir, als ob Ihr Gesichtchen kurz am Fenster auftauchte, als ob auch Sie aus Ihrem Zimmerchen zu mir herüberschauten und auch Sie an mich dächten. Und wie es mich verdroß, meine Liebe, Ihr anmutiges Gesichtchen nicht deutlicher erkennen zu können! Es gab Zeiten, da auch wir gut sehen konnten, Mütterchen. Alt werden ist kein Vergnügen, meine Teure! Auch jetzt flimmert es mir irgendwie vor den Augen. Arbeitet man abends noch ein wenig, schreibt eine Zeitlang, sind die Augen am nächsten Morgen gerötet und tränen so stark, daß es einem vor fremden Leuten schon fast peinlich ist. Doch in meiner Phantasie sah ich Ihr Lächeln aufleuchten, Engelchen, Ihr gütiges, freundliches Lächeln. In meinem Innersten empfand ich genau wie damals, als ich Sie küßte, Warenka, – erinnern Sie sich noch, Engelchen? Wissen Sie, meine Liebste, Sie schienen mir sogar mit dem Fingerchen zu drohen. Habe ich recht, Sie Schelmin? Ganz gewiß werden Sie alles in Ihrem Brief ausführlich schildern.

Na, und wie haben wir uns das mit Ihrem Vorhang ausgedacht, Warenka? Allerliebst, nicht wahr? Ob ich nun über meiner Arbeit sitze, mich schlafen lege oder aufwache – sogleich weiß ich, daß auch Sie dort drüben an mich denken, mich noch nicht vergessen haben und daß Sie selbst gesund und munter sind. Lassen Sie den Vorhang herunter, bedeutet das: Gute Nacht, Makar Alexejewitsch, es ist Zeit, schlafen zu gehen! Ziehen Sie ihn hoch, bedeutet das: Guten Morgen, Makar Alexejewitsch, haben Sie wohl geruht? Oder: Wie geht es Ihnen gesundheitlich, Makar Alexejewitsch? Ich für meinen Teil bin, Gott sei Dank, gesund und wohlauf! Sehen Sie nun, mein Herzchen, was das für eine feine Idee ist – und Briefe sind gar nicht mehr nötig! Schlau, nicht wahr? Und das alles habe *ich* mir ausgedacht! Sagen Sie selbst, Warwara Alexejewna, bin ich nicht erfinderisch?

Lassen Sie mich berichten, Warwara Alexejewna, mein Mütterchen, daß ich letzte Nacht wider Erwarten recht gut geschlafen habe, und das stimmt mich überaus zufrieden. Denn eigentlich kann man in einer neuen Wohnung so kurz nach dem Einzug nie richtig schlafen; alles hat nur scheinbar seine Ordnung, es ist alles so ungewohnt! Als ich heute aufstand, fühlte ich mich wie ein junger Falke – froh und heiter! Was ist das für ein wunderschöner Morgen, Mütterchen! Das Fenster ist weit geöffnet, die liebe Sonne scheint, die Vöglein zwitschern, die Luft ist voller Frühlingsdüfte, die ganze Natur erwacht zu neuem Leben – nun, und auch alles übrige war entsprechend; alles in bester frühlingshafter Ordnung. Ich kam sogar ein wenig ins Träumen, und dabei mußte ich immer an Sie denken, Warenka. Ich verglich Sie mit einem Vöglein am Firmament, einem Geschöpf zur Freude der Menschen, einer Zierde der Natur. Alsdann kam mir der Gedanke, Warenka, daß wir, die Menschen, die wir in Sorge und Aufregung leben, die Vöglein hoch oben um ihr unbeschwertes, unschuldiges Glück beneiden müßten – nun, und ähnliches mehr: das heißt, ich stellte lauter solche weit hergeholten Vergleiche an. Ich habe da so ein Büchlein, Warenka, in dem ist das alles ausführlichst beschrieben. Ich schreibe das, weil es doch verschiedene Arten von Träumereien gibt, Mütterchen. Jetzt aber ist Frühling, so daß einem angenehme, heftige und verworrene Gedanken kommen; man verfällt zärtlichen Träumereien und sieht alles in rosigem Licht. Ich habe auch deshalb das alles geschrieben; übrigens habe ich all das dem erwähnten Büchlein entnommen. Darin bringt der Dichter dasselbe Verlangen in Versen zum Ausdruck und schreibt:

Weshalb kann ich kein Vogel,
kein Raubvogel sein!

und so weiter. Darin finden sich noch verschiedene andere Gedanken, genug davon jetzt! Wohin sind Sie denn heute morgen gegangen, Warwara Alexejewna? Ich hatte mich noch nicht zum Dienst aufgemacht, da waren Sie, gleich einem Frühlingsvögelchen, schon aus Ihrem Zimmer geflattert und liefen fröhlich über den Hof. Und wie freute ich mich bei Ihrem Anblick! Ach, Warenka, Warenka! Seien Sie doch nicht so traurig! Mit Tränen kann man keinen Kummer lindern, das weiß ich, mein Mütterchen, weiß es aus eigener Erfahrung. Sie haben es doch jetzt gut, und auch gesundheitlich geht es langsam bergauf. Was macht denn Ihre Fjodora? Ach, was für eine gute Seele sie doch ist! Warenka, schreiben Sie mir, wie Sie mit ihr auskommen und ob Sie mit allem zufrieden sind. Fjodora ist ja etwas brummig, achten Sie am besten nicht

darauf, Warenka. Gott sei mit ihr! Sie ist doch ein guter Mensch.
Von Theresa hier bei uns habe ich Ihnen schon berichtet – auch sie ist gut und zuverlässig. Was habe ich mir um unsere Briefe Sorgen gemacht! Wie sollten sie von einem zum anderen gelangen? Da hat uns der Herr zum Glück Theresa geschickt. Sie ist eine gute, sanftmütige, wortkarge Frau. Doch unsere Wirtin ist einfach unbarmherzig und behandelt sie wie einen alten Lappen.
In was für eine jämmerliche Behausung hat es mich verschlagen, Warwara Alexejewna! Das ist vielleicht eine Wohnung! Sie wissen ja selbst, daß ich früher wie ein tauber Mensch gelebt habe – ruhig und friedlich; eine Stecknadel hätte man zu Boden fallen hören. Hier aber ist Lärm, Geschrei und Getöse! Sie wissen ja noch gar nicht, wie hier alles eingerichtet ist. Stellen Sie sich also einen langen Korridor vor, vollkommen dunkel und schmutzig. Rechter Hand eine Wand ohne Öffnungen, links aber reiht sich Tür an Tür, Nummer an Nummer. Nun, diese Nummern mietet man, und dahinter verbirgt sich jeweils ein Zimmerchen; man wohnt darin zu zweit, auch zu dritt. Von Ordnung nicht die geringste Spur – Zustände wie auf der Arche Noah. Die Leute, scheint's, sind in Ordnung, alle so gebildet, gar gelehrt. Da haben wir einen Beamten (er ist irgendwo im literarischen Bereich tätig) – ein belesener Mann; er spricht über Homer, über Brambäus[2] und viele andere Dichter, er hat zu allem etwas zu sagen – ein kluger Mensch! Zwei Offiziere wohnen hier, die fortwährend Karten spielen. Dann noch ein Leutnant zur See und ein Engländer, der Unterricht erteilt. Ich werde Sie schon aufheitern, Mütterchen, warten Sie's nur ab; im nächsten Brief werde ich sie satirisch beschreiben, das heißt, wie sie an und für sich so sind – mit aller Ausführlichkeit. Unsere Wirtin, eine sehr kleine und unsaubere Alte, läuft den ganzen Tag in Hausschuhen und Schlafrock herum und brüllt Theresa den ganzen Tag an. Ich wohne in der Küche, oder genauer gesagt: Gleich

neben der Küche ist ein Zimmer (unsere Küche, das muß ich schon sagen, ist sauber, hell und schön), ein kleines Zimmerchen, ein bescheidenes Eckchen . . . oder noch besser gesagt: die Küche ist groß und hat drei Fenster, parallel zur Querwand ist eine Zwischenwand gezogen, so daß gewissermaßen noch ein Zimmer entsteht, eine ›Nummer außer Etat‹. Alles ist geräumig und bequem, ich habe ein Fenster – mit einem Wort, alles ist angenehm. So sieht also mein kleines Reich aus. Nun, Mütterchen, damit Sie nicht auf den Gedanken kommen, daß es irgend etwas anderes sein oder sich ein Geheimnis dahinter verbergen könnte – es handelt sich, wie gesagt, um die Küche! Das heißt, ich wohne eigentlich in eben diesem Raum hinter einer Trennwand, doch das ist gar nicht schlecht; ich lebe ganz zufrieden, zurückgezogen und für mich allein. Ich habe ein Bett, einen Tisch, eine Kommode und zwei Stühle aufgestellt, und an der Wand hängt ein Heiligenbild. Natürlich gibt es bessere Wohnungen, vielleicht sogar viel bessere – aber es geht ja um die Bequemlichkeit. Und nur auf die Bequemlichkeit kommt es mir an, denken Sie bloß nicht, auf irgend etwas anderes. Ihr Fensterchen liegt gegenüber, gleich über den Hof; der Hof ist ja eng, und wenn ich Sie im Vorübergehen sehe, wird mir Armseligem gleich froh zumute; und es ist auch billig. Das allerschlechteste Zimmer kostet hier bei uns mit Beköstigung fünfunddreißig Papierrubel[3]. Das kann ich mir nicht leisten! Meine Unterkunft kostet mich sieben Papierrubel, das Essen fünf Silberrubel; das macht zusammen vierundzwanzigeinhalb Rubel; früher zahlte ich genau dreißig, mußte aber dafür auf vieles verzichten; Tee konnte ich mir nicht immer leisten, jetzt reicht es für Tee und sogar für Zucker. Wissen Sie, meine Liebe, ich geniere mich, keinen Tee zu trinken; die Leute sind hier alle wohlhabend, deshalb ist es mir peinlich. Trinkt man ihn also um fremder Leute willen, wegen des guten Tons. Mir liegt nichts daran, ich bin nicht verwöhnt. Sagen Sie selbst, als Taschengeld – ständig braucht man ja etwas, hier ein Paar Schuhe, da ein Kleidungsstück – bleibt doch da nicht viel? Mehr gibt mein Gehalt nicht her. Aber ich hadere nicht, sondern bin zufrieden. Es ist ausreichend. Schließlich reicht es schon ein paar Jahre – manchmal gibt es ja auch etwas zusätzlich. Nun leben Sie wohl, mein Engelchen. Ich habe da zwei Blumentöpfchen gekauft, eine Balsamine und eine Geranie – nicht teuer. Vielleicht lieben Sie aber auch Reseden? Schreiben Sie nur, es gibt auch Reseden; schreiben Sie alles so ausführlich wie möglich. Machen Sie sich im übrigen keine Gedanken und zweifeln Sie nicht an mir, Mütterchen, weil ich so ein Zimmer gemietet habe. Nur wegen der Bequemlichkeit habe ich das getan, von ihr allein habe ich mich verleiten lassen. Mütterchen, ich spare doch, lege etwas beiseite. Ich habe also Geld. Geben Sie nichts darauf, daß ich so sanft bin und mich jedes Lüftchen offenbar gleich umwirft. Nein, Mütterchen, ich weiß schon, was gespielt wird – ich habe haargenau den Charakter, der einem unerschütterlichen und sanftmütigen Menschen zukommt. Leben Sie wohl, mein Engelchen! Beinahe zwei Bogen habe ich vollgeschrieben, und längst ist es Zeit, zum Dienst zu gehen. Ich küsse Ihre Fingerchen, Mütterchen, und verbleibe als Ihr

untertänigster Diener und ergebenster Freund

Makar Dewuschkin

PS. Um eines bitte ich noch: Antworten Sie mir so ausführlich wie nur möglich, mein Engelchen. Anbei schicke ich Ihnen eine kleine Tüte Konfekt, Warenka. Lassen Sie es sich schmecken und machen Sie sich um Gottes willen keine Sorgen um mich und nehmen Sie es mir nicht übel. Nun leben Sie also wohl, Mütterchen.

Den 8. April

Sehr geehrter Makar Alexejewitsch!

Hören Sie, zu guter Letzt werde ich noch ganz mit Ihnen brechen müssen! Ich beteuere Ihnen, guter Makar Alexejewitsch, es fällt mir sogar schwer, Ihre Geschenke anzunehmen. Ich weiß doch, was Sie das kostet und daß Sie Entbehrungen auf sich nehmen und sogar auf das Notwendigste verzichten müssen. Wie oft habe ich Ihnen schon gesagt, daß ich nichts, aber auch gar nichts brauche; daß es nicht in meinen Kräften steht, Ihnen die Wohltaten zu vergelten, mit denen Sie mich bisher schon überschüttet haben. Und wozu diese Töpfe mit Blumen? Nun, die Balsaminchen, das geht ja noch an, aber die Geranie? Ein unbedachtes Wörtchen, wie zum Beispiel über Geranien – und auf der Stelle kaufen Sie eine; die war doch bestimmt teuer? Was für herrliche Blüten sie hat! Hochrot, lauter Kreuzchen. Wo haben Sie nur so eine wunderschöne Geranie aufgetrieben? Ich habe sie mitten ins Fenster gestellt, dort kann man sie am besten sehen. Ich stelle auch noch eine Bank auf, da kommen ebenfalls Blumen hin; lassen Sie mich erst reich sein! Fjodora kann sich gar nicht genug freuen, denn unser Zimmer gleicht jetzt einem Paradies – so sauber und hell! Wozu denn bloß noch Konfekt? Ich habe es gleich an Ihrem Brief erraten, daß da irgend etwas nicht stimmt – das Paradies, der Frühling, Wohlgerüche und Vogelgezwitscher. Was denn, dachte ich, er schreibt kein Gedicht? In Ihrem Brief, Makar Alexejewitsch, haben wirklich bloß noch Verse gefehlt! Zärtliche Gefühle, rosarote Träumereien – nichts haben Sie ausgelassen! An den Vorhang hatte ich überhaupt nicht gedacht, er ist sicher aus Versehen hängengeblieben, als ich die Blumentöpfe umstellte. Da haben Sie's!
Ach, Makar Alexejewitsch! Sie können erzählen, was Sie wollen, und mir Ihre Einkünfte vorrechnen, um mich hinters Licht zu führen, mir zu zeigen, daß Sie alles für sich allein verbrauchen – doch vor mir können Sie nichts ver-

heimlichen. Ich weiß doch, daß Sie um meinetwillen auf das Allernotwendigste verzichten. Wie konnten Sie nur so eine Wohnung mieten? Bestimmt haben Sie keine Ruhe, ist es eng und unbequem. Sie ziehen sich gern zurück, aber dort haben Sie ja ständig etwas um sich herum! Nach Ihrem Gehalt zu urteilen, könnten Sie weitaus besser leben. Fjodora meint, daß Sie früher ungleich besser gewohnt haben. Sie haben doch nicht Ihr ganzes Leben so zugebracht, einsam, unter Entbehrungen, ohne Freude, ohne ein freundliches Wort, und bei fremden Leuten die Ecken gemietet? Ach, lieber Freund, wie leid Sie mir tun! Schonen Sie doch wenigstens Ihre Gesundheit, Makar Alexejewitsch! Sie schrieben, daß Ihre Augen schwächer werden – arbeiten Sie also nicht bei Kerzenlicht; wozu müssen Sie überhaupt schreiben? Bestimmt wissen Ihre Vorgesetzten auch so um Ihren Diensteifer.

Ich bitte Sie noch einmal flehentlich, geben Sie nicht so viel Geld für mich aus. Ich weiß, daß Sie mich gern haben, aber schließlich sind auch Sie nicht reich. Heute bin auch ich froh und munter aufgestanden. Ich fühlte mich sehr wohl, Fjodora saß schon lange über der Arbeit, und für mich hatte sie ebenfalls etwas aufgetrieben. Ich war so froh! Ich ging nur noch Nähseide kaufen und machte mich an die Arbeit. Den ganzen Morgen über war mir so leicht und froh zumute. Jetzt habe ich schon wieder düstre Gedanken, ich bin traurig, und schwer ist mir ums Herz.

Ach, was soll nur aus mir werden, was wird mein Schicksal sein! Es ist schwer, daß ich so im ungewissen bin, keine Zukunft habe und nicht voraussehen kann, was mit mir wird. Zurück in die Vergangenheit zu blicken ist schrecklich. Dort liegt so viel Leid, daß mir das Herz allein durch die Erinnerung brechen würde. Zeit meines Lebens werde ich die bösen Menschen anklagen, die mich zugrunde gerichtet haben!

Es wird schon dunkel, und ich muß wieder an die Arbeit. Vieles hätte ich Ihnen gern noch geschrieben, doch jetzt ist keine Zeit, die Arbeit muß pünktlich fertig sein. Ich bin in Eile. Natürlich sind Briefe eine feine Sache, da ist es nicht so langweilig. Weshalb kommen Sie nicht selbst einmal zu uns? Warum denn eigentlich nicht, Makar Alexejewitsch? Jetzt ist es doch nicht mehr weit, und bisweilen haben Sie ja etwas Zeit. Besuchen Sie uns bitte! Ich habe Ihre Theresa gesehen. Sie scheint sehr krank zu sein; sie hat mir so leid getan; ich habe ihr zwanzig Kopeken gegeben. Ach ja, beinahe hätte ich es vergessen: Beschreiben Sie mir Ihr Leben und Treiben so ausführlich wie möglich. Was sind das für Leute um Sie herum, kommen Sie gut mit ihnen aus? Das alles möchte ich sehr gern wissen. Schreiben Sie also unbedingt! Heute werde ich das Zipfelchen absichtlich hochziehen. Gehen Sie früher schlafen, gestern sah ich bis Mitternacht Licht bei Ihnen. Leben Sie wohl. Trauer, Langeweile und Wehmut! Das ist ein Tag! Leben Sie wohl.

Ihre
Warwara Dobrosjolowa

Den 8. April

Sehr geehrte Warwara Alexejewna!

Ja, Mütterchen, ja, meine Liebe, das war ein Tag in meinem armseligen Dasein! Sie haben sich über mich Alten lustig gemacht, Warwara Alexejewna! Die Schuld liegt übrigens ganz und gar bei mir! Man sollte sich eben auf seine alten Tage, kaum noch Haare auf dem Kopf, nicht in zweideutige Abenteuer stürzen. Eines sage ich Ihnen, Mütterchen: Der Mensch ist bisweilen sonderbar, reichlich sonderbar. Mein Gott, was redet man daher, wozu läßt man sich mitunter hinreißen! Und was kommt dabei heraus? Was folgt daraus? Folgen tut rein gar nichts, aber heraus kommt so ein Schund – Gott bewahre! Ich bin nicht böse, Mütterchen, es ärgert mich nur so sehr, wenn ich bedenke, daß ich Ihnen so verschnörkelt und töricht geschrieben habe. Zum Dienst gegangen bin ich heute wie ein stolzer Pfau, strahlend vor Freude. Mir nichts, dir nichts war mir feiertäglich zumute, ich war glücklich! Eifrig machte ich mich an die Arbeit – aber was ist daraus geworden! Kaum hatte ich mich umgesehen, war alles wie ehedem – grau und düster. Immer noch dieselben Tintenflecke, dieselben Tische und Aktenstücke, und auch ich ganz derselbe; der ich war, bin ich durch und durch geblieben – was für ein Grund also, den Pegasus zu besteigen? Woher war das nur alles gekommen? Weil die liebe Sonne herausschaute und der Himmel sich blau färbte! Daher etwa? Und was waren denn das schon für Düfte, wenn doch auf unserem Hof unter den Fenstern rein gar nichts existiert! Das schien mir wohl alles vor lauter Dummheit nur so. Zuweilen kommt es ja vor, daß sich der Mensch so in seinen eigenen Gefühlen verirrt, daß er Unsinn daherredet. Das rührt von nichts anderem her als von übermäßigem, törichtem Feuereifer des Herzens. Nach Hause bin ich nicht gegangen, sondern habe mich mit Mühe heimgeschleppt; mir nichts, dir nichts bekam ich Kopfschmerzen; und so kommt immerfort eins zum andern. (Ich muß mich wohl am Rücken erkältet haben.) Am Frühling hatte ich mich gefreut wie ein ausgemachter Dummkopf und nur den leichten Mantel übergezogen. In meinen Gefühlen aber haben Sie sich getäuscht, meine Liebe! Ganz und gar falsch aufgefaßt haben Sie meine Gefühlsregungen. Väterliche Zuneigung hat mich beseelt, einzig und allein väterliche Zuneigung, Warwara Alexejewna; denn bitter verwaist sind sie, und ich trete an die Stelle Ihres leiblichen Vaters. Das sage ich von ganzem Herzen – als Verwandter. Wie dem auch sei, selbst wenn ich nur entfernt mit Ihnen verwandt bin, meinetwegen um die sprichwörtlichen sechs Ecken herum, so bin ich immerhin ein Verwandter, und nun ihr nächster Verwandter und Beschützer; denn dort, wo Sie am ehesten Schutz und Beistand zu erhalten suchten, fanden Sie nur Verrat und Beleidigung. Und hinsichtlich der Verschen

sage ich Ihnen, Mütterchen, daß es mir nicht ansteht, mich auf meine alten Tage in Gedichten zu üben. Gedichte sind Unsinn! Für Gedichte beziehen die Kinder heute in den Schulen Prügel ... so sieht das aus, meine Liebe.
Was schreiben Sie mir da, Warwara Alexejewna, von Bequemlichkeiten, Ruhe und noch so verschiedenen Dingen? Mein Mütterchen, ich bin weder verwöhnt noch anspruchsvoll und habe es noch nie besser gehabt als jetzt; weshalb sollte ich denn auf meine alten Tage zu mäkeln anfangen? Ich habe zu essen, etwas anzuziehen und Schuhe an den Füßen. Mehr können wir nicht erwarten! Schließlich gehören wir nicht zum vornehmen Geschlecht! Mein Vater war kein Adliger und hatte mit der ganzen Familie ein geringeres Einkommen als ich. Ich bin kein Weichling! Übrigens, um die Wahrheit zu sagen – in meiner alten Wohnung war alles unvergleichlich besser. Es war zwangloser, Mütterchen. Natürlich ist auch meine jetzige Wohnung gut, hier ist es in gewisser Hinsicht sogar amüsanter und, wenn Sie so wollen, abwechslungsreicher. Dagegen ist nichts zu sagen, und doch tut es mir leid um die alte. Wir alten, das heißt wir bejahrten Leute hängen an den alten Dingen. Die Wohnung war ganz winzig, müssen Sie wissen; die Wände waren ... ach, was soll das! Die Wände waren wie alle Wände, um sie geht es ja auch gar nicht; meine Erinnerungen an all das Vergangene sind es, die mich schwermütig machen. Es ist sonderbar – alles war mühsam, doch die Erinnerungen daran sind beinahe angenehm. Sogar das Schlechte, worüber ich mich mitunter geärgert habe, selbst das wird in der Erinnerung frei von Häßlichkeit und scheint in meiner Einbildung anziehend. Friedlich haben wir gelebt, Warenka, ich und meine Wirtin, die selige Alte. Auch an diese meine Alte denke ich jetzt mit Wehmut zurück! Sie war eine gute Frau und hat für die Unterkunft nicht viel verlangt. Sie strickte auf ellenlangen Nadeln immerzu aus den verschiedensten Flicken Decken – nur damit war sie beschäftigt. Für die

Beleuchtung sind wir gemeinsam aufgekommen, deshalb haben wir zusammen an einem Tisch gearbeitet. Ihre Enkelin Mascha hatte sie bei sich. Ich habe sie noch als Kind in Erinnerung – jetzt müßte das Mädchen dreizehn sein. Sie war so ein Wildfang, so fröhlich, und hat uns immer zum Lachen gebracht. So lebten wir denn zu dritt. Manchmal haben wir uns an einem langen Winterabend an den runden Tisch gesetzt, ein Gläschen Tee getrunken und uns an die Arbeit gemacht. Und dann hat die Alte, damit sich Mascha nicht langweilte und artig war, manchmal Märchen erzählt. Und was das für Märchen waren! Da hätte nicht nur ein Kind, sondern auch ein kluger und gescheiter Mensch aufmerksam gelauscht. Und wie! Selbst ich – bisweilen habe ich mir ein Pfeifchen angesteckt und dann über dem Hören sogar meine Arbeit vergessen. Das Kindchen aber, unser Wildfang, ist in Gedanken versunken! Stützt die rosige Wange ins Händchen, macht sein Mündchen allerliebst auf und schmiegt sich ganz dicht an die Alte an, sobald das Märchen ein wenig zum Fürchten ist. Und uns war es eine wahre Freude, sie anzusehen; dabei bemerkt man nicht, wie die Kerze herunterbrennt, hört nicht, wie draußen bisweilen der Schneesturm tobt. Gut haben wir es gehabt, Warenka; und so haben wir beinahe zwanzig Jahre zusammen verbracht. Ach, was ich da wieder ins Schwatzen gekommen bin! Vielleicht gefällt Ihnen dieses Thema gar nicht, und auch mir fällt es freilich nicht leicht zurückzudenken, besonders jetzt, in der Dämmerung. Theresa wirtschaftet herum, ich habe Kopfschmerzen, der Rücken tut mir weh, und meine Gedanken sind so seltsam, als seien auch sie krank; traurig bin ich heute, Warenka! Was schreiben Sie denn da, meine Liebe? Wie soll ich denn zu Ihnen kommen? Meine Liebste, was werden die Leute dazu sagen? Da müßte ich ja über den Hof gehen, unsere Leute werden es beobachten und Fragen stellen – das gäbe Gerüchte und Gerede und man würde die Sache falsch deuten. Nein, mein Engelchen, da sehe ich Sie doch besser morgen bei der Abendmesse; das wird vernünftiger sein und uns beiden nicht schaden. Ich bitte um Nachsicht, Mütterchen, daß ich Ihnen so einen Brief geschrieben habe; beim Durchlesen merke ich, wie zusammenhanglos alles ist. Ich, Warenka, bin ein alter, ungebildeter Mann; in jungen Jahren habe ich nichts gelernt, heute ginge nichts mehr in den Kopf hinein, wenn ich wieder mit dem Lernen anfinge. Ich gestehe, Mütterchen, daß ich kein Meister im Beschreiben bin, und weiß auch ohne fremde Hinweise und Spötteleien, daß ich sinnloses Zeug zusammenschreibe, wenn ich etwas Unterhaltsames zu Papier zu bringen versuche. Ich habe Sie heute am Fenster gesehen, sah, wie Sie den Vorhang herunterließen. Leben Sie wohl, leben Sie wohl, Gott möge Sie schützen! Leben Sie wohl, Warwara Alexejewna.

Ihr uneigennütziger Freund
Makar Dewuschkin

PS. Meine Liebe, über niemanden werde ich jetzt Satiren schreiben. Zu alt bin ich, Mütterchen, Warwara Alexejewna, um unnütz die Zähne zu zeigen! Man würde mich auslachen – wie das russische Sprichwort sagt: Wer andern eine Grube gräbt, fällt selbst hinein.

Den 9. April

Sehr geehrter Makar Alexejewitsch!

Schämen Sie sich denn gar nicht, mein Freund und Wohltäter, Makar Alexejewitsch, so betrübt und eigensinnig zu sein. Sollten Sie sich wirklich beleidigt fühlen? Ich bin oft unachtsam, habe aber nicht gedacht, daß Sie meine Worte als bösen Scherz auffassen werden. Verlassen Sie sich darauf, daß ich es niemals wagen würde, mich über Ihr Alter und Ihren Charakter lustig zu machen. Das alles geschah aus Unbesonnenheit, mehr noch aus schrecklicher Lange-

weile, und was tut man nicht alles aus Langeweile? Ich habe geglaubt, Sie selbst wollten in Ihrem Brief spötteln. Ich wurde furchtbar traurig, als ich merkte, daß Sie unzufrieden mit mir sind. Nein, mein guter Freund und Wohltäter, Sie täuschen sich, wenn Sie mich der Gefühllosigkeit und Undankbarkeit verdächtigen. In meinem Innersten weiß ich alles zu schätzen, was Sie für mich taten, als Sie mich vor den bösen Menschen, deren Haß und Verfolgung schützten. Ich werde ewig für Sie beten, und wenn Gott mein Gebet vernommen hat und der Himmel es erhört, werden Sie glücklich sein.
Ich fühle mich heute gar nicht wohl. Mir ist abwechselnd heiß und kalt. Fjodora macht sich meinetwegen große Sorgen. Sie schämen sich ohne Grund, uns zu besuchen, Makar Alexejewitsch. Was geht das andere an! Sie sind mit uns bekannt, und damit fertig! Leben Sie wohl, Makar Alexejewitsch. Ich weiß jetzt nichts mehr zu schreiben – und könnte es auch nicht mehr: Ich fühle mich elend. Ich bitte Sie nochmals, mir nicht zu zürnen und der ewigen Hochachtung und Ergebenheit gewiß zu sein,

mit denen ich die Ehre habe zu verbleiben als
Ihre ergebenste und untertänigste Dienerin

Warwara Dobrosjolowa

Den 12. April

Sehr geehrte Warwara Alexejewna!

Ach, mein Mütterchen, was fehlt Ihnen denn bloß? Sie erschrecken mich ja jedesmal so sehr. In jedem Brief schreibe ich Ihnen, Sie sollen sich in acht nehmen, warm anziehen, bei schlechtem Wetter nicht hinausgehen, mit allem vorsichtig sein – aber Sie, mein Engelchen, hören einfach nicht auf mich. Ach, meine Liebe, Sie sind doch wie ein kleines Kind! Dabei sind Sie so schwächlich, schwach wie ein Strohhälmchen – das weiß ich. Braucht

bloß ein leichter Wind zu wehen, und schon kränkeln Sie. Sie müssen sich also in acht nehmen, sorgsam mit sich umgehen, Gefahren meiden und dürfen Ihre Freunde nicht in Kummer und Schwermut versetzen.
Sie haben den Wunsch geäußert, Mütterchen, Näheres über mein Leben und Treiben und meine Umwelt zu erfahren. Von Herzen gern komme ich Ihrer Bitte nach, meine Liebe. Der Ordnung halber will ich von vorn beginnen, Mütterchen. Erstens: Unser Haus hat einen sauberen Eingang – die Treppen sind mittelmäßig. Die Haupttreppe ist sauber, hell und breit, alles Gußeisen und Mahagoni; dafür sollten Sie nach der Hintertreppe besser nicht fragen – eine feuchte, schmutzige Wendeltreppe, die Stufen ausgebrochen und die Wände so fettig, daß man mit der Hand klebenbleibt, wenn man sich abstützt. Auf jedem Treppenabsatz stehen zerbrochene Truhen, Stühle und Schränke, hängen alte Lumpen, die Fensterscheiben sind eingeschlagen; da stehen Kübel mit allerhand Unrat, Kehricht, Müll, mit Eierschalen und Schwimmblasen von Fischen; ein übler Geruch ... kurz und gut – nicht schön.
Die Anordnung der Zimmer habe ich Ihnen schon geschildert; sie ist, da kann man nichts sagen, günstig, ganz bestimmt; aber irgendwie stickig ist es in ihnen, das heißt, nicht daß es schlecht riecht, sondern, ich will mal sagen – etwas modrig und irgendwie stark süßlich. Der erste Eindruck ist ungünstig, aber das macht gar nichts. Man braucht nur etwa zwei Minuten bei uns zu sein, schon vergeht das. Und man merkt es nicht einmal, weil man dann selbst anfängt, so zu riechen; Kleidung und Hände nehmen den Geruch an, alles riecht so – nun, man gewöhnt sich daran. Die Zeisige sterben bei uns nur so. Der Leutnant zur See hat schon den fünften gekauft – sie können in unserer Luft einfach nicht existieren. Unsere Küche ist groß, weiträumig und hell. Morgens ist es allerdings etwas dunstig, wenn Fisch oder Rindfleisch gebraten, in allen Ecken etwas eingeweicht und eingegossen

wird – dafür ist es abends paradiesisch. In der Küche hängt bei uns immer alte Wäsche auf der Leine; und da mein Zimmer nicht weit ist, das heißt, nahezu an die Küche angrenzt, ist mir der Wäschegeruch etwas lästig; doch das macht nichts – mit der Zeit werde ich mich daran gewöhnen.

Ganz früh am Morgen, Warenka, beginnt bei uns das Durcheinander, da wird aufgestanden, umhergelaufen, geklopft – alle stehen dann auf, weil sie zum Dienst müssen oder nur so, für sich. Das Teetrinken beginnt. Die Samoware gehören größtenteils der Wirtin, es sind zu wenige, so daß es der Reihe nach geht; wer sich mit seinem Teekessel nicht anstellt, dem wird sogleich der Kopf gewaschen. Mir ist das beim erstenmal auch fast passiert ... wozu soll man das schreiben! Dabei lernte ich alle kennen. Mit dem Leutnant habe ich zuerst Bekanntschaft geschlossen; er ist so offenherzig und hat mir alles erzählt: von Vater, Mutter, von seiner Schwester, die mit einem Gerichtsbeisitzer in Tula verheiratet ist, und von Kronstadt. Er versprach mir seinen uneingeschränkten Beistand und lud mich auf der Stelle zum Tee ein. Ich suchte ihn in dem Zimmer auf, in dem man bei uns gewöhnlich Karten spielt. Dort bekam ich Tee und sollte mich unbedingt am Glücksspiel beteiligen. Machten sie sich über mich lustig oder nicht – ich weiß nicht. Sie spielten jedenfalls die ganze Nacht hindurch; schon als ich kam, spielten sie. Kreide, Karten und im ganzen Zimmer ein Qualm, daß es in die Augen biß. Ich fing nicht mit dem Spielen an, und sie machten gleich die Bemerkung, ich sei wohl ein Philosoph. Dann sprach die ganze Zeit keiner mehr mit mir; und ich war, ehrlich gesagt, froh darüber. Zu ihnen gehe ich nicht mehr; Hasard, nichts als Hasard findet man bei denen! Bei dem Beamten aus dem literarischen Bereich kommt man abends auch zusammen. Nun, bei dem ist es angenehm, bescheiden, harmlos und feinfühlig, alles vornehm.

Nun, Warenka, beiläufig die Bemerkung, daß unsere

Wirtin eine widerliche Frau ist, eine richtige Hexe. Sie haben doch Theresa gesehen. Wie sieht sie denn in Wahrheit aus? Mager wie ein kränkliches, gerupftes Hühnchen. Hier gibt es nur zwei Hausangestellte: Theresa und Faldoni[4], den Dienstboten der Wirtin. Ich weiß nicht, ob er noch einen anderen Namen hat, jedenfalls hört er auf diesen, und alle nennen ihn so. Er ist rothaarig, irgendein Fremdling, ein einäugiger, stupsnasiger Grobian. Er streitet immer mit Theresa, fehlt bloß noch, daß sie sich prügeln. Eigentlich lebe ich hier durchaus nicht sehr angenehm ... Daß sich zur Nachtzeit alle gleichzeitig hinlegen und zur Ruhe kommen, gibt es hier überhaupt nicht. Ewig wird herumgesessen und gespielt, bisweilen geschieht etwas, was man sich zu erzählen schämt. Jetzt habe ich mich schon daran gewöhnt, wundere mich aber, wie Leute mit Familie sich in so chaotischen Zuständen einleben. Eine ganze Familie, arme Leute, hat bei unserer Wirtin ein Zimmer gemietet; nicht in einer Reihe mit den anderen Zimmern, sondern auf der gegenüberliegenden Seite, separat, in der Ecke. Stille Leute! Keiner hört und sieht etwas von ihnen. Sie leben in einem Zimmerchen, das durch eine Trennwand abgeteilt ist. Er ist ein Beamter ohne Anstellung, vor etwa sieben Jahren wurde er aus irgendeinem Grunde aus dem Dienst entlassen. Er heißt Gorschkow, ist ein grauhaariger, kleiner Mann und trägt so speckige und schäbige Kleider, daß man es kaum mit ansehen kann – viel schlechter als meine! Wie jammervoll und hinfällig er aussieht (ich begegne ihm manchmal auf dem Korridor); seine Knie, seine Hände zittern, sein Kopf zittert, vielleicht durch irgendeine Krankheit – weiß der Himmel; er ist schüchtern, hat vor allen Angst, geht jedem aus dem Wege; ich bin mitunter schon schüchtern, aber er ist es noch mehr. Er hat eine Frau und drei Kinder. Das älteste, ein Junge, ist ganz der Vater, genauso kränklich. Die Frau muß einmal sehr hübsch gewesen sein, das kann man heute noch sehen; jetzt trägt die Arme nur Lumpen. Ich habe gehört, daß sie der Wirtin Miete schul-

den; sie ist nicht gerade freundlich zu ihnen. Wie ich hörte, soll Gorschkow irgendwelche Unannehmlichkeiten haben, die ihn auch die Stellung kosteten . . . Prozeß oder kein Prozeß, Anklage oder keine, ein Ermittlungsverfahren – ich kann es wirklich nicht sagen. Arm sind sie, mein Gott sind die arm dran! Immer ist es bei ihnen im Zimmer so still und friedlich, als wohne da keine Menschenseele. Nicht einmal die Kinder sind zu hören. Es kommt nicht vor, daß sie einmal umhertollen, ein wenig spielen – und das ist doch wohl ein schlimmes Zeichen. Eines schönen Abends bin ich an ihrer Tür vorbeigegangen; zu dieser Zeit war es ganz ungewöhnlich still bei uns im Haus; da höre ich Schluchzen, dann Geflüster, wieder Schluchzen, als ob jemand weinte, aber so leise und kläglich, daß es mir das Herz brach und ich dann die ganze Nacht an diese armen Leute denken mußte und gar nicht richtig einschlafen konnte.
Nun leben Sie wohl, Warenka, meine kleine liebe Freundin! Alles habe ich Ihnen geschildert, so gut ich konnte. Den ganzen Tag heute denke ich nur an Sie. Ihretwegen gräme ich mich, meine Liebe. Weiß ich doch, mein Herzchen, daß Sie keinen warmen Mantel haben. Ach, dieser Petersburger Frühling – Wind und Schneematsch, wie ich das hasse, Warenka! Ein wunderbares Wetter, Gott bewahre! Ich bitte um Nachsicht für mein Geschreibsel, mein Herzchen; ich habe keinen Stil, Warenka, einfach keinen Stil. Wenn ich wenigstens irgendeinen hätte! Ich schreibe, was mir in den Sinn kommt, bloß um Sie aufzuheitern. Wenn ich etwas gelernt hätte, sähe es anders aus. Aber was habe ich denn schon gelernt? Es ist keinen Groschen wert.

Ihr ewiger und treuer Freund

Makar Dewuschkin

Den 25. April

Sehr geehrter Makar Alexejewitsch!

Heute habe ich meine Kusine Sascha getroffen! Schrecklich! Sie wird zugrunde gehen, die Arme! Unter der Hand habe ich auch erfahren, daß Anna Fjodorowna alles über mich auskundschaftet. Sie wird wohl nie aufhören, mich zu verfolgen. Sie sagt, sie wolle *mir verzeihen*, alles Vergangene vergessen und mich ganz gewiß persönlich aufsuchen. Sie sagt, Sie seien gar kein Verwandter von mir, *sie* sei meine nächste Verwandte; Sie hätten keinerlei Recht, in unsere Familienverhältnisse einzudringen; es sei eine Schande und ungehörig von mir, von Ihren Almosen und Ihrer Unterstützung zu leben . . . Sie sagt, ich hätte ihre Gastfreundschaft vergessen; sie habe mich und meine Mutter womöglich vor dem Hungertod gerettet, uns zu essen und zu trinken gegeben; mehr als zweieinhalb Jahre habe sie durch uns nur Unkosten gehabt und uns dazu noch eine Schuld erlassen. Nicht einmal Mutter hat sie verschonen wollen! Wenn meine arme Mutter wüßte, was sie mit mir gemacht haben! Bei Gott! . . . Anna Fjodorowna sagt, daß ich zu dumm gewesen sei, mein Glück festzuhalten, sie selbst habe mir den Weg zum Glück gewiesen und sie träfe keine Schuld, daß ich selbst für meine Ehre nicht eintreten konnte oder womöglich nicht wollte. Wer ist denn schuld, großer Gott! Sie sagt, Herr Bykow sei völlig im Recht, er könne ja nicht jede heiraten, die . . . was soll ich das aufschreiben! Es ist gräßlich, solche Lügen zu hören, Makar Alexejewitsch! Ich weiß nicht, was im Moment mit mir ist. Ich zittere, weine und schluchze. An diesem Brief an Sie habe ich zwei Stunden gesessen. Ich dachte, sie sei sich wenigstens ihrer Schuld mir gegenüber bewußt – und da redet sie nun so! Regen Sie sich um Gottes willen nicht auf, mein Freund, mein einziger Wohltäter! Fjodora übertreibt immer, ich bin nicht krank. Ich habe mich gestern nur ein wenig während der Seelenmesse für meine Mutter auf dem Wolkowo-Friedhof erkältet. Weshalb sind Sie nicht mit mir gekommen? Ich hatte Sie doch so gebeten. Ach, mein armes, armes Mütterchen, wenn du aus dem Grab steigen könntest, wenn du wüßtest, wenn du sehen könntest, was sie mit mir gemacht haben! . . .

W. D.

Den 20. Mai

Warenka, meine Liebe!

Ich schicke Ihnen ein paar Weintrauben, Herzchen; die sollen gut für eine Genesende sein, sagt man, und auch der Arzt empfiehlt sie gegen Durst, löschen Sie also damit ihren Durst. Sie wollten doch neulich Röschen haben, Mütterchen; also lasse ich Ihnen nun welche zukommen. Essen Sie denn auch ordentlich, Schätzchen? Das ist die Hauptsache. Gott sei Dank, daß alles vorüber und überstanden ist und auch unser Unglück ein Ende nimmt. Dem Himmel sei Dank dafür! Was aber die Bücher betrifft, so kann ich vorläufig nirgends welche auftreiben. Es soll hier ein gutes, sehr stilvolles Büchlein geben; man sagt, es sei gut, selbst habe ich es nicht gelesen, allerdings wird es hier überaus gelobt. Ich habe es für mich erbeten, und man hat es mir zugesichert. Aber werden Sie es denn auch lesen? Sie sind ja für meine Begriffe in dieser Beziehung sehr wählerisch; es ist schwer, Ihren Geschmack zu treffen, ich kenne Sie schon, meine Liebe, Sie brauchen wahrscheinlich nur Verse über Sehnsucht und Liebe – nun, ich werde auch Gedichte beschaffen, alles werde ich beschaffen; es gibt da ein Heftchen mit abgeschriebenen Sachen.

Mir geht es gut. Machen Sie sich um mich bitte keine Sorgen, Mütterchen. Und was Fjodora Ihnen über mich erzählt hat, ist alles dummes Zeug; sagen Sie ihr, daß sie lügt, sagen Sie das der Klatschbase unbedingt! . . . Ich habe meinen neuen Dienstrock gar nicht verkauft. Weshalb sollte ich ihn denn verkaufen, sagen Sie selbst! Man sagt, ich bekomme vierzig Silberrubel Gratifikation – warum also verkaufen? Mütterchen, sorgen Sie sich nicht. Sie ist argwöhnisch, diese Fjodora, argwöhnisch ist sie. Wir werden ein neues Leben beginnen, meine Liebe! Doch Sie müssen gesund werden, Engelchen, um Himmels willen werden Sie gesund, machen Sie einem alten Mann keinen Kummer. Wer sagt denn, daß ich abgemagert sei? Verleumdung, nichts als Verleumdung! Ich bin kerngesund und so dick geworden, daß ich mich schon zu schämen beginne. Ich bin satt und vollauf zufrieden; wenn Sie doch erst gesund wären! Nun, leben Sie wohl, mein Engelchen; ich küsse alle Ihre Fingerchen und verbleibe

auf stets und ewig Ihr Freund

Makar Dewuschkin

PS. Ach, mein Herzchen, was haben Sie da bloß wieder geschrieben! Wie eigensinnig Sie sind! Wie soll ich denn so oft zu Ihnen kommen, Mütterchen? Wie – das frage ich Sie. Etwa im Dunkel der Nacht? Zu dieser Zeit jetzt haben wir ja kaum Nächte.[5] Ich habe Sie ja, mein Mütterchen, Engelchen, während Ihrer ganzen Krankheit und als Sie besinnungslos waren, fast gar nicht verlassen; aber ich weiß schon selbst nicht mehr, wie ich das alles gedeichselt habe; doch dann stellte ich meine Besuche ein, weil die Leute schon neugierig wurden und nachzufragen begannen. Ohnedies ist hier schon Gerede entstanden. Ich verlasse mich auf Theresa; sie ist nicht geschwatzig. Aber dennoch, Mütterchen, sagen Sie selbst, wie soll das werden, wenn sie alles über uns in Erfahrung bringen? Sie denken sich etwas – und was werden sie daraufhin sagen? Also seien Sie tapfer, Mütterchen, und warten Sie bis zu Ihrer Genesung; und dann werden wir uns schon irgendwo außer Haus treffen können.

Den 1. Juni

Liebster Makar Alexejewitsch!

Zu gern möchte ich Ihnen etwas Gutes und Liebes tun für all Ihre Sorge und Mühe um mich, für all Ihre Liebe zu mir – und so habe ich mich, als mir traurig zumute war, endlich entschlossen, in meiner Kommode zu kramen und mein Heft zu suchen, das ich Ihnen jetzt schicke. Angefangen habe ich es in der glücklichen Zeit meines Lebens. Oft haben Sie wißbegierig nach meinem früheren Leben und Treiben, nach meiner Mutter, nach Pokrowskij, meiner Zeit bei Anna Fjodorowna und schließlich nach meinem jüngsten Unglück gefragt, und Sie wollten dieses Heft so gern lesen, in dem ich – Gott weiß wozu – auf einmal gewisse Augenblicke aus meinem Leben festgehalten habe, so daß ich nicht daran zweifle, Ihnen durch meine Sendung große Freude zu bereiten. Ich war aber irgendwie traurig, als ich es nochmals durchlas. Mir scheint, ich bin doppelt so alt geworden, seit ich die letzte Zeile dieser Erinnerungen niederschrieb. Das alles ist zu verschiedenen Zeiten entstanden. Leben Sie wohl, Makar Alexejewitsch! Ich bin jetzt ganz trübsinnig, oft plagt mich Schlaflosigkeit. Eine sehr langweilige Genesung!

W. D.

I

Ich war erst vierzehn Jahre alt, als mein Vater starb. Meine Kindheit war die glücklichste Zeit meines Lebens. Begonnen hat sie nicht hier, sondern fern in der Provinz, an einem entlegenen Ort. Mein Vater war Verwalter eines großen Gutes des Fürsten P. im Gouvernement T. Wir wohnten in einem der Dörfer des Fürsten, wir lebten ruhig, still und glücklich. Ich war ein sehr ausgelassenes Kind; manchmal habe ich nichts anderes getan, als durch Felder und Wälder oder durch den Garten zu laufen, und keiner kümmerte sich um mich. Vater hatte ununterbro-

chen zu tun, Mutter besorgte den Haushalt. Man brachte mir nichts bei, und ich war sehr froh darüber. Ich lief frühmorgens zum Teich oder ins Wäldchen, auf die Wiese oder zu den Schnittern – und es machte mir nichts aus, daß die Sonne stach, daß ich weit weggelaufen war und nicht mehr wußte, wo das Dorf lag, daß mich die Sträucher zerkratzten, mir das Kleid zerrissen – zu Hause gab es dann Schelte, aber das war mir gleichgültig.
Und ich glaube, ich wäre immer glücklich so gewesen, selbst wenn ich mein ganzes Leben das Dorf nicht verlassen und immer dort wohnengeblieben wäre. Doch schon als Kind mußte ich mich von meiner gewohnten Umgebung trennen. Ich war gerade erst zwölf Jahre alt, als wir nach Petersburg übersiedelten. Ach, wie schmerzlich sind mir unsere traurigen Reisevorbereitungen in Erinnerung! Wie habe ich geweint, als ich von allem Abschied nahm, was mir so lieb und teuer war. Ich erinnere mich noch, daß ich mich meinem Vater an den Hals warf und ihn unter Tränen anflehte, wenigstens noch ein Weilchen im Dorf zu bleiben. Vater schrie mich an, Mutter schluchzte; sie sagte, daß es sein müsse, daß es die Lage der Dinge erfordere. Der alte Fürst P. war gestorben, die Erben hatten meinen Vater entlassen. Vater hatte einiges Geld bei Privatpersonen in Petersburg in Umlauf. Er hoffte, seine Verhältnisse ordnen zu können, und hielt seine persönliche Anwesenheit für erforderlich. Das habe ich alles später durch Mutter erfahren. Hier haben wir uns auf der Petersburger Seite[6] niedergelassen und sind bis zu Vaters Tod da wohnengeblieben.
Wie schwer es mir fiel, mich an das neue Leben zu gewöhnen! Im Herbst waren wir nach Petersburg gezogen. Der Tag, an dem wir das Dorf verließen, war so hell, warm und klar! Die Feldarbeiten waren beendet, auf den Tennen türmten sich schon die riesigen Getreideschober, und die kreischenden Vögel drängten sich scharenweise; alles war so klar und heiter. Hier aber, bei unserer Ankunft in der Stadt, Regen, Herbstkälte, Unwetter, Schmutz und

eine Menge neuer, unbekannter, ungastlicher Menschen, die unzufrieden und verärgert aussahen! Schlecht und recht richteten wir uns ein. Ich erinnere mich noch, daß alle geschäftig hin und her liefen, ständig herumwirtschafteten und den neuen Haushalt einrichteten. Vater war nie zu Hause, Mutter hatte keine ruhige Minute – mich vergaßen sie ganz und gar. Als ich frühmorgens nach der ersten Nacht in unserer neuen Wohnung aufstand, war ich traurig. Unsere Fenster gingen auf irgendeinen gelben Zaun hinaus. Auf der Straße lag immer Schmutz. Passanten waren selten, und alle waren ganz fest eingemummt, alle froren sie.

Die Tage hindurch war es bei uns zu Hause tödlich langweilig. Verwandte und nahe Bekannte hatten wir fast keine. Mit Anna Fjodorowna war Vater verfeindet. (Er schuldete ihr etwas.) Recht häufig kamen Leute geschäftlich zu uns. Gewöhnlich wurde dann gestritten, gelärmt und geschrien. Nach jedem Besuch war Vater sehr unzufrieden und aufgebracht; stundenlang lief er dann im Zimmer auf und ab, blickte finster drein und sprach mit niemandem ein Wort. Mama wagte nicht, ihn anzusprechen, und schwieg. Ich setzte mich mit einem Buch in irgendein Eckchen – still und leise und wagte mich kaum zu rühren.

Drei Monate nach unserer Ankunft in Petersburg gab man mich in ein Pensionat. Was war ich anfangs traurig unter den fremden Leuten! Alles war so herzlos und kalt – die Gouvernanten schrieen einen an, die Mädchen waren spottsüchtig und ich so menschenscheu. Für alles festgesetzte Zeiten, gemeinsame Mahlzeiten, langweilige Lehrer – das hat mich anfangs alles gequält und geplagt. Auch schlafen konnte ich dort nicht. Manchmal habe ich die ganze lange, langweilige, kalte Nacht hindurch geweint. Abends haben alle geübt oder Hausaufgaben gemacht; ich saß allein über Konversation oder Vokabeln, wagte mich nicht zu rühren, mußte aber immer an unser Zuhause denken, an Vater, Mutter, an meine alte Kinderfrau und an ihre Märchen . . . ach, wie wehmütig wurde mir da ums Herz! Mit Freuden denkt man an die kleinste Kleinigkeit zu Hause. Du denkst und denkst: Wie schön wäre es jetzt dort! Ich säße in unserem kleinen Zimmerchen mit allen zusammen am Samowar; es wäre so warm, so angenehm, so vertraut. Wie würdest du jetzt Mutter umarmen, ganz fest, ganz heftig! Du denkst und denkst, fängst vor Sehnsucht leise an zu weinen, schluckst die Tränen immer wieder hinunter – und die Vokabeln gehen nicht in den Kopf. Für morgen kannst du die Aufgaben nicht; die ganze Nacht träumst du vom Lehrer, von Madame, von den Mädchen; im Traum prägst du dir die Aufgaben ein, und am nächsten Tag weißt du nichts. Zur Strafe lassen sie dich knien und geben dir nur eine Mahlzeit. Ich war so traurig und betrübt. Anfangs lachten alle Mädchen über mich, neckten mich, lenkten mich ab, wenn ich die Aufgaben hersagte, kniffen mich, wenn wir in Reih und Glied zum Mittagessen oder zum Tee gingen, beschwerten sich wegen nichts und wieder nichts bei der Gouvernante über mich. Aber welche Glückseligkeit, wenn am Samstagabend die Kinderfrau kam, mich abzuholen. Außer mir vor Freude umarmte ich die alte Frau. Sie zog mich an und hüllte mich warm ein, unterwegs konnte sie kaum mit mir Schritt halten, und ich schwatzte, schwatzte und erzählte. Zu Hause angekommen, war ich froh und heiter, habe alle wie nach zehnjähriger Trennung fest umarmt. Man begann sich zu unterhalten, zu reden und zu erzählen; alle wurden begrüßt, es wurde gelacht und gescherzt, gehüpft und gesprungen. Mit Vater begannen ernsthafte Gespräche über die Wissenschaften, über unsere Lehrer, über die französische Sprache und die Grammatik von L'Homond[7] – und alle waren wir froh und zufrieden. Noch jetzt denke ich mit Freuden an diese Augenblicke zurück. Ich strengte beim Lernen alle meine Kräfte an und wollte Vater zufriedenstellen. Ich sah, daß er sein Letztes für mich hergab und sich selbst Gott weiß wie abplagte. Mit jedem Tage wurde er mißmutiger, unzufriedener und zorniger; sein Charakter veränderte sich zum Schlechten; die Geschäfte mißglückten, die Schulden wuchsen ins Unermeßliche. Meine Mutter hatte bisweilen Angst zu weinen und wagte kein Wort zu sagen, um Vater nicht zu erzürnen; sie wurde so krank; sie magerte immer mehr ab und bekam einen üblen Husten. Wenn ich aus dem Pensionat kam – immer dieselben traurigen Gesichter; Mutter weint leise vor sich hin, Vater ist aufgebracht. Die Vorwürfe und Klagen beginnen. Vater fängt damit an, daß ich ihm keinerlei Freude, keinerlei Trost bringe, daß sie wegen mir das Letzte hingäben, ich aber immer noch nicht französisch spräche; kurz und gut, alles Unglück, alles Pech, alles, einfach alles wurde auf mich und auf Mutter abgewälzt. Wie konnte man bloß das arme Mütterchen quälen? Ihr Anblick zerriß einem das Herz; ihre Wangen waren eingefallen, die Augen eingesunken, die Gesichtsfarbe wie bei einer Schwindsüchtigen. Ich bekam am meisten ab. Es begann immer mit Nichtigkeiten und artete dann weiß Gott wie aus; oft begriff ich gar nicht, worum es ging. Was wurde da nicht alles vorgebracht! . . . Der Unterricht in Französisch, und daß ich eine dumme Gans und die Inhaberin unseres Pensionats eine nachlässige, dumme Frau sei, daß sie sich nicht um unsere Moral kümmere; daß Vater noch immer keine Anstellung habe finden können, daß die Grammatik von L'Homond schlecht, die von Sapolskij[8] weitaus besser sei; daß man das viele Geld umsonst für mich hinausgeworfen habe; daß ich augenscheinlich hartherzig und gefühllos sei – mit einem Wort, ich Arme plagte mich, sosehr ich konnte, mit Konversation und Vokabeln, war aber an allem schuld und mußte für alles einstehen! Nicht etwa, daß Vater mich nicht geliebt hätte; er hatte mich und Mutter über alle Maßen gern. So war nun einmal sein Charakter.

Sorgen, Ärger und Mißerfolge quälten meinen armen Vater bis auf das äußerste, er wurde mißtrauisch und verbittert; oft war er der Verzweiflung nahe, er begann seine Gesundheit zu vernachlässigen, zog sich eine Erkältung

zu und erkrankte; nach kurzem Leiden verstarb er so unerwartet und plötzlich, daß wir diesen Schicksalsschlag tagelang nicht verwinden konnten. Mutter war wie versteinert; ich fürchtete sogar um ihren Verstand. Kaum war Vater gestorben, kamen die Gläubiger schon in hellen Scharen zu uns. Alles, was wir hatten, gaben wir weg. Unser Häuschen auf der Petersburger Seite, das Vater ein halbes Jahr nach unserer Übersiedlung nach Petersburg gekauft hatte, wurde ebenfalls veräußert. Ich weiß nicht, wie das übrige geregelt wurde, aber wir hatten kein Dach mehr über dem Kopf und nichts zu essen. Mütterchen litt an einer zehrenden Krankheit, für unseren Unterhalt konnten wir nicht sorgen, wir hatten keine Mittel zum Leben – wir waren dem Untergang nahe. Ich war damals gerade vierzehn Jahre alt geworden. Da hat uns Anna Fjodorowna zum erstenmal besucht. Sie sagte immer, daß sie Gutsbesitzerin und eine Verwandte von uns sei. Mutter meinte auch, sie sei mit uns verwandt, allerdings nur sehr weitläufig. Zu Vaters Lebzeiten hat sie uns nie besucht. Sie kam mit Tränen in den Augen und sagte, daß sie sehr mit uns fühle; sie sprach uns ihr Beileid zu unserem Verlust und zu unserer Notlage aus, fügte aber hinzu, daß Vater selbst Schuld gehabt hätte; er habe über seine Verhältnisse gelebt, zu hoch hinausgewollt und zu sehr auf seine eigene Kraft gebaut. Sie ließ den Wunsch erkennen, näher mit uns bekannt zu werden, und sie machte den Vorschlag, die beiderseitigen Unannehmlichkeiten zu vergessen. Als Mutter erklärte, sie habe nie Feindseligkeit ihr gegenüber empfunden, war sie zu Tränen gerührt, geleitete Mutter in die Kirche und bestellte eine Seelenmesse für den Lieben (so äußerte sie sich über Vater). Danach hat sie sich feierlich mit Mutter versöhnt.
Nach langen einleitenden Worten und Ausführungen, mit denen sie unsere Notlage, Einsamkeit, Hoffnungslosigkeit und Hilflosigkeit in drastischen Farben schilderte, forderte sie uns auf, bei ihr unterzukriechen – wie sie es ausdrückte. Mutter dankte, konnte sich aber lange Zeit

nicht entschließen; da aber nichts zu machen war und es keinerlei andere Lösung gab, teilte sie Anna Fjodorowna schließlich mit, daß wir ihr Angebot dankbar annähmen. Wie heute habe ich noch den Tag vor Augen, als wir von der Petersburger Seite auf die Wassilij-Insel zogen. Es war ein klarer, trockener, frostkalter Herbstmorgen. Mutter weinte; ich war furchtbar traurig; das Herz schnürte sich mir zusammen, unsägliche, schreckliche Schwermut quälte mich . . .

Es war eine qualvolle Zeit.

II

Anfangs, solange wir, das heißt Mutter und ich, uns noch nicht in unserem neuen Zuhause eingelebt hatten, war uns beiden bei Anna Fjodorowna irgendwie unheimlich und sonderbar. Anna Fjodorowna besaß ein Haus in der Sechsten Linie[9]. Das Haus hatte insgesamt fünf saubere Zimmer. Drei davon bewohnten Anna Fjodorowna und meine Kusine Sascha, die Vater und Mutter verloren hatte und bei ihr aufwuchs, dann wir ein Zimmer, im letzten schließlich, nebenan, war der arme Student Pokrowskij untergebracht, ein Untermieter von Anna Fjodorowna. Anna Fjodorowna lebte sehr gut, üppiger als man hätte vermuten können; aber ihr Vermögen war ebenso unergründlich wie ihre Betätigung. Immer war sie in Hast und Sorge, mehrmals am Tage fuhr oder ging sie weg; was sie tat, worum und weshalb sie besorgt war, konnte ich ganz und gar nicht erraten. Sie hatte einen großen und ganz unterschiedlichen Bekanntenkreis. Ständig kam Besuch zu ihr, und immer Gott weiß was für Leute, stets in irgendwelchen geschäftlichen Angelegenheiten und nur für kurze Zeit. Meine Mutter brachte mich immer in unser Zimmer, sobald es läutete. Anna Fjodorowna war deshalb fürchterlich böse auf sie und behauptete unaufhörlich, wir seien über die Maßen stolz, wir hätten ja auch allen Grund, den Kopf so hoch zu tragen – so redete sie stundenlang ohne Unterlaß. Damals habe ich diese Vorwürfe wegen des Stolzes nicht begriffen; ebenso habe ich erst heute erkannt oder ahne wenigstens, warum sich Mutter nicht entschließen konnte, bei Anna Fjodorowna zu wohnen. Anna Fjodorowna war eine bösartige Frau; sie quälte uns unaufhörlich. Bis heute ist mir rätselhaft, warum sie uns überhaupt zu sich kommen ließ. Anfangs war sie recht freundlich zu uns, dann aber, als sie erkannt hatte, daß wir völlig hilflos waren und nirgendwohin konnten, zeigte sie ihren wahren Charakter. Später wurde sie überaus freundlich zu mir, sogar irgendwie brutal freundlich, bis hin zu Schmeicheleien – doch erst einmal hatte ich wie meine Mutter viel zu leiden. Jeden Augenblick machte sie uns Vorwürfe; sie hatte nichts anderes zu tun, als ständig ihre Wohltaten zu wiederholen. Fremden Leuten stellte sie uns als ihre armen Verwandten, als hilflose Witwe und Waise vor, die sie aus Gnade und Barmherzigkeit, aus christlicher Nächstenliebe bei sich aufgenommen habe. Bei Tisch verfolgte sie jeden Bissen, den wir nahmen, mit den Augen; aßen wir aber nicht, begann die alte Leier aufs neue: Es hieß, wir ekelten uns wohl, sie bitte um Nachsicht, aber man müsse mit dem vorliebnehmen, was das Haus bieten könne; vielleicht hätten wir selbst etwas Besseres. Auf Vater hat sie ständig geschimpft. Sie sagte, er habe etwas Besseres sein wollen als andere, das aber sei ihm übel bekommen; Frau und Tochter habe er an den Bettelstab gebracht, und wenn keine gutherzige Verwandte dagewesen wäre, die eine christliche Seele und Mitgefühl gehabt hätte, wären wir, Gott weiß, vielleicht mitten auf der Straße vor Hunger umgekommen. Was sie nicht alles sagte! Es war nicht nur bitter, sondern eher widerlich, ihr zuzuhören. Mutter weinte fortwährend; von Tag zu Tag verschlechterte sich ihr Gesundheitszustand, sie siechte sichtlich dahin. Unterdessen arbeiteten wir beide von früh bis spät, wir hatten Näharbeit bekommen; das gefiel Anna Fjodorowna ganz und gar nicht; sie sagte jeden Augenblick, ihr Haus sei kein Modeladen. Wir hatten aber Kleidung nötig, mußten für unvorhersehbare Kosten etwas zurücklegen und brauchten unbedingt eigenes Geld. Auf alle Fälle haben wir gespart und immer gehofft, daß wir mit der Zeit irgendwohin würden umziehen können. Aber Mutter büßte ihr letztes bißchen Gesundheit bei der Arbeit ein; sie wurde von Tag zu Tag schwächer. Die Krankheit höhlte – wie ein Wurm – ihr Leben aus und brachte sie an das Grab. Ich habe das die ganze Zeit gesehen, die ganze Zeit gespürt und die ganze Zeit über gelitten; alles vollzog sich vor meinen Augen!

Die Tage vergingen, ein Tag glich dem anderen. Wir lebten still dahin, als wären wir gar nicht in der Stadt. Anna Fjodorowna beruhigte sich nach und nach, während sie sich ganz ihrer Macht bewußt wurde. Im übrigen hatte ihr niemals jemand zu widersprechen gedacht. In unserem Zimmer waren wir von dem Teil des Hauses, den sie bewohnte, durch einen Korridor getrennt, und neben uns war, wie ich bereits erwähnte, Pokrowskij untergebracht. Er gab Sascha Unterricht in Französisch und Deutsch, Geschichte und Geographie – in allen Wissenschaften, wie Anna Fjodorowna es ausdrückte, und bekam dafür von ihr Kost und Logis. Sascha war ein gelehriges Mädchen, jedoch ausgelassen und wild; sie war damals dreizehn Jahre alt. Anna Fjodorowna machte zu Mutter die Bemerkung, daß es nicht schlecht wäre, wenn auch ich zu lernen anfinge, zumal ich das Pensionat vorzeitig verlassen hätte. Meine Mutter stimmte mit Freuden zu, und ich lernte ein ganzes Jahr zusammen mit Sascha bei Pokrowskij.

Pokrowskij war ein armer, sehr armer junger Mann; seine Gesundheit erlaubte ihm kein regelmäßiges Studium, und wir nannten ihn nur so aus Gewohnheit Student. Er lebte bescheiden, still und ruhig, so daß wir ihn in unserem Zimmer nicht einmal zu hören pflegten. Er sah so seltsam aus, lief so linkisch, verbeugte sich so ungeschickt und sprach so komisch, daß ich ihn zuerst nicht ansehen konnte, ohne lachen zu müssen. Sascha spielte ihm unaufhörlich Streiche, besonders dann, wenn er uns Stunden gab. Und zu alledem war er reizbar, war fortwährend böse, fuhr wegen jeder Kleinigkeit aus der Haut, schrie uns an, beklagte sich über uns und ging oft – ohne die Stunde zu Ende zu führen – verärgert in sein Zimmer. Bei sich aber saß er tagelang über den Büchern. Er besaß viele davon, und alles so wertvolle, seltene Bücher. Er unterrichtete noch irgendwo und bekam etwas Geld dafür – doch kaum hatte er welches, kaufte er sich auf der Stelle Bücher.

Mit der Zeit lernte ich ihn näher und besser kennen. Er war der gutherzigste und bemerkenswerteste Mensch von allen, die ich bis dahin getroffen hatte. Mutter schätzte ihn überaus. Später wurde er mein bester Freund – natürlich nach Mama.

Zuerst habe ich, so ein großes Mädel, mit Sascha gemeinsam Unfug getrieben; manchmal haben wir uns stundenlang die Köpfe zerbrochen, wie wir ihn ärgern und aus der Fassung bringen könnten. Es war sehr komisch, wenn er böse war, uns aber machte das besonderen Spaß. (Sogar der Gedanke daran beschämt mich.) Einmal haben wir ihn so geärgert, daß er beinahe weinte, und ich hörte deutlich sein Flüstern: »Boshafte Kinder«. Ich war plötzlich bestürzt; ich verspürte Scham, Bitternis und Mitleid mit ihm. Ich erinnere mich, daß ich über beide Ohren rot wurde und ihn fast unter Tränen gebeten hätte, sich zu beruhigen und uns unsere dummen Streiche nicht übelzunehmen, doch er klappte das Buch zu, beendete die Stunde nicht und ging in sein Zimmer. Den ganzen Tag quälte mich die Reue. Der Gedanke, daß wir Kinder ihn durch unsere Grausamkeiten zum Weinen gebracht hatten, war mir unerträglich. Wir hatten also auf seine Tränen gewartet. Wir hatten sie uns also gewünscht; hatten es also fertiggebracht, ihn endgültig aus der Fassung zu bringen; wir hatten den Unglücklichen, Armen gezwungen, sich auf sein grausames Los zu besinnen! Vor Ärger, Traurigkeit und Reue schlief ich die ganze Nacht nicht.

Man sagt, Reue erleichtere das Herz – im Gegenteil. Ich weiß nicht, wie sich Ehrgeiz zu meinem Kummer mischte. Ich wollte von ihm nicht für ein Kind gehalten werden. Ich war damals schon fünfzehn Jahre alt.
Von diesem Tage an quälte ich meine Phantasie und schmiedete ich Tausende von Plänen, wie ich Pokrowskij wohl veranlassen könnte, seine Meinung über mich zu ändern. Doch zuweilen war ich zaghaft und schüchtern; damals konnte ich mich zu nichts entschließen und ließ es bei den Träumereien (Gott weiß was für Hirngespinsten!) bewenden. Ich hörte lediglich auf, ihm gemeinsam mit Sascha Streiche zu spielen, er hörte auf, sich über uns zu ärgern; doch für meinen Ehrgeiz war das nicht genug.
Jetzt ein paar Worte zu einem der wunderlichsten, vorwitzigsten und bemitleidenswertesten Menschen, denen ich je begegnet bin. Ich spreche jetzt, gerade an dieser Stelle meiner Aufzeichnungen über ihn, weil ich ihm bis dahin fast keinerlei Aufmerksamkeit geschenkt hatte – aber dann wurde alles, was Pokrowskij betraf, für mich mit einem Male interessant!
Von Zeit zu Zeit erschien bei uns im Hause ein alter Mann – schmutzig, schlecht gekleidet, klein, grauhaarig, plump, linkisch – kurz und gut, er war über alle Maßen sonderbar. Auf den ersten Blick konnte man meinen, er schäme sich wegen etwas, er schäme sich seiner selbst. Deshalb duckte er sich immer irgendwie und krümmte sich zusammen; er hatte solch ein Benehmen und Gebaren, daß man fast zwangsläufig daraus folgern mußte, er sei nicht voll bei Verstand. Er kam bisweilen zu uns, stand aber in der Diele an der Glastür und traute sich nicht herein. Ging jemand von uns vorbei – ich oder Sascha oder jemand von der Dienerschaft, der ihm wohlgesonnen war –, winkte er sofort, winkte einen herbei, machte verschiedene Zeichen, und erst dann, wenn man ihm zunickte und zuwinkte – das verabredete Zeichen, daß kein Fremder im Hause sei und daß er eintreten könne, wenn er wolle –, erst dann öffnete der Alte leise die Tür, lächelte froh, rieb

sich die Hände vor Vergnügen und ging auf Zehenspitzen direkt in das Zimmer von Pokrowskij. Es war sein Vater.

Später erfuhr ich die ganze Geschichte dieses armen alten Mannes ausführlich. Er war einst irgendwo angestellt gewesen, besaß aber nicht die mindesten Fähigkeiten und bekleidete die niederste, unbedeutendste Dienststellung. Als seine erste Frau (die Mutter des Studenten Pokrowskij) gestorben war, kam es ihm in den Sinn, zum zweiten Mal zu heiraten, und er nahm sich eine Kleinbürgerin zur Frau. Bei der neuen Ehefrau ging alles im Hause drunter und drüber; allen machte sie das Leben zur Qual; jeden nahm sie an die Kandare. Der Student Pokrowskij war damals noch ein Kind von etwa zehn Jahren. Die Stiefmutter haßte ihn. Doch das Schicksal war dem kleinen Pokrowskij gnädig. Der Gutsbesitzer Bykow, der den Beamten Pokrowskij kannte und ehemals sein Wohltäter gewesen war, nahm das Kind unter seine Fittiche und brachte es an irgendeiner Schule unter. Interesse zeigte er deshalb an ihm, weil er seine verstorbene Mutter gekannt hatte, die bereits als junges Mädchen von Anna Fjodorowna mit ›Wohltaten‹ bedacht und durch sie an den Beamten Pokrowskij verheiratet worden war. Herr Bykow, ein Freund und naher Bekannter von Anna Fjodorowna, hatte der Braut aus Großmut fünftausend Rubel Mitgift gegeben. Wofür dieses Geld verwendet wurde, ist nicht bekannt. Anna Fjodorowna hat mir das alles so erzählt; der Student Pokrowskij selbst jedoch hat nie gern über seine familiären Verhältnisse gesprochen. Man sagt, seine Mutter sei sehr schön gewesen, und mich befremdet, weshalb sie sich so schlecht verheiratet hat und die Frau eines so unbedeutenden Mannes geworden ist . . . Sie starb recht jung, etwa vier Jahre nach der Heirat.

Nach der Schule ging der junge Pokrowskij auf irgendein Gymnasium und dann zur Universität. Herr Bykow, der sehr oft nach Petersburg kam, ließ ihn auch hier nicht ohne seinen Schutz. Wegen seiner zerrütteten Gesundheit

konnte Pokrowskij seine Studien an der Universität nicht fortsetzen. Herr Bykow machte ihn mit Anna Fjodorowna bekannt, empfahl ihn eigens, und so wurde der junge Pokrowskij unter der Bedingung aufgenommen, daß er Sascha alles nur Erforderliche beibringe.
Der alte Pokrowskij jedoch frönte aus Kummer über die Grausamkeiten seiner Frau dem übelsten Laster und war fast immer in trunkenem Zustand. Seine Frau schlug ihn, verbannte ihn in die Küche und brachte es so weit, daß er sich schließlich an die Prügel und die schlechte Behandlung gewöhnte und nicht klagte. Er war noch gar nicht so alt, aber seine häßliche Angewohnheit hatte ihn fast um den Verstand gebracht. Das einzige Zeichen edler menschlicher Empfindungen an ihm war seine grenzenlose Liebe zu seinem Sohn. Man sagte, der junge Pokrowskij ähnele seiner verstorbenen Mutter wie ein Ei dem anderen. Haben die Erinnerungen an seine vorige, gute Frau im Innersten des verkommenen Alten eine so unendliche Liebe zu ihm entstehen lassen? Der Alte konnte von nichts anderem reden als vom Sohn, und er suchte ihn stets zweimal wöchentlich auf. Öfter wagte er nicht zu kommen, weil der junge Pokrowskij die väterlichen Besuche nicht ertragen konnte. Von all seinen Fehlern war zweifelsohne der Mangel an Achtung gegenüber dem Vater der erste und gewichtigste. Im übrigen war mitunter auch der Alte das unerträglichste Geschöpf unter der Sonne. Erstens war er schrecklich neugierig, zweitens störte er den Sohn durch sinnloses und wirres Reden und Fragen jeden Augenblick bei der Arbeit, schließlich war er manchmal betrunken. Der Sohn hat dem Alten allmählich die Laster abgewöhnt, die Neugier und das ständige Schwatzen; zu guter Letzt hat er es so weit gebracht, daß er ihm in allem gehorchte wie einem Orakel und den Mund nicht ohne seine Erlaubnis aufzumachen wagte.
Der arme Alte konnte seinen Petenka (so nannte er den Sohn) gar nicht genug bewundern und sich über ihn freuen. Kam er zu ihm, sah er fast immer irgendwie

besorgt und ängstlich aus – wahrscheinlich aus Ungewißheit, wie ihn der Sohn empfangen würde; gewöhnlich konnte er sich lange nicht entschließen einzutreten, und wenn ich dort auftauchte, erkundigte er sich mitunter zwanzig Minuten lang, wie es denn Petenka gehe. Ob er denn gesund sei, was er gerade für Laune habe, ob er sich mit etwas Wichtigem beschäftige; was er denn gerade mache – ob er schreibe oder mit Nachdenken beschäftigt sei. Wenn ich ihn hinlänglich ermutigt und beruhigt hatte, entschloß sich der Alte endlich hineinzugehen; er öffnete ganz leise und behutsam die Tür, steckte zuerst nur den Kopf hinein, und wenn er sah, daß der Sohn nicht böse war und ihm zunickte, betrat er geräuschlos das Zimmer, legte den Mantel und den Hut ab, der ewig zerbeult und durchlöchert war und eine abgerissene Krempe hatte, und hängte alles an den Haken; das geschah lautlos und unhörbar. Dann setzte er sich vorsichtig auf einen Stuhl und ließ kein Auge von seinem Sohn, erhaschte alle seine Bewegungen, um die Laune seines Petenka erraten zu können. War der Sohn ein klein wenig mißgestimmt und der Alte merkte dies, erhob er sich sogleich von seinem Platze und erklärte, er sei nur so, nur auf einen Sprung gekommen. Weit gelaufen sei er, hier vorbeigekommen und wolle sich nur ausruhen. Darauf nahm er stillschweigend und demütig Hut und Mantel, öffnete die Tür wieder leise und ging – dabei rang er sich ein Lächeln ab, um den angestauten Kummer für sich zu behalten und den Sohn nichts merken zu lassen.

Nahm der Sohn den Vater aber gut auf, war der Alte außer sich vor Freude. Zufriedenheit machte sich auf seinem Gesicht, in seinen Gebärden und Bewegungen breit. Knüpfte der Sohn mit ihm ein Gespräch an, erhob sich der alte Mann immer ein wenig und antwortete leise, ergeben und beinahe ehrfurchtsvoll, wobei er stets bemüht war, ausgesuchte Ausdrücke, nämlich spaßige zu benutzen. Doch das Reden war ihm nicht gegeben: ständig kam er durcheinander und wurde so verlegen, daß er mit den

Händen und mit sich selbst nicht wußte wohin, und danach flüsterte er die Antwort noch lange vor sich hin, als ob er sich verbessern wollte. War ihm jedoch eine Antwort gut gelungen, machte sich der Alte schön, rückte Weste, Krawatte und Frack zurecht und nahm einen selbstbewußten Ausdruck an. Manchmal wurde er so mutig und kühn, daß er ganz leise aufstand, zum Bücherregal ging, das erste beste Büchlein nahm und auf der Stelle darin las, was immer für ein Buch es war. All das tat er mit dem Ausdruck vorgetäuschter Gleichgültigkeit und Gelassenheit, als könne er zu allen Zeiten so über die Bücher des Sohnes schalten und walten, als wäre die Freundlichkeit des Sohnes nichts Seltenes für ihn. Einmal habe ich zufällig gesehen, wie der Arme erschrak, als ihn Pokrowskij bat, die Bücher nicht anzurühren. Er wurde verlegen, sputete sich, stellte das Buch auf den Kopf, dann wollte er dies ändern, drehte das Buch um und stellte es mit dem Schnitt nach außen hin, lächelte, errötete und wußte nicht, wie er sein Vergehen wiedergutmachen sollte. Pokrowskij brachte durch seine Ratschläge den Alten allmählich von seinen schlechten Gewohnheiten ab, und kaum hatte er ihn an die drei Mal hintereinander nüchtern erlebt, gab er ihm beim nächstbesten Besuch zum Abschied einen Viertelrubel, einen halben Rubel oder mehr. Bisweilen kaufte er ihm Stiefel, eine Krawatte oder eine Weste. Der Alte freilich fühlte sich in den neuen Sachen stolz wie ein Hahn. Manchmal kam er zu uns herein, brachte mir und Sascha Lebkuchen, Äpfel und sprach mit uns die ganze Zeit über Petenka. Er bat uns, aufmerksam zu lernen und zu gehorchen; sagte, Petenka sei ein guter Sohn, ein mustergültiger Sohn und obendrein ein gelehrter Sohn. Dann zwinkerte er uns so komisch mit dem linken Auge zu und schnitt so lustige Grimassen, daß wir nicht an uns halten konnten und schallend über ihn lachten. Mama hatte ihn sehr gern. Doch der Alte haßte Anna Fjodorowna, obgleich er ihr gegenüber mucksmäuschenstill war.

Bald hörte ich auf, mich am Unterricht von Pokrowskij zu beteiligen. Er hielt mich wie ehedem für ein Kind, für ein ausgelassenes kleines Mädchen – wie Sascha. Das schmerzte mich sehr, hatte ich mich doch nach Kräften bemüht, mein früheres Benehmen wiedergutzumachen. Aber ich wurde übersehen. Das ärgerte mich immer mehr. Fast nie sprach ich mit Pokrowskij außerhalb des Unterrichts, und ich konnte es auch nicht. Ich errötete, geriet in Verwirrung und weinte nachher aus Ärger irgendwo in einem Eckchen.
Ich weiß nicht, womit das alles noch geendet hätte, wenn nicht ein sonderbarer Umstand unserer Annäherung nachgeholfen hätte. Eines Abends, als Mutter bei Anna Fjodorowna saß, ging ich heimlich in Pokrowskijs Zimmer. Ich wußte, daß er nicht zu Hause war, kann aber wahrhaftig nicht sagen, weswegen ich auf den Einfall kam, zu ihm hineinzugehen. Bis jetzt hatte ich nie auch nur flüchtig zu ihm hineingeschaut, obgleich wir schon über ein Jahr nebeneinander wohnten. Mein Herz klopfte so heftig, so stark, als wolle es die Brust sprengen. Ich sah mich rundherum mit einer eigenartigen Neugier um. Das Zimmer Pokrowskijs war sehr dürftig eingerichtet, es herrschte wenig Ordnung. An den Wänden waren fünf lange Bücherregale angebracht. Auf dem Tisch und auf den Stühlen lag Papier. Überall Bücher und Papier! Ein sonderbarer Gedanke überkam mich, und zugleich bemächtigte sich meiner ein unliebsames Gefühl von Ärger. Mich dünkte, meine Freundschaft und mein liebevolles Herz genügten ihm nicht. Er war gelehrt, ich aber war dumm und wußte nichts, hatte nichts gelesen, nicht ein einziges Buch ... Da sah ich neidisch auf die langen Regale, die sich unter der Last der Bücher bogen. Verdrossenheit, Wehmut und Zorn befielen mich. Ich verspürte den Wunsch und beschloß auf der Stelle, seine Bücher samt und sonders zu lesen, und zwar so schnell wie möglich. Ich weiß nicht, mag sein, ich dachte, seiner Freundschaft würdiger zu werden, wenn ich alles gelernt

hätte, was er wußte. Ich stürzte zum ersten Regal; ohne Nachdenken und Zögern griff ich den ersten besten verstaubten, alten Band, wurde bald rot, bald blaß und bebte vor Aufregung und Angst, als ich das gestohlene Buch mitnahm, das ich nachts bei Kerzenschein lesen wollte, sobald Mutter eingeschlafen war.
Doch wie verdroß es mich, als ich, in unserem Zimmer angelangt, das Buch hastig aufschlug und irgendein altes, halbverfaultes, von Würmern völlig zerfressenes lateinisches Werk erblickte. Ich ging zurück, ohne Zeit zu verlieren. Gerade wollte ich das Buch ins Regal stellen, als ein Geräusch und jemandes nahende Schritte zu hören waren. Ich sputete mich, beeilte mich, doch das mißliebige Buch hatte so eng in der Reihe gestanden, daß sich alle übrigen, als ich das eine herausgezogen hatte, ganz von selbst so sehr ausdehnten und in die Breite gingen, daß nun für ihren ehemaligen Gefährten kein Platz mehr war. Es mangelte mir an Kraft, das Buch hineinzuzwängen. Doch ich schob die Bücher, so sehr ich nur konnte. Der rostige Nagel, an dem das Brett befestigt war und der anscheinend eigens auf diesen Moment gewartet hatte, um zu brechen – brach auch. Das Regal flog mit dem einen Ende nach unten. Die Bücher prasselten lautstark zu Boden. Die Tür ging auf, und Pokrowskij betrat das Zimmer.
Es sei vermerkt, daß er es nicht ausstehen konnte, wenn sich jemand an seinen Habseligkeiten zu schaffen machte. Wehe dem, der seine Bücher anrührte! Bilden sie sich ein Urteil über mein Entsetzen, als die Bücher, kleine, große, mit dem unterschiedlichsten Format, von der verschiedensten Größe und Stärke, vom Regal stürzten, herunterfielen, unter den Tisch, die Stühle, im ganzen Zimmer umhersprangen. Eigentlich wollte ich davonlaufen, doch es war zu spät. ›Alles verloren‹, dachte ich, ›alles verloren! Ich bin erledigt, es ist aus mit mir! Ungezogen und wild wie ein zehnjähriges Kind bin ich; ich bin ein törichtes Mädchen! Eine dumme Gans bin ich!!‹ Pokrowskij war schrecklich böse. »Das hat gerade noch gefehlt!« brüllte

er. »Daß Sie sich nicht schämen, solchen Unfug zu machen! ... Ob Sie jemals zur Besinnung kommen?« Und er machte sich selbst daran, die Bücher aufzuheben. Ich wollte mich bücken, um ihm zu helfen. »Nicht nötig, nicht nötig«, schrie er, »Sie täten besser daran, nicht dorthin zu kommen, wohin man Sie nicht gebeten hat.« Im übrigen fuhr er aber, ein wenig besänftigt durch meine gehorsame Bewegung, schon ruhiger, im gerade gehörten Schulmeisterton fort, wobei er sich der einstigen Befugnis des Lehrers bediente: »Wann werden Sie Vernunft annehmen, wann werden Sie zur Besinnung kommen? Schauen Sie sich doch an, Sie sind wirklich kein Kind mehr, kein kleines Mädchen, Sie sind ja schon fünfzehn Jahre alt!« Und da – wahrscheinlich um nachzusehen, ob es wahr sei, daß ich nicht mehr klein bin – betrachtete er mich und errötete bis über beide Ohren. Ich begriff nichts; ich stand vor ihm und sah ihn völlig verwundert an. Er erhob sich, trat verlegen auf mich zu, geriet in äußerste Verwirrung, redete irgend etwas daher, entschuldigte sich anscheinend für etwas, vielleicht dafür, daß er erst jetzt bemerkt hatte, daß ich so ein großes Mädchen bin. Endlich begriff ich. Ich erinnere mich nicht, was damals mit mir los war; ich war verwirrt, verlor den Kopf, errötete noch mehr als Pokrowskij, schlug die Hände vors Gesicht und lief aus dem Zimmer.

Ich wußte nicht, was ich tun sollte, wo ich mich vor Scham verstecken sollte. Allein schon, daß er mich in seinem Zimmer überrascht hatte! Ganze drei Tage konnte ich ihn nicht anschauen. Ich schämte mich in Grund und Boden. Die seltsamsten Gedanken, lächerliche Gedanken wollten mir nicht aus dem Sinn. Einer davon, der törichteste, war, daß ich zu ihm gehen, mich mit ihm aussprechen, ihm alles eingestehen, ihm alles aufrichtig erzählen und ihn überzeugen wollte, daß ich nicht wie ein dummes Mädchen, sondern in guter Absicht gehandelt hätte. Eigentlich war ich fest entschlossen zu gehen, doch Gott sei Dank fehlte mir der Mut. Ich kann mir vorstellen, was

ich angerichtet hätte! Noch heute ist es mir peinlich, wenn ich an all das zurückdenke.
Ein paar Tage später wurde Mutter plötzlich schwer krank. Sie hatte das Bett schon zwei Tage nicht verlassen und fieberte und phantasierte die dritte Nacht. Ich hatte schon eine Nacht nicht geschlafen, weil ich Mutter versorgte; ich saß an ihrem Bett, brachte ihr zu trinken und gab ihr zu bestimmten Zeiten Medizin. In der zweiten Nacht war ich völlig erschöpft. Von Zeit zu Zeit überkam mich der Schlaf, vor den Augen flimmerte es, mir war schwindlig, und ich war jeden Augenblick nahe daran, vor Erschöpfung umzufallen, doch das leichte Stöhnen der Mutter weckte mich wieder, ich zuckte zusammen, war für einen Moment wach, dann aber überwältigte mich der Halbschlaf von neuem. Ich quälte mich. Ich weiß nicht – ich kann mich nicht besinnen –, aber irgendein schrecklicher Traum, irgendeine grauenvolle Erscheinung suchte meinen verwirrten Kopf in einem qualvollen Augenblick des Kampfes zwischen Schlaf und Wachsein heim. Von Entsetzen gepackt, wachte ich auf. Im Zimmer war es finster, das Nachtlicht war am Ausgehen, Lichtstreifen überfluteten bald das ganze Zimmer, bald leuchteten sie nur ein klein wenig an der Wand auf, bald verschwanden sie völlig. Mir wurde angst und bange, ein Schrecken packte mich; meine Einbildungskraft war durch den grauenhaften Traum angeregt; Gram schnürte mir das Herz ab . . . Ich sprang vom Stuhl auf, und unwillkürlich schrie ich aus einem qualvollen, schrecklich beklemmenden Gefühl heraus. In diesem Augenblick ging die Tür auf, und Pokrowskij kam zu uns ins Zimmer.
Ich weiß nur noch, daß ich in seinen Armen zu mir kam. Er setzte mich behutsam in den Sessel, reichte mir ein Glas Wasser und bestürmte mich mit Fragen. Ich erinnere mich nicht, was ich ihm geantwortet habe. »Sie sind krank, Sie sind selbst sehr krank«, sagte er und ergriff dabei meine Hand, »Sie haben Fieber, Sie richten sich zugrunde, Sie schonen ihre Gesundheit nicht; nur Ruhe, legen Sie sich

hin, schlafen Sie. Ich werde Sie in zwei Stunden wecken, beruhigen Sie sich ein wenig . . . Legen Sie sich schlafen, schlafen Sie!« fuhr er fort und ließ kein Wort des Widerspruches zu. Die Müdigkeit hatte mir die letzten Kräfte geraubt; meine Augen fielen vor Schwäche zu. Ich legte mich ein bißchen hin, hatte beschlossen, nur eine halbe Stunde zu schlafen, schlief aber bis zum Morgen durch. Pokrowskij weckte mich erst, als es Zeit war, Mutter die Arznei zu verabreichen.

Als ich mich am nächsten Tag, nachdem ich tagsüber ein wenig Ruhe gefunden hatte, bereitmachte, wiederum im Lehnstuhl am Bett der Mutter zu sitzen, fest entschlossen, diesmal nicht einzuschlafen, klopfte Pokrowskij gegen elf Uhr an unsere Zimmertür. Ich öffnete. »Es ist langweilig für Sie, so allein zu sitzen«, sagte er zu mir, »hier, ein Buch für Sie; nehmen Sie es; dann wird es nicht so eintönig.« Ich nahm es; ich kann mich nicht besinnen, was für ein Buch es war; ich habe dann kaum hineingesehen, obgleich ich die ganze Nacht nicht schlief. Eine sonderbare innere Unruhe ließ mich nicht schlafen; ich hielt es nicht auf einer Stelle aus; mehrmals erhob ich mich aus dem Lehnstuhl und begann, im Zimmer umherzugehen. Eine Art innere Zufriedenheit hatte sich bei mir über Leib und Seele ausgebreitet. So froh war ich über die Aufmerksamkeit Pokrowskijs. Ich war stolz auf seine Sorge und Fürsorge. Die ganze Nacht hindurch dachte ich nach und träumte. Pokrowskij kam nicht wieder; und ich wußte, daß er nicht kommen würde und stellte mir den folgenden Abend vor.

Am nächsten Abend, als alle im Haus sich schon schlafen gelegt hatten, öffnete Pokrowskij seine Tür und begann sich mit mir zu unterhalten, während er an seiner Zimmerschwelle stand. Ich kann mich heute an kein einziges Wort von dem erinnern, was wir einander erzählten; ich weiß nur, daß ich schüchtern und verwirrt war, mich über mich ärgerte und das Ende der Unterhaltung herbeisehnte, obgleich ich selbst sie aus ganzer Kraft gewünscht, den lieben langen Tag von ihr geträumt und meine Fragen und Antworten verfaßt hatte ... Von diesem Abend an begann unsere Freundschaft. Während der ganzen Zeit von Mutters Krankheit verbrachten wir jede Nacht mehrere Stunden gemeinsam. Nach und nach überwand ich meine Schüchternheit, obwohl ich nach jedem Gespräch immer noch Grund hatte, mich über mich selbst zu ärgern. Übrigens sah ich es mit heimlicher Freude und stolzer Zufriedenheit, daß er meinetwegen seine unausstehlichen Bücher vergaß. Zufällig, im Scherz, kam das Gespräch einmal auf deren Sturz vom Regal. Das war ein seltsamer Augenblick. Ich war wohl *allzu* aufrichtig und offenherzig; vor Eifer und sonderbarer Begeisterung ließ ich mich hinreißen und gestand ihm alles ... daß ich hatte lernen und etwas wissen wollen, daß ich es leid war, für ein kleines Mädchen, für ein Kind gehalten zu werden ... Wie gesagt, ich war in einer sehr sonderbaren Stimmung; mein Herz war weich, Tränen standen mir in den Augen, ich verheimlichte nichts, sondern erzählte alles, alles – von meiner Freundschaft zu ihm, dem Wunsch, ihn zu lieben, einträchtig mit ihm zu leben, ihm Trost und Ruhe zu spenden. Er sah mich eigenartig an, voller Verwirrung und Verwunderung – und sagte kein einziges Wort. Großer Schmerz und tiefe Traurigkeit ergriffen mich plötzlich. Es war mir, als ob er mich nicht verstehe und sich womöglich über mich lustig mache. Auf einmal brach ich in Tränen aus, schluchzte wie ein kleines Kind und konnte mich einfach nicht mehr beherrschen. Er nahm meine Hände, küßte sie, drückte sie an seine Brust, redete mir zu und tröstete mich; er war tief bewegt. Ich erinnere mich nicht, was er zu mir sagte; ich aber weinte und lachte und weinte aufs neue, errötete und brachte vor Freude kein Wort heraus. Ich merkte jedoch trotz meiner Aufregung, daß Pokrowskij irgendwie verwirrt und gehemmt blieb. Anscheinend konnte er sich über meine Zuneigung, meine Begeisterung, über diese unerwartete, leidenschaftliche Freundschaft gar nicht genug wundern. Mag sein, daß er anfangs nur neugierig war; späterhin schwand seine Unschlüssigkeit, und er nahm meine Zuneigung zu ihm, meine herzlichen Worte und meine Aufmerksamkeit mit demselben natürlichen, aufrichtigen Gefühl an und erwiderte alles so aufmerksam, so gütig und wohlmeinend wie ein wahrer Freund, wie ein leiblicher Bruder. Mir war so warm ums Herz, so wohl! . . . Ich verheimlichte und verschwieg nichts; er sah das alles und war mir mit jedem Tage stärker zugetan.

Ich wüßte wahrhaftig nichts, was wir in diesen qualvollen und zugleich wonnevollen Stunden unseres nächtlichen Zusammenseins, beim flackernden Licht des Öllämpchens vor dem Heiligenbilde, dicht am Bett meiner armen, kranken Mutter nicht besprochen hätten . . . Alles, was uns in den Sinn kam, was uns am Herzen lag und geradezu danach verlangte, ausgesprochen zu werden – wir waren beinahe glücklich. Ach, es war eine traurige und zugleich frohe Zeit; und heute noch stimmt mich die Erinnerung daran zugleich traurig und froh. Lebenserinnerungen sind immer qualvoll, mögen es freudige oder schmerzliche sein; zumindest ist das bei mir so. Doch selbst diese Qual ist eine Wonne. Wird einem schwer ums Herz, traurig und weh, erfrischen und beleben es die Erinnerungen – wie Tautropfen an einem feuchten Abend nach einem heißen Tage die arme, verkümmerte Blume, die in der sengenden Tagesglut verbrannte.

Mutter war auf dem Wege der Besserung, ich aber saß nachts weiter an ihrem Bett. Pokrowskij hat mir häufig Bücher gegeben; anfangs las ich, um nicht einzuschlafen, dann aber aufmerksamer und schließlich mit Begierde; viel Neues, bisher Ungeahntes, Unbekanntes tat sich mir plötzlich auf. Eine Flut neuer Gedanken und neuer Eindrücke strömte mit einem Male auf mich ein. Und je mehr Aufregung, je mehr Verwirrung und Mühe die Aufnahme der neuen Eindrücke mit sich brachte, desto lieber waren sie mir, desto wonniglicher erschütterten sie meine ganze Seele. Sie drängten sich urplötzlich, unvermittelt in mein

Herz und gönnten ihm keine Ruhe mehr. Ein seltsames Chaos versetzte mein ganzes Wesen in Aufruhr. Doch diese geistige Gewalt vermochte mich nicht gänzlich zu zerrütten. Ich war allzu verträumt – und das rettete mich.

Als meine Mutter die Krankheit überstanden hatte, hörten unsere abendlichen Begegnungen und langen Gespräche auf. Zuweilen fügte es sich, daß wir ein paar Worte wechselten – meist waren sie leer und nichtssagend, doch war es mir eine Freude, jedem von ihnen seine Bedeutung, seinen besonderen, heimlichen Wert beizulegen. Mein Leben war ausgefüllt, ich war glücklich, still und heimlich glücklich. So vergingen mehrere Wochen ...

Eines schönen Tages besuchte uns der alte Pokrowskij. Er plauderte lange mit uns, war ungewöhnlich froh, munter und gesprächig; er lachte und scherzte auf seine Art; schließlich löste er das Rätsel seiner Begeisterung und ließ uns wissen, daß genau in einer Woche Petenkas Geburtstag sei und er aus diesem Anlaß ganz gewiß zu seinem Sohn kommen werde; daß er die neue Weste anziehen werde und seine Frau versprochen habe, ihm neue Stiefel zu kaufen. Mit einem Wort – der Alte war selig vor Glück und schwatzte über alles, was ihm in den Sinn kam.

Sein Geburtstag! Dieser Geburtstag ließ mir Tag und Nacht keine Ruhe. Ich war fest entschlossen, Pokrowskij meine Freundschaft in Erinnerung zu bringen und ihm etwas zu schenken. Aber was? Zu guter Letzt kam mir die Idee, ihm Bücher zu schenken. Ich wußte, daß er gern Puschkins Gesammelte Werke in der Neuauflage[10] besessen hätte, und beschloß, ihm den Puschkin zu kaufen. An eigenem Geld nannte ich etwa dreißig Rubel mein eigen, die ich mir mit Handarbeiten verdient hatte. Das Geld war für ein neues Kleid bestimmt. Auf der Stelle ließ ich unsere Köchin, die alte Matrjona, in Erfahrung bringen, was der gesamte Puschkin koste. O Schreck! Der Preis für alle elf Bände belief sich, die Unkosten für den Einband inbegriffen, auf wenigstens sechzig Rubel. Woher das Geld neh-

men? Ich überlegte und überlegte und konnte mich nicht entschließen. Meine Mutter mochte ich nicht darum bitten. Gewiß, Mutter hätte mir bestimmt ausgeholfen; dann aber hätten vielleicht alle im Haus von unserem Geschenk erfahren; und überdies wäre dieses Geschenk dann eine Erkenntlichkeit, die Entlohnung Pokrowskijs für ein ganzes Jahr Mühe geworden. Ich wollte ihn allein, in aller Stille beschenken. Für seine Mühe mit mir aber wollte ich ihm auf immer dankbar sein – ohne ein anderes Entgelt als meine Freundschaft. Endlich hatte ich einen Ausweg aus der schwierigen Lage gefunden.
Ich wußte, daß man bei den Antiquaren im Kaufhaus ein Buch – oftmals wenig benutzt und fast ganz neu – zuweilen zum halben Preis kaufen konnte, wenn man nur handelte. Ich war fest entschlossen, zum Kaufhaus zu gehen. So geschah es denn auch; am anderen Tage brauchten sowohl wir als auch Anna Fjodorowna irgend etwas. Meine Mutter fühlte sich nicht ganz wohl, und Anna Fjodorowna war gerade zur rechten Zeit zu faul; so wurde ich mit allem beauftragt und machte mich mit Matrjona auf den Weg.
Zu meinem Glück fand ich den Puschkin recht bald, und sogar in einem sehr hübschen Einband. Ich begann zu handeln. Zuerst sollte er mehr kosten als in den Buchläden, dann aber ging ich etliche Male fort und brachte den Händler dadurch, übrigens nicht ohne Mühe, dazu, daß er den Preis minderte und seine Forderung auf zehn Silberrubel beschränkte. Was machte mir das Feilschen Spaß! ... Die arme Matrjona begriff nicht, was in mir vorging und weshalb ich auf den Gedanken gekommen war, so viele Bücher zu kaufen. O Schreck! Mein ganzer Reichtum waren dreißig Rubel in Papiergeld, der Kaufmann aber ging überhaupt nicht darauf ein, vom Preis abzulassen. Schließlich bestürmte ich ihn mit Bitten, ich bat und bettelte – bis er zu guter Letzt nachgab. Er ließ noch etwas ab, allerdings nur zweieinhalb Rubel, und schwor, er gewähre den Rabatt nur meinetwegen, weil ich

so ein hübsches Fräulein sei, und daß er das für jemand anderen um nichts in der Welt getan hätte. Zwei und ein halber Rubel fehlten! Ich war vor Ärger dem Weinen nahe. Doch etwas gänzlich Unverhofftes half mir in meiner Not.

Nicht weit von mir, an einem anderen Büchertisch, erblickte ich den alten Pokrowskij. Er war umringt von vier oder fünf Antiquaren; sie hatten ihn völlig aus der Fassung gebracht und ließen ihn nicht in Ruhe. Ein jeder bot ihm seine Ware an – und was sie ihm nicht alles empfahlen, und was er nicht alles kaufen wollte! Der arme Alte stand wie ein begossener Pudel in ihrer Mitte und wußte nicht, auf welches Angebot er eingehen sollte. Ich trat zu ihm und fragte, was er hier mache. Der Alte freute sich sehr, mich zu sehen; er hatte mich über alle Maßen gern, vielleicht nicht minder als Petenka. »Ja, ich kaufe da eben ein paar Büchlein, Warwara Alexejewna«, antwortete er mir, »Büchlein für Petenka kaufe ich. Er hat doch bald Geburtstag, und Bücher hat er so gern, da kaufe ich ihm welche . . .« Der Alte drückte sich ja zwar immer komisch aus, jetzt aber war er obendrein schrecklich verwirrt. Nach welchem Buch er auch fragte, immer sollte es einen Silberrubel, zwei Rubel, drei Silberrubel kosten; bei den großen Büchern erkundigte er sich schon gar nicht mehr nach dem Preis, er sah sie bloß neiderfüllt an, blätterte darin, drehte sie in den Händen herum und stellte sie wieder an ihren Platz. »Nein, nein, das ist zu teuer«, sagte er halblaut, »aber vielleicht irgend etwas von dem hier.« Und sogleich begann er, in den dünnen Heften, Liederbüchern und Kalendern herumzublättern; die waren alle sehr billig. »Aber weshalb wollen Sie denn so etwas kaufen?« fragte ich ihn, »das ist doch alles nichts wert!« – »Ach, nein«, antwortete er, »nein, sehen Sie bloß, was für hübsche Büchlein es hier gibt; sehr, sehr schöne Büchlein!« Die letzten Worte zog er so kläglich in die Länge, und es schien, als sei er vor Kummer über den hohen Preis der guten Bücher dem Weinen nahe und als wolle jeden

Augenblick eine Träne von seinen blassen Wangen auf die rote Nase tropfen. Ich fragte, ob er denn viel Geld habe. »Ja, hier«, – da zog der Ärmste sein ganzes Geld heraus, das in einen schmutzigen Fetzen Zeitungspapier gewickelt war – »hier, ein halbes Rubelchen, ein Zwanzigkopekenstück und an Kupfergeld so an die zwanzig Kopeken«, insgesamt waren es also etwa drei Rubel Papiergeld. Auf der Stelle zog ich ihn zu meinem Antiquar. »Die ganzen elf Bände hier kosten nur zweiunddreißig und einen halben Rubel; ich habe dreißig; legen Sie zweieinhalb hinzu, und wir kaufen all diese Bücher und schenken sie ihm gemeinsam.« Der Alte war außer sich vor Freude, schüttete all sein Geld hin, und der Antiquar packte ihm unsere ganze gemeinsame Bibliothek auf. Mein Alterchen stopfte sich alle Taschen voll Bücher, nahm welche in beide Hände und unter die Arme und trug alles zu sich nach Hause, nachdem er mir versprochen hatte, am folgenden Tag alle Bücher heimlich zu mir zu bringen.
Am nächsten Tag besuchte der Alte seinen Sohn, blieb wie gewöhnlich ein Stündchen bei ihm, kam dann zu uns herein und setzte sich mit einer höchst komischen, geheimnisvollen Miene zu mir. Anfangs rieb er sich lachend die Hände, stolz vor Freude, ein Geheimnis zu haben, und er erklärte mir, alle Büchlein seien unauffällig zu uns gebracht worden und ständen in einem Eckchen in der Küche unter Matrjonas Obhut. Dann wechselte das Gespräch natürlich auf den bevorstehenden Festtag über; darauf redete der Alte lang und breit darüber, wie wir das Geschenk überreichen wollten; und je tiefer er in sein Thema eindrang, je mehr er darüber redete, desto deutlicher wurde mir, daß er etwas auf dem Herzen hatte, was auszusprechen er nicht vermochte, nicht wagte oder sogar fürchtete. Ich wartete und schwieg die ganze Zeit über. Die heimliche Freude, die stille Zufriedenheit, die ich bisher leicht aus seinen seltsamen Gebärden, aus dem Grimassenschneiden und dem Zwinkern mit dem linken Auge erraten hatte, waren nun verschwunden. Er

wurde jeden Augenblick aufgeregter und wehmütiger; und schließlich hielt er es nicht mehr aus.

»Hören Sie«, begann er zaghaft und halblaut, »hören Sie, Warwara Alexejewna . . . wissen Sie was, Warwara Alexejewna? . . .« Der Alte war schrecklich verwirrt. »Sehen Sie, wenn sein Geburtstag ist, nehmen Sie zehn Büchlein und schenken Sie sie ihm allein, das heißt in Ihrem Namen, Ihrerseits; ich aber nehme dann bloß den elften Band und schenke ihm diesen auch im eigenen Namen, das heißt speziell meinerseits. Auf diese Weise, sehen Sie, werden sowohl Sie etwas zu schenken haben und auch ich werde etwas zu schenken haben; wir werden beide etwas zu schenken haben.« An dieser Stelle wurde der Alte verlegen und verstummte. Ich sah ihn an; in ängstlicher Hoffnung erwartete er mein Urteil. »Aber weshalb wollen Sie denn nicht, daß wir gemeinsam schenken, Sachar Petrowitsch?«

»Ja, so, Warwara Alexejewna, das ist nämlich so . . . ich bin doch, es, hm . . .« Kurz, der Alte war verwirrt, errötete, blieb in seinem Satz stecken und kam nicht von der Stelle.

»Sehen Sie«, begann er schließlich seine Erklärung, »ich, Warwara Alexejewna, ich schlage manchmal über die Stränge . . . das heißt, ich will Ihnen gestehen, daß ich fast immer und immer zügellos bin . . . ich habe eine schlechte Angewohnheit . . . das heißt, wissen Sie, manchmal ist so eine Kälte draußen, es kommt auch allerlei Ärger vor, oder es wird einem traurig zumute, oder es geschieht irgend etwas Schlimmes, und da kann ich mich manchmal nicht beherrschen, schlage über die Stränge und trinke gelegentlich einen über den Durst. Petruscha ist das sehr unangenehm. Sehen Sie, Warwara Alexejewna, er ist dann böse, schimpft und hält mir verschiedentlich Moralpredigten. Da möchte ich ihm nun jetzt mit meinem Geschenk beweisen, daß ich mich bessere und anfange, mich gut zu benehmen; daß ich gespart habe, um das Büchlein kaufen zu können, lange gespart habe, denn ich habe ja fast nie Geld, es sei denn, Petruscha gibt mir hin und wieder etwas. Er weiß das. Also wird er sehen, wofür ich mein Geld ausgebe, und er wird erkennen, daß ich es einzig und allein für ihn tue.

Der Alte tat mir schrecklich leid. Ich überlegte nicht lange. Der alte Mann sah mich besorgt an. »Hören Sie mal, Sachar Petrowitsch«, sagte ich, »schenken Sie ihm doch alle!« – »Wie, alle? Das heißt alle Bücher? ...« – »Nun ja, alle Büchlein.« – »Und in meinem eigenen Namen?« – »In Ihrem Namen.« – »Nur in meinem Namen? Das heißt von mir aus?« – »Nun ja, Ihrerseits ...« Ich glaubte mich sehr deutlich auszudrücken, doch der Alte konnte mich lange Zeit nicht verstehen.

»Na ja«, sagte er gedankenversunken, »ja! Das wird sehr gut sein, das wäre wunderschön, aber was ist dann mit Ihnen, Warwara Alexejewna?« – »Nun, ich werde eben nichts schenken.« – »Was?« rief der Alte fast erschrocken, »Sie werden Petenka also gar nichts schenken, Sie wollen ihm also nichts schenken?« Der Alte hatte einen Schreck bekommen; in diesem Augenblick war er anscheinend bereit, seinen Vorschlag zurückzunehmen, nur damit auch ich seinem Sohn etwas schenken könne. Ein herzensguter Mensch war er, dieser Alte! Ich beteuerte ihm, daß ich glücklich wäre, ein Geschenk machen zu können, ihm aber die Freude nicht nehmen wolle. »Wenn Ihr Sohn zufrieden sein wird«, fügte ich hinzu, »und Sie froh sind, so werde auch ich mich freuen, denn insgeheim, im Innersten meines Herzens werde ich das Gefühl haben, als hätte ich wirklich geschenkt.« Damit gab sich der Alte voll und ganz zufrieden. Er blieb noch zwei Stunden bei uns, konnte jedoch die ganze Zeit über nicht ruhig sitzen – er stand auf, hantierte herum, polterte, tollte mit Sascha umher, küßte mich heimlich, kniff mich in den Arm und schnitt hinter Anna Fjodorownas Rücken Grimassen. Schließlich jagte ihn Anna Fjodorowna aus dem Haus. Kurz und gut, der Alte war vor Begeisterung außer Rand und Band wie vielleicht noch nie zuvor.

An dem feierlichen Tage erschien er Punkt elf Uhr, gleich nach der Messe, in einem ordentlich ausgebesserten Frack und wahrhaftig mit einer neuen Weste und neuen Schuhen. In jeder Hand hatte er einen Packen Bücher. Wir saßen dann alle bei Anna Fjodorowna im großen Zimmer und tranken Kaffee (es war Sonntag). Der Alte begann, glaube ich, damit, daß Puschkin ein sehr guter Dichter gewesen sei; dann kam er völlig aus dem Konzept und ging plötzlich dazu über, daß man sich gut benehmen müsse, und wenn der Mensch sich nicht gut benehme, so bedeute das, daß er über die Stränge schlage; schlechte Gewohnheiten verdürben den Menschen und richteten ihn zugrunde; er zählte sogar einige unheilvolle Beispiele für Zügellosigkeit auf und schloß damit, daß er sich seit einiger Zeit völlig gebessert habe und sich nun mustergültig benehme. Er habe auch früher schon die Richtigkeit der Belehrungen durch seinen Sohn gespürt, all das habe er seit langem gespürt und sich fest eingeprägt, jetzt habe er aber auch in Wirklichkeit begonnen, enthaltsam zu leben. Zum Beweis dessen schenke er diese Bücher, für die er lange Zeit hindurch Geld gespart habe.
Ich konnte mich nicht halten vor Weinen und Lachen, während ich dem armen Alten zuhörte; was er doch zusammenlügen konnte, wenn es sein mußte! Die Bücher wurden in Pokrowskijs Zimmer gebracht und ins Regal gestellt. Pokrowskij hatte die Wahrheit sofort erraten. Der Alte wurde zum Mittagessen eingeladen. An diesem Tage waren wir alle so guter Dinge. Nach Tisch machten wir Pfänderspiele und spielten Karten; Sascha war ausgelassen, und ich stand ihr nicht nach. Pokrowskij war liebenswürdig zu mir und suchte fortwährend eine Gelegenheit, mit mir unter vier Augen sprechen zu können, aber ich ließ es nicht dazu kommen. Das war der schönste Tag in ganzen vier Jahren meines Lebens.
Jetzt aber folgen lauter traurige, quälende Erinnerungen; es beginnt die Geschichte meiner dunklen Tage. Mag sein, daß meine Feder deshalb anfängt, sich langsamer zu bewe-

gen, als ob sie sich weigerte, weiterzuschreiben. Vielleicht habe ich darum mit solchem Übereifer und so großer Liebe jede kleine Einzelheit meines unbedeutenden Daseins während meiner glücklichen Tage ins Gedächtnis zurückgerufen. Diese Tage waren so kurz; auf sie folgte Leid, bitteres Leid, das Gott weiß wann zu Ende gehen wird.

Mein Unglück fing damit an, daß Pokrowskij krank wurde und starb. Er erkrankte zwei Monate nach den letzten Ereignissen, die ich geschildert habe. In diesen beiden Monaten war er beharrlich um eine Existenz bemüht, denn bisher hatte er noch keine feste Anstellung. Wie alle Schwindsüchtigen gab auch er bis zu seiner letzten Minute die Hoffnung nicht auf, lange zu leben. Irgendwo hätte er eine Stelle als Lehrer bekommen können; aber gegen diese Tätigkeit hegte er Widerwillen. In den Staatsdienst konnte er krankheitshalber nirgendwo treten. Überdies hätte er lange auf das erste feste Gehalt warten müssen. Mit einem Wort, Pokrowskij erlebte überall nichts als Mißerfolge; sein Wesen veränderte sich zum Schlechten. Seine Gesundheit war zerrüttet; er wurde dessen nicht gewahr. Es kam der Herbst. Jeden Tag ging er in seinem leichten Mäntelchen fort und war in seiner Angelegenheit bemüht, er bettelte und flehte um eine Anstellung für sich – und das war ihm eine innere Qual. Er bekam nasse Füße, war vom Regen durchnäßt, wurde schließlich bettlägerig und stand nicht mehr auf . . . Er starb im Spätherbst, Ende Oktober.

Während der gesamten Dauer seiner Krankheit habe ich sein Zimmer fast nie verlassen, ich pflegte und versorgte ihn. Oft habe ich nächtelang nicht geschlafen. Er war selten bei Besinnung; oftmals phantasierte er; er redete Gott weiß wovon: von seiner Stelle, von seinen Büchern, von mir, von seinem Vater . . . und da erfuhr ich vieles über seine Verhältnisse, was ich ehedem nicht gewußt und nicht einmal vermutet hatte. Zu Beginn seiner Krankheit sahen mich alle im Hause irgendwie befremdet an; Anna

Fjodorowna schüttelte den Kopf. Ich aber blickte allen offen ins Gesicht, und sie verurteilten mich wegen meiner Anteilnahme für Pokrowskij nicht weiter – zumindest tat Mutter es nicht.

Von Zeit zu Zeit erkannte mich Pokrowskij, aber das war selten. Er war fast immer ohne Besinnung. Manchmal sprach er nächtelang in undeutlichen, unverständlichen Worten zu jemandem, und seine röchelnde Stimme hallte in seinem engen Zimmer dumpf wie in einem Sarg; da bekam ich Angst. Besonders in der letzten Nacht war er wie rasend; er quälte und grämte sich grauenhaft, sein Stöhnen zerriß mir das Herz. Alle im Hause waren erschrocken. Anna Fjodorowna betete fortwährend, der Herr möge ihn rasch zu sich nehmen. Ein Arzt wurde gerufen. Der Arzt sagte, der Kranke werde sicher gegen Morgen sterben.

Der alte Pokrowskij brachte die ganze Nacht auf dem Korridor, dicht an der Tür zum Zimmer seines Sohnes zu; dort hatte man ihm eine Matte als Lager bereitet. Jeden Augenblick kam er ins Zimmer; er war schrecklich anzusehen. Vom Kummer war er so gebrochen, daß er völlig teilnahmslos und verständnislos schien. Sein Kopf zitterte. Sein ganzer Körper wurde von Angst geschüttelt. Immerfort raunte er etwas vor sich hin und redete mit sich selbst. Ich glaubte, er werde vor Kummer den Verstand verlieren.

Vor Sonnenaufgang war der Alte, erschöpft vor Kummer, auf seiner Matte in tiefsten Schlaf gesunken. Kurz nach sieben Uhr ging es mit seinem Sohn zu Ende; ich weckte den Vater. Pokrowskij war bei vollem Bewußtsein und nahm von uns allen Abschied. Seltsam! Ich konnte nicht weinen, aber mein Herz wollte in Stücke brechen.

Die stärkste Qual und Pein waren für mich jedoch seine letzten Augenblicke. Mit schwerer Zunge bat und bat er die ganze Zeit um etwas, doch ich konnte aus seinen Worten nicht klug werden. Das Herz blutete mir! Eine volle Stunde war er ruhelos, grämte sich um irgend etwas und

strengte sich an, mit seinen erstarrenden Händen ein Zeichen zu geben; dann wieder begann er mit tonloser, röchelnder Stimme kläglich um etwas zu bitten, aber seine Worte waren nur zusammenhanglose Laute, und ich konnte abermals nichts verstehen. Ich führte alle aus dem Haus zu ihm, gab ihm zu trinken, aber er schüttelte immer nur traurig den Kopf. Endlich hatte ich begriffen, was er wollte. Er bat, den Fenstervorhang hochzuziehen und die Läden zu öffnen. Er wollte wohl ein letztes Mal den Tag, Gottes Licht, die Sonne sehen. Ich zog den Vorhang auf; doch der anbrechende Tag war traurig und trübe wie das erlöschende elendige Leben des Sterbenden. Die Sonne schien nicht. Wolken verhüllten mit einem Nebelschleier den Himmel; er sah so regnerisch, düster und trübe aus. Feiner Regen zerstob an den Fensterscheiben und wusch sie mit kalten, schmutzigen Wasserstrahlen; es war trübe und finster. Nur schwach drang das fahle Tageslicht ins Zimmer und konnte kaum gegen das flackernde Licht des Öllämpchens vor dem Heiligenbild ankommen. Der Sterbende sah mich tieftraurig an und schüttelte den Kopf. Eine Minute darauf starb er.
Für die Beerdigung verwendete sich Anna Fjodorowna selbst. Es wurde ein ganz schlichter Sarg gekauft und ein Fuhrmann gedungen. Zur Deckung der Unkosten brachte Anna Fjodorowna alle Bücher und sämtliche Habseligkeiten des Verstorbenen an sich. Der Alte stritt mit ihr, tobte, entriß ihr Bücher, soviel er konnte, stopfte sich damit all seine Taschen voll, packte sie in den Hut und wohin er nur konnte, schleppte sie drei ganze Tage mit sich herum und trennte sich nicht einmal von ihnen, als wir zur Kirche gehen mußten. All die Tage über war er kopflos und wie von Sinnen, mit eigentümlicher Sorgsamkeit machte er sich fortwährend um den Sarg zu schaffen: bald rückte er den Totenkranz zurecht, bald zündete er die Kerzen an oder nahm sie herunter. Augenscheinlich konnte er mit seinen Gedanken bei nichts verweilen. Weder meine Mutter noch Anna Fjodorowna waren zur

Seelenmesse in der Kirche. Mutter war krank, Anna Fjodorowna hatte eigentlich schon hingehen wollen, zerstritt sich aber mit dem alten Pokrowskij und blieb zu Hause. Anwesend waren also nur ich und der Alte. Während der Messe befiel mich eine gewisse Angst – gleichsam die Vorahnung der Zukunft. In der Kirche konnte ich mich kaum auf den Beinen halten. Endlich wurde der Sarg geschlossen, zugenagelt, auf den Wagen gestellt und fortgefahren. Ich geleitete ihn nur zum Ende der Straße. Der Kutscher fuhr im Trab. Der Alte lief hinterher und weinte laut; sein Weinen klang zitternd und wurde vom Lauf unterbrochen. Der Arme verlor seinen Hut, blieb aber nicht stehen, um ihn aufzuheben. Sein Kopf wurde vom Regen naß; Wind kam auf; Rauhreif schnitt und biß ins Gesicht. Der Alte schien das Unwetter nicht zu spüren und lief schluchzend von einer Seite des Wagens auf die andere. Die Schöße seines alten Gehrockes flatterten wie Flügel im Wind. Aus allen Taschen sahen Bücher hervor; in den Händen hielt er ein sehr großes Buch, das er fest umklammerte. Die Passanten nahmen die Kopfbedeckungen ab und bekreuzigten sich. Manch einer blieb stehen und staunte den armen Alten an. Bücher fielen jeden Augenblick aus seinen Taschen in den Straßenschmutz. Man hielt ihn auf und wies ihn auf seinen Verlust hin; er hob sie auf und jagte dem Sarg wieder hinterher. An der Ecke der Straße schloß sich ihm eine alte Bettlerin an, den Sarg zu geleiten. Der Wagen bog schließlich um die Ecke und entschwand meinen Blicken. Ich ging nach Hause. In furchtbarer Trauer warf ich mich meiner Mutter an die Brust. Ich schloß sie ganz fest in die Arme, küßte sie und schluchzte lauthals, während ich mich ängstlich an sie schmiegte, als wolle ich meinen letzten Freund durch meine Umarmung festhalten und ihn dem Tod nicht ausliefern . . . Doch der Tod schwebte bereits über meiner armen Mutter . . .

Den 11. Juni

Wie dankbar ich Ihnen für den gestrigen Spaziergang zu den Inseln bin, Makar Alexejewitsch! Wie frisch und schön es da ist – und was für ein Grün! Ich hatte so lange nichts Grünes zu Gesicht bekommen; als ich krank war, glaubte ich die ganze Zeit, ich würde sterben müssen, ganz bestimmt sterben. Sie können sich denken, was ich gestern empfunden, wie ich mich gefühlt habe! Seien Sie mir nicht böse, daß ich gestern so traurig war; ich habe mich sehr wohl, sehr leicht gefühlt, doch in meinen schönsten Augenblicken bin ich aus irgendeinem Grunde stets traurig. Und daß ich geweint habe, hat nichts zu bedeuten; ich weiß ja selbst nicht, warum ich immer weine. Meine Sinne sind gereizt und empfindlich; meine Empfindungen sind krankhaft. Der wolkenlose, blaßblaue Himmel, der Sonnenuntergang, die abendliche Stille – das alles – ich weiß wirklich nicht – doch ich war gestern irgendwie in der Stimmung, alle Eindrücke als Qual und Pein anzusehen, so daß mir das Herz überging und die Seele nach Tränen verlangte. Aber weshalb schreibe ich Ihnen das alles? Es ist schwer, sich selbst über all dies klarzuwerden, und noch schwieriger, es wiederzugeben. Aber vielleicht verstehen Sie mich doch? Weinen und Lachen! Wie gut Sie doch sind, Makar Alexejewitsch! Gestern haben Sie mir so sehr in die Augen geschaut, um in ihnen zu lesen, was ich empfinde, und waren entzückt von meiner Begeisterung. Ein Sträuchlein, eine Allee oder ein Wasserstreifen – sogleich waren Sie da; Sie haben sich schön gemacht, Sie stehen vor mir und schauen mir immerfort in die Augen, als ob Sie mir Ihre eigenen Besitzungen zeigten. Das beweist, daß Sie ein gutes Herz haben, Makar Alexejewitsch. Deswegen habe ich Sie ja auch so gern. Nun leben Sie wohl. Ich bin heute wieder krank; ich habe gestern nasse Füße bekommen und mich deshalb erkältet; Fjodora kränkelt auch ein bißchen, so daß wir beide nicht auf der Höhe sind. Vergessen Sie mich nicht, und besuchen Sie uns öfter.

Ihre
W. D.

Den 12. Juni

Warwara Alexejewna, meine Liebe!

Ich hatte geglaubt, Mütterchen, Sie würden mir den ganzen gestrigen Tag in richtigen Versen schildern, und da bringen Sie nur ein bescheidenes Blättchen zuwege. Doch meine ich, Sie haben mir auf Ihrem Blättchen zwar wenig geschrieben, dafür aber alles außerordentlich schön und hübsch geschildert. Die Natur und die Landschaftsbilder und all das übrige zu den Gefühlen – kurz, Sie haben alles sehr schön beschrieben. Ich aber habe dazu überhaupt kein Talent. Selbst wenn ich zehn Seiten vollschmiere, es kommt nichts dabei heraus, es wird keine Schilderung. Ich habe es schon versucht. Sie schreiben mir, meine Liebe, daß ich ein gutherziger, sanftmütiger Mensch sei, daß ich nicht imstande sei, dem Nächsten Schaden zuzufügen, daß ich die Wohltaten des Herrn, die sich in der Natur offenbaren, wohl verstehe – und Sie haben mich schließlich mit noch anderen Lobpreisungen bedacht. Das alles ist wahr, Mütterchen, das alles ist die reinste Wahrheit; ich bin wirklich so, wie Sie sagen, und ich weiß es selbst; doch wenn man so etwas liest, wie Sie es da schreiben, rührt es einem unwillkürlich das Herz; dann aber verfällt man auf allerlei beklemmende Gedanken. Nun hören Sie mir zu, Mütterchen, ich werde Ihnen etwas erzählen, meine Liebe.

Ich beginne damit, daß ich erst siebzehn Jährchen alt war, als ich in den Dienst trat, und jetzt bald dreißig Jahre Amtslaufbahn auf dem Buckel habe. Nun, ich habe – das will ich meinen – genügend Dienströcke abgetragen; ich bin erwachsen geworden, klüger geworden und habe die Menschen kennengelernt; ich habe, das darf ich sagen, habe so gelebt, daß man mich einmal sogar für das Verdienstkreuz vorschlagen wollte. Vielleicht glauben Sie das nicht, doch ich lüge Ihnen wirklich nichts vor. Und was kam, Mütterchen – es fanden sich mißgünstige Leute! Aber eines kann ich Ihnen sagen, meine Liebe, mag ich auch ein ungebildeter Mensch sein, meinetwegen ein dummer Mensch, so habe ich doch genauso ein Herz wie jeder andere. Also wissen Sie, Warenka, was mir ein böser Mensch angetan hat? Man schämt sich auszusprechen, was er getan hat; Sie werden fragen, weshalb er es gemacht hat? Weil ich ein friedlicher, weil ich ein ruhiger und weil ich ein gutherziger Mensch bin! Ich war nicht nach ihrem Geschmack, und deswegen fielen sie über mich her. Anfangs hieß es: »Makar Alexejewitsch, haben Sie dies und jenes . . .«; dann wurde daraus: »Bestimmt hat Makar Alexejewitsch . . .«. Und jetzt heißt es schon: »Naturlich, Makar Alexejewitsch hat . . .!« Da können Sie sehen, Mütterchen, wie sich die Sache entwickelt hat; immerfort geht es gegen Makar Alexejewitsch; sie waren zu nichts anderem imstande, als aus Makar Alexejewitsch in unserem ganzen Amt ein Schlagwort zu machen. Und nicht genug damit, daß sie mich zu einem Sprichwort und fast zu einem Schimpfwort machten – bis zu den Stiefeln, zum Dienstrock, zu den Haaren, bis zu meiner Figur arbeiteten sie sich vor; nichts war nach ihrem Geschmack, alles hatte anders zu sein! Und all das wiederholt sich nun seit undenklichen Zeiten Tag für Tag. Ich habe mich daran gewöhnt, weil ich mich an alles gewöhne, weil ich ein friedlicher Mensch bin und ein unbedeutender Mensch; fragt sich indessen, weshalb das alles. Habe ich jemandem Böses getan? Etwa jemandem den Rang abgelaufen? Habe ich irgendwen bei den Vorgesetzten angeschwärzt? Gar eine Gratifikation erbeten? Habe ich etwa irgendwelche Ränke geschmiedet? Es wäre sündig, Mütterchen, wenn Sie so etwas von mir auch nur dächten! Brächte ich das denn fertig? So urteilen Sie selbst, meine Liebe, bin ich denn zu Hinterlist und Ehrsucht fähig? Weshalb dann diese Ausfälle gegen mich, vergeb's Gott! Sie, Mütterchen, halten mich doch für einen würdigen Menschen, und Sie sind unvergleichlich besser als sie alle. Was ist doch die größte bürgerliche Tugend? Vor kurzem äußerte Jewstafij Iwanowitsch in einem Privatgespräch, daß es die allerwichtigste bürgerliche Tugend sei, Geld verdienen zu können. Er hat das zum Scherz gesagt (ich weiß, daß es Spaß war), doch die Moral ist die, daß man niemandem zur Last fallen darf; und ich falle keinem zur Last! Ich habe mein eigenes Stück Brot; freilich ist das Stück Brot bescheiden, bisweilen sogar trocken; aber ich besitze es, und es ist durch Arbeit erworben und wird rechtmäßig und untadlig verwendet. Was kann man da tun! Ich weiß ja selbst, daß ich nicht viel leiste, wenn ich Abschriften mache; und dennoch bin ich stolz darauf: ich arbeite und vergieße Schweiß. Was ist denn eigentlich dabei, daß ich abschreibe! Ist Abschreiben etwa eine Schande? Da heißt es: »Er macht Abschriften!« »Diese Schreiberseele macht Abschriften!« Was ist denn Unehrenhaftes daran? Meine Schrift ist leserlich, schön und gefällig anzusehen, und Seine Exzellenz sind zufrieden; ich schreibe für Exzellenz die wichtigsten Aktenstücke ab. Na, Stil habe ich nicht, ich weiß ja selbst, daß ich ihn nicht besitze, den verwünschten Stil; deshalb bin ich auch im Dienst nicht vorangekommen, und auch Ihnen, meine Teure, schreibe ich jetzt arglos, einfach und geradezu, frei von der Leber weg . . . Ich weiß das alles; aber wenn schließlich alle anfingen, selbst etwas zu verfassen, wer würde dann die Abschriften machen? Diese Frage werfe ich auf und erbitte von Ihnen, mein Herz, eine Antwort. Na, ich bin mir jetzt also bewußt, daß ich gebraucht werde, daß ich unentbehrlich bin und daß leeres Geschwätz einen Menschen nicht aus dem Konzept bringen kann. Na, bin ich eben eine Ratte, wenn sie eine Ähnlichkeit festgestellt haben! Doch diese Kanzleiratte ist unentbehrlich, diese

Ratte bringt Nutzen, an dieser Ratte hält man fest, diese Ratte wird eine Belohnung erhalten – so eine Ratte ist das! Genug jedoch zu diesem Thema, meine Liebe; eigentlich wollte ich davon gar nicht sprechen, auf einmal bin ich aber in Eifer geraten. Immerhin tut es gut, wenn man sich von Zeit zu Zeit selbst Gerechtigkeit widerfahren läßt. Leben Sie wohl, meine Liebe, meine Teure, meine gutherzige Trostbringerin! Ich komme vorbei, komme ganz bestimmt bei Ihnen vorbei, werde Sie besuchen, mein Stern. Langweilen Sie sich einstweilen nicht. Ich werde Ihnen ein Büchlein mitbringen. Nun leben Sie wohl, Warenka.

Ihr inniglich wohlgewogener

Makar Dewuschkin

Den 20. Juni

Sehr geehrter Makar Alexejewitsch!

Ich schreibe Ihnen in Eile, muß mich sputen, eine Arbeit fristgemäß fertigzustellen. Hören Sie, worum es sich handelt: Es bietet sich ein günstiger Kauf. Fjodora sagt, ein Bekannter von ihr habe einen funkelnagelneuen Dienstrock, Beinkleider, Weste und Mütze zu verkaufen, und zwar alles sehr billig, wie es heißt; Sie sollten sich die Sachen also kaufen. Sie leiden ja im Moment keine Not, und Geld haben Sie auch; Sie sagen selbst, daß Sie welches haben. Also seien Sie bitte nicht geizig; Sie brauchen die Sachen doch. Schauen Sie sich doch an, in was für alten Kleidern Sie herumlaufen. Eine Schande! Alles voller Flicken. Neue besitzen Sie nicht; das weiß ich, selbst wenn Sie beteuern, Sie hätten welche. Gott weiß, wo Sie sie gelassen haben. So hören Sie auf mich und kaufen Sie bitte die Sachen. Tun Sie es für mich; wenn Sie mich lieben, werden Sie sie kaufen.
Sie haben mir Wäsche als Geschenk hergeschickt; aber hören Sie mal, Makar Alexejewitsch, Sie richten sich ja

zugrunde. Das ist doch keine Kleinigkeit, wieviel Sie für mich ausgegeben haben – so entsetzlich viel Geld! Ach, was sind Sie für ein Verschwender! Ich brauche nichts; das war alles völlig überflüssig. Ich weiß, ich bin sicher, daß Sie mich lieben; es ist wirklich nicht nötig, mich mit Geschenken daran zu erinnern. Es fällt mir schwer, sie von Ihnen anzunehmen; ich weiß, was sie Sie kosten. Ein für allemal – lassen Sie es gut sein, hören Sie? Ich bitte Sie, ich beschwöre Sie. Sie bitten mich, Makar Alexejewitsch, eine Fortführung meiner Aufzeichnungen zu schicken; Sie möchten, daß ich sie zu Ende führe. Ich weiß nicht, wie ich das zu Papier bringen konnte, was ich aufgeschrieben habe! Aber ich habe jetzt nicht die Kraft, über meine Vergangenheit zu reden; nicht einmal denken mag ich an sie; diese Erinnerungen machen mich bange. Von meiner armen Mutter zu sprechen, die ihr armes Kind diesen Unmenschen als Beute zurückgelassen hat, schmerzt mich am allermeisten. Das Herz blutet mir, wenn ich nur daran denke. Das ist alles noch so frisch; ich bin noch nicht zur Besinnung oder wenigstens zur Ruhe gekommen, obwohl alles bereits ein gutes Jahr zurückliegt. Aber das wissen Sie ja.
Ich habe Ihnen von den neuerlichen Einfällen Anna Fjodorownas erzählt; mir wirft sie Undankbarkeit vor und weist jegliche Schuld von sich, mit Herrn Bykow gemeinsame Sache gemacht zu haben! Sie ruft mich zu sich; sie sagt, ich lebte von Almosen und hätte einen schlimmen Weg eingeschlagen. Wenn ich zu ihr zurückkehrte, nähme sie es auf sich, die ganze Angelegenheit mit Herrn Bykow ins reine zu bringen und werde ihn veranlassen, seine Schuld mir gegenüber wiedergutzumachen. Sie sagt, Herr Bykow wolle mir eine Mitgift geben. Gott bewahre! Ich fühle mich auch hier bei Ihnen wohl, bei meiner guten Fjodora, die mich in ihrer Anhänglichkeit an meine selige Kinderfrau erinnert. Sie sind zwar bloß ein entfernter Verwandter von mir, treten aber mit Ihrem guten Ruf für mich ein. Die anderen jedoch kenne ich nicht; ich werde

sie vergessen, wenn ich kann. Was wollen sie denn noch von mir? Fjodora meint, daß das alles Geschwätz sei und sie mich zu guter Letzt in Ruhe lassen würden. Geb's Gott!

W. D.

Den 21. Juni

Mütterchen, meine Beste!

Ich möchte schreiben, weiß aber nicht, wo ich beginnen soll. Denn es ist ja schon seltsam, Mütterchen, daß wir beide jetzt so ein Leben führen. Ich füge hinzu, daß ich meine Tage noch nie in solcher Freude verbracht habe. Als hätte mich der Herr mit einem Häuschen und einer Familie gesegnet! Sie sind mein Kindchen, mein liebes Kindchen! Was reden Sie denn da von den vier Hemdchen, die ich Ihnen geschickt habe. Die hatten Sie doch nötig – ich hatte mich bei Fjodora erkundigt. Mich aber, Mütterchen, macht es außergewöhnlich glücklich, Sie umsorgen zu können; es macht mir Freude, so lassen Sie mich doch gewähren, meine Liebe; lassen Sie mich und widersprechen Sie nicht. So etwas ist mir noch nie vorgekommen, Mütterchen. Ich fange jetzt an, das Leben zu genießen. Erstens lebe ich zweifach, weil Sie in meiner nächsten Nähe und mir zur Freude leben; und zweitens hat mich heute ein Mieter, mein Nachbar Ratasjajew, der Beamte, bei dem die literarischen Abende stattfinden, zum Tee eingeladen. Heute ist eine Zusammenkunft; es soll etwas Literarisches gelesen werden. So ein Leben ist das jetzt, Mütterchen, sehen Sie! Leben Sie nun wohl. Ich habe das alles nur so, ohne irgendeinen sichtlichen Zweck und einzig und allein deshalb geschrieben, um Sie von meinem Wohlbefinden in Kenntnis zu setzen. Sie haben mich durch Theresa wissen lassen, Herzchen, daß Sie farbiges Seidengarn zum Sticken brauchen; ich werde welches kaufen, werde welches kaufen, auch die Seide werde ich kaufen. Gleich morgen werde ich das Vergnügen haben, Sie voll und ganz zufriedenzustellen. Ich weiß auch schon, wo ich sie kaufen werde. Ich selbst verbleibe nun als

Ihr aufrichtiger Freund

Makar Dewuschkin

Den 22. Juni

Geehrte Warwara Alexejewna!

Ich lasse Sie wissen, meine Teure, daß sich in unserer Wohnung etwas sehr Trauriges ereignet hat, was wirklich und wahrhaftig Mitleid erregen muß! Heute morgen kurz nach vier Uhr ist der Kleine von Gorschkow gestorben. Ich weiß nur nicht, woran – vielleicht war es eine Art Scharlach, weiß der Himmel! Ich habe den Gorschkows einen Besuch abgestattet. Ach, Mütterchen, wie arm die sind! Und was für eine Unordnung! Das ist auch kein Wunder: die ganze Familie lebt in einem einzigen Zimmer, das nur aus Anstandsgründen durch kleine Wandschirme abgeteilt ist. Ein kleiner Sarg steht auch schon bei ihnen – ein ganz schlichter, aber recht hübscher Sarg; sie haben ihn fertig gekauft. Der Junge war so etwa neun Jahre alt und soll zu Hoffnungen berechtigt haben. Es ist ein Jammer, sie anzusehen, Warenka! Die Mutter weint nicht, ist aber so traurig und unglücklich. Vielleicht ist es für sie auch eine Erleichterung, daß ihnen eine Sorge genommen ist; es bleiben ihnen noch zwei, ein Säugling und ein kleines Mädchen, das etwas über sechs Jahre sein wird. Es kann nicht angenehm sein, ein Kind leiden zu sehen, und dann noch das eigen Fleisch und Blut, und ihm nicht einmal helfen zu können! Der Vater sitzt in einem alten Gehrock voller Fettflecken auf einem zerbrochenen Stuhl. Er vergießt Tränen, aber vielleicht nicht einmal vor Kummer, sondern weil ihm die Augen nur so aus Gewohnheit triefen. Ein komischer Kauz ist er! Wird immer rot und verlegen, wenn man ihn anspricht, und weiß nicht, was er antworten soll. Das kleine Mädchen, das Töchterchen, steht an den Sarg gelehnt und ist so traurig und versonnen, das arme Ding! Ich mag es gar nicht gern, Mütterchen, Warenka, wenn ein Kind vor sich hin sinnt; der Anblick bereitet mir Unbehagen! Irgendeine Puppe aus Lumpen lag neben ihr auf dem Fußboden – sie spielt nicht damit; ein Fingerchen hat sie an die Lippen gelegt, steht für sich allein da – und rührt sich nicht. Die Wirtin hat ihr einen Bonbon gegeben; sie hat ihn genommen, aber nicht gegessen. Ist das nicht traurig, Warenka?

Makar Dewuschkin

Den 25. Juni

Liebster Makar Alexejewitsch! Ich schicke Ihnen Ihr Buch zurück. Das ist eine ungenießbare Schwarte! Nicht einmal in die Hand nehmen sollte man sie. Wo haben Sie denn diesen Schatz ausgegraben? Scherz beiseite, gefallen Ihnen solche Bücher wirklich, Makar Alexejewitsch? Sie haben mir doch neulich fest versprochen, etwas zu lesen aufzutreiben. Ich werde mich auch mit Ihnen darüber unterhalten, wenn Sie wollen. Jetzt aber auf Wiedersehen. Ich habe wirklich keine Zeit, mehr zu schreiben.

W. D.

Den 26. Juni

Liebe Warenka! Es handelt sich darum, daß ich diesen Schmöker tatsächlich nicht gelesen hatte, Mütterchen. Ich habe freilich ein wenig darin gelesen, aber gemerkt, daß es verrücktes Zeug ist, nur zum Spaß aufgeschrieben, um die Leute zum Lachen zu bringen; na, denke ich, das ist anscheinend wirklich amüsant; vielleicht gefällt das Warenka auch; und da habe ich es Ihnen geschickt, ohne mich lange zu besinnen.

Doch nun hat Ratasjajew versprochen, mir etwas wirklich Literarisches zu lesen zu geben; na, dann werden auch Sie mit Büchlein versorgt sein, Mütterchen. Ratasjajew versteht sich darauf, er ist ein Kenner; er schreibt selbst, ach, und wie der schreibt! Er führt so eine gewandte Feder und besitzt ungemein viel Stil; das heißt, in jedem Wort ist ein gewisses Etwas, auch im nichtssagendsten, im allergewöhnlichsten, einfachsten Wort, wie meinetwegen ich es manchmal gegenüber Faldoni oder Theresa verwende, selbst hier besitzt er Stil. Ich gehe jetzt auch zu seinen Abendveranstaltungen. Wir rauchen Tabak, und er liest uns vor, liest bis zu fünf Stunden, wir aber hören die ganze Zeit zu. Leckerbissen sind das, nicht nur Literatur! Welch Liebreiz, Blumen, geradezu Blumen; aus jeder Seite könnte man einen Strauß binden! Er ist so liebenswürdig, gutherzig und freundlich. Und was bin ich im Vergleich mit ihm, was? Ein Nichts. Er ist ein Mann von Ruf, und was bin ich? Ich existiere einfach nicht; dennoch ist er auch mir gewogen. Ich schreibe für ihn dieses und jenes ab. Denken Sie nur nicht, Warenka, daß das eine List wäre, daß er mir nur ebendeshalb wohlgesonnen ist, weil ich für ihn Abschriften mache. Schenken Sie solchem Gerede keinen Glauben, Mütterchen, glauben Sie diese niederträchtigen Klatschereien nicht! Nein, von mir aus, aus freien Stücken, ihm zur Freude tue ich das; und wenn er mir seine Gunst erweist, so tut er es mir zur Freude. Ich verstehe mich auf feinfühliges Benehmen, Mütterchen. Er ist ein guter, ein sehr guter Mensch und ein unvergleichlicher Schriftsteller.
Eine schöne Sache ist doch die Literatur, Warenka, eine sehr schöne Sache; das habe ich vorgestern bei diesen Leuten erkannt. Eine tiefsinnige Sache! Sie gibt den Menschen Kraft und belehrt sie – und mancherlei anderes steht über all diese Dinge in dem Büchlein, das sie haben, geschrieben. Vortrefflich geschrieben! Literatur ist ein Bild, das heißt, gewissermaßen ein Bild und ein Spiegel; leidenschaftlicher Ausdruck, scharfsinnige Kritik, erbauliche

Belehrung und ein Dokument. Das habe ich mir alles bei ihnen gemerkt. Ich sage Ihnen ganz offen, Mütterchen, wenn ich da so unter ihnen sitze und zuhöre (wohl gleichfalls meine Tabakspfeife rauche wie sie) und sie dann anfangen, sich gegenseitig zu übertreffen und über allerlei Dinge zu streiten, dann passe ich einfach, da müssen Sie und ich, Mütterchen, einfach passen. Da komme ich mir ganz und gar wie ein Strohkopf vor und schäme mich vor mir selbst; den ganzen Abend über sinne ich nach, um wenigstens ein halbes Wörtchen in das allgemeine Thema einzuflechten, doch wie zum Trotz findet sich nicht einmal dieses halbe Wörtchen! Und man bedauert sich selbst, Warenka, weil man nicht so und so ist, weil der Verstand, wie das Sprichwort sagt, nicht mitgewachsen ist. Was tue ich denn jetzt in meiner freien Zeit? Ich schlafe wie ein ausgemachter Dummkopf. Statt jedoch unnütz zu schlafen könnte man sich auch mit etwas Angenehmem befassen; sich hinsetzen etwa und etwas schreiben. Sich selbst zum Nutzen und anderen zur Freude. Schauen Sie sich nur einmal an, Mütterchen, wieviel diese Leute einnehmen, vergeb's ihnen Gott! Nimmt man zum Beispiel Ratasjajew – was der verlangt! Es ist ihm ein leichtes, eine Seite zu schreiben! Manchen Tag hat er schon bis zu fünf vollgeschrieben, und für jeden Bogen verlangt er, wie er sagt, dreihundert Rubel. Da hat er irgendein Anekdötchen oder sonst etwas Lustiges – fünfhundert, gib es oder gib es nicht, stell dich auf den Kopf, dabei bleibt es! Wenn nicht, nehme ich das nächste Mal tausend! Wie finden Sie das, Warwara Alexejewna? Das ist noch gar nichts! Er hat da ein Heftchen mit kleinen Gedichten, und das sind alles nur ganz kleine Verschen – siebentausend, Mütterchen, siebentausend verlangt er dafür, stellen Sie sich das vor. Das ist ja ein Landgut oder ein riesiges Haus! Er sagt, man habe ihm fünftausend geboten, er aber nehme das nicht an. Ich will ihn zur Vernunft bringen und sage, nehmen Sie doch die fünftausend von ihnen, mein Bester, und pfeifen Sie dann auf – fünftausend sind ja schließlich auch

Geld! Nein, sagt er, die Gauner werden mir siebentausend geben. Wirklich, so schlau ist er!
Gut, Mütterchen, wenn es sein muß, schreibe ich einen kleinen Abschnitt aus den »Italienischen Leidenschaften« ab. So heißt ein Werk von ihm. Also lesen Sie, Warenka, und urteilen Sie selbst.
». . . Wladimir fuhr auf, die Leidenschaften brodelten ungestüm in ihm, und sein Blut schäumte . . .
›Gräfin‹, rief er aus, ›Gräfin! Wissen Sie denn, wie furchtbar diese Leidenschaft ist, wie grenzenlos dieser Wahnsinn? Nein, meine Träume haben mich nicht getäuscht! Ich liebe, liebe begeistert, rasend, unbändig! Das ganze Blut deines Mannes wird die wahnsinnige, brodelnde Begeisterung meiner Seele nicht ertränken können! Nichtige Hindernisse werden das alleszerstörende Höllenfeuer nicht aufhalten, das meine ermattete Brust durchfurcht. Oh Sinaida, Sinaida!‹ . . .
›Wladimir!‹ hauchte die Gräfin außer sich und lehnte sich an seine Schulter . . .
›Sinaida!‹ rief der entzückte Smelskij.
Seiner Brust entschlüpfte ein Seufzer. Das Feuer loderte mit greller Flamme auf dem Altar der Liebe auf und durchfurchte die Brust der unglückseligen Leidenden.
›Wladimir!‹ flüsterte die Gräfin berauscht. Ihr Busen bebte, ihre Wangen färbten sich dunkelrot, ihre Augen glühten . . .
Der neue, schreckliche Bund war geschlossen! . . .

– –

Eine halbe Stunde später betrat der alte Graf das Boudoir seiner Frau.
›Was meinst du, Schätzchen, wollen wir nicht für unseren lieben Gast das Samowarchen anheizen lassen?‹ sagte er und tätschelte seiner Frau die Wange.«
Nun frage ich Sie, meine Liebe, wie finden Sie das? Es ist wohl ein klein wenig frei, das ist unbestritten, dafür aber gut. Und was schön ist, muß schön bleiben! Doch nun

erlauben Sie, daß ich Ihnen noch einen kleinen Auszug aus der Novelle »Jermak und Suleika« herausschreibe.
Stellen Sie sich vor, Mütterchen, daß der Kosak Jermak, der wilde und grausame Eroberer Sibiriens, in Suleika verliebt ist, die Tochter des sibirischen Herrschers Kutschum, die er gefangengenommen hat. Das Ereignis fällt direkt in die Zeit Iwans des Schrecklichen, wie Sie sehen. Hier das Gespräch zwischen Jermak und Suleika:
»Du liebst mich, Suleika! Oh, sag es noch einmal, sag es noch einmal!‹ . . .
›Ich liebe dich, Jermak‹, flüsterte Suleika.
›Himmel und Erde, ich danke euch! Ich bin glücklich! . . . Ihr habt mir alles, alles gegeben, wonach mein bewegter Geist seit meinen Knabenjahren strebte. Hierher also hast du mich geführt, mein Leitstern; deshalb also hast du mich hierher geführt, hinter den Ural! Ich werde der ganzen Welt meine Suleika zeigen, und die Menschen, diese tollwütigen Ungeheuer, werden es nicht wagen, mich zu beschuldigen! Oh, wenn sie doch diese verborgenen Leiden ihrer zarten Seele verstünden, wenn sie doch fähig wären, ein ganzes Poem in einem einzigen Tränentröpfchen meiner Suleika zu erblicken! Oh, laß mich dieses Tränchen mit Küssen bedecken, laß es mich trinken, dieses himmlische Tränchen . . . du Überirdische!‹
›Jermak‹, sagte Suleika, ›die Welt ist böse und die Menschen sind ungerecht! Sie werden uns hetzen, sie werden uns verdammen, mein lieber Jermak! Was wird die arme Jungfrau, die inmitten des heimatlichen sibirischen Schnees, in der Jurte ihres Vaters aufgewachsen ist, in eurer kühlen, eisigen, herzlosen, selbstherrlichen Welt anfangen? Die Menschen werden mich nicht verstehen, mein Geliebter, Heißgeliebter mein!‹
›Dann werden sie den Kosakensäbel über ihren Köpfen pfeifen hören!‹ schrie Jermak und schweifte wild mit den Augen umher.«
Stellen Sie sich nun Jermak vor, Warenka, als er erfährt, daß seine Suleika erstochen wurde. Der blinde Greis Kut-

schum schleicht sich im Dunkel der Nacht, während Jermak abwesend ist, in dessen Zelt und ersticht seine Tochter, wobei er Jermak den Todesstoß versetzen wollte, der ihn um Zepter und Krone gebracht hat.

»›Mit Freuden werde ich das Eisen am Steine wetzen!‹ schrie Jermak in wilder Wut und schärfte seine Damaszener Klinge am Schamanenstein, ›ich will ihr Blut, ihr Blut! Abstechen werde ich sie, abstechen, abstechen!!!‹«

Und nach alldem stürzt sich Jermak, der nicht die Kraft hat, seine Suleika zu überleben, in den Irtysch – und damit endet alles.

Nun, und dies hier ist beispielsweise ein kleiner Auszug aus dem lustigen Genre, eigens zur Erheiterung geschrieben:

»Kennen sie denn Iwan Prokofjewitsch Scholtopus? Na, das ist der, der Prokofij Iwanowitsch ins Bein gebissen hat. Iwan Prokofjewitsch hat ein schroffes Wesen, dafür aber seltene Tugenden; im Gegensatz dazu liebt Prokofij Iwanowitsch Rettich mit Honig über alles. Als Pelageja Antonowna noch mit ihm bekannt war ... Sie kennen doch Pelageja Antonowna? Na, das ist die, die den Rock immer verkehrt anzieht.«

Das ist doch zum Totlachen, Warenka, rundweg zum Totlachen! Wir haben uns gewälzt vor Lachen, als er uns das vorlas. So einer ist das, der Himmel möge ihm verzeihen! Übrigens, meine Liebe, ist das zwar ein wenig schnörkelhaft und arg verspielt, dafür aber harmlos, ohne das geringste Freidenkertum und freisinnige Ideen. Es sei noch vermerkt, Mütterchen, daß Ratasjajew ein vorzügliches Auftreten besitzt und darum anderen Schriftstellern weit überlegen ist.

Aber was wäre eigentlich, manchmal kommt einem ja der Gedanke ... na, was wäre, wenn ich etwas schriebe, was würde dann sein? Nun, nehmen wir zum Beispiel an, daß plötzlich mir nichts, dir nichts ein Büchlein unter dem Titel »Gedichte von Makar Dewuschkin« erschiene! Was würden Sie denn dann sagen, mein Engelchen? Wie käme

Ihnen das vor, was würden Sie dazu meinen? Was mich betrifft, Mütterchen, so kann ich sagen, daß ich, sobald mein Büchlein erschienen wäre, überhaupt nicht mehr wagte, mich auf dem Newskij-Prospekt zu zeigen. Wie wäre denn das, wenn ein jeder sagte, daß da der Dichter und Poet Dewuschkin kommt, wenn es hieße, das ist wirklich Dewuschkin höchstpersönlich! Na, was finge ich dann zum Beispiel mit meinen Stiefeln an? Meine sind, beiläufig gesagt, Mütterchen, fast immer geflickt, und auch die Sohlen sind, offen gestanden, bisweilen ungebührlich losgelöst. Na, was wäre denn, wenn alle erführen, daß der Dichter Dewuschkin geflickte Stiefel trägt! Wenn das so eine Gräfin oder Herzogin erführe, was würde sie, solch reizendes Geschöpf, dazu sagen? Sie würde es vielleicht gar nicht bemerken; weil sich Gräfinnen, wie ich annehme, nicht mit Stiefeln befassen, noch dazu mit Beamtenstiefeln (denn Stiefel sind nicht gleich Stiefel); aber man würde ihr alles erzählen, und meine eigenen Freunde würden mich verraten. Und Ratasjajew verriete mich als erster; er fährt oft zur Gräfin W.; wie er sagt, geht er bei ihr ein und aus. Er sagt, sie sei so reizend, literarisch gebildet, eine solche Dame. Schlau, dieser Ratasjajew!

Genug jedoch zu diesem Gegenstand; ich schreibe ja alles nur so aus Spaß, mein Engelchen, um Sie zu erheitern. Leben Sie wohl, meine Liebe! Viel habe ich da für Sie zusammengeschrieben, aber das kommt letzten Endes daher, daß ich heute so fröhlich gestimmt bin. Wir haben heute alle zusammen bei Ratasjajew zu Mittag gegessen, und dann holten sie (Schelme sind das, Mütterchen) einen süßen Traubenwein hervor . . . na, was soll ich Ihnen dazu noch weiter schreiben! Sehen Sie zu, daß Sie dabei nichts Schlechtes von mir denken, Warenka. Ich habe alles ohne Absicht getan. Büchlein werde ich schicken, ganz bestimmt werde ich welche schicken . . . Hier geht ein Werk von Paul de Kock[11] von Hand zu Hand; aber den Paul de Kock werden Sie nicht bekommen, meine Liebe ... Nein, nein! Paul de Kock ist nichts für Sie. Man sagt von ihm, Mütterchen, daß er alle Petersburger Kritiker in edle Empörung versetze. Ich schicke Ihnen eine Tüte Bonbons – ich habe sie eigens für Sie gekauft. Essen Sie sie auf, Schätzchen, denken Sie aber bei jedem Bonbon an mich. Aber zerbeißen Sie den Fruchtbonbon nicht, sondern lutschen Sie ihn nur, sonst tun Ihnen die Zähnchen weh. Vielleicht mögen Sie aber auch kandierte Früchte? Dann schreiben Sie es. Nun leben Sie wohl, leben Sie wohl. Christus sei mit Ihnen, meine Liebste. Ich verbleibe stets unverändert

Ihr treuester Freund

Makar Dewuschkin

Den 27. Juni

Sehr geehrter Herr Makar Alexejewitsch!

Fjodora sagt, wenn ich wolle, gebe es gewisse Leute, die mir in meiner Lage sehr gern Anteilnahme entgegenbrächten und mir eine sehr gute Stelle als Gouvernante bei einer Familie verschaffen würden. Was halten Sie davon, mein Freund – soll ich darauf eingehen oder nicht? Gewiß falle ich Ihnen dann nicht mehr zur Last, und die Stelle scheint einträglich zu sein; doch andererseits graut mir irgendwie, in ein fremdes Haus zu gehen. Sie sind Gutsbesitzer. Sie werden Erkundigungen über mich einziehen, werden nachfragen und neugierig sein – was werde ich dann sagen? Zudem bin ich so schüchtern und menschenscheu; ich bleibe gern auf lange Zeit an einem gewohnten Plätzchen. Wo man sich eingelebt hat, ist es irgendwie besser; mag man auch nur mit Mühe und Not zurechtkommen, man fühlt sich doch am wohlsten. Überdies würde ich von hier wegziehen müssen, und weiß der Himmel, was das für eine Anstellung wäre; vielleicht würden sie mich einfach die Kinder versorgen lassen. Was mögen das für

Leute sein – innerhalb von zwei Jahren wechseln sie bereits das dritte Mal die Gouvernante. Geben Sie mir um Gottes willen einen Rat, Makar Alexejewitsch, soll ich annehmen oder nicht? Weshalb kommen Sie denn niemals von allein zu mir? Sie lassen sich nur dann und wann sehen. Beinahe nur sonntags zur Messe begegnen wir einander. Was sind Sie doch menschenscheu! Sie sind genau wie ich! Dabei bin ich ja doch beinahe mit Ihnen verwandt. Sie mögen mich wohl nicht, Makar Alexejewitsch, ich aber fühle mich allein manchmal sehr traurig. Zuweilen, besonders in der Dämmerung, sitzt man mutterseelenallein da. Fjodora ist irgendwohin gegangen. Man sitzt da, denkt und denkt – denkt an alles Vergangene zurück, an das Freudige wie an das Traurige; alles zieht an einem vorüber, alles taucht wie aus dem Nebel auf. Bekannte Gesichter erscheinen (ich sehe sie so gut wie in Wirklichkeit), meine Mutter sehe ich am häufigsten ... Und was ich für Träume habe! Ich fühle, daß meine Gesundheit zerrüttet ist; ich bin so kränklich; heute zum Beispiel, als ich früh aufstand, wurde mir übel; obendrein habe ich einen bösen Husten! Ich fühle, ich weiß, daß ich bald sterben werde. Wer wird mich beerdigen? Wer wird hinter meinem Sarg hergehen? Wird es jemandem um mich leid tun? ... Und da werde ich vielleicht an einem fremden Ort, in einem fremden Haus, in einem fremden Kämmerlein sterben müssen! ... Mein Gott, wie traurig das Leben ist, Makar Alexejewitsch! Was füttern Sie mich ständig mit Bonbons, mein Freund? Ich weiß wirklich nicht, woher Sie das viele Geld nehmen. Ach, mein Freund, sparen Sie das Geld, um Himmels willen, sparen Sie es. Fjodora verkauft gerade einen Teppich, den ich gestickt habe. Fünfzig Rubel Papiergeld will man dafür geben. Das ist sehr gut; ich hatte mit weniger gerechnet. Ich werde Fjodora drei Silberrubel geben, und mir werde ich ein einfaches, warmes Kleidchen schneidern. Für Sie werde ich eine Weste machen, ich werde sie selbst nähen und guten Stoff aussuchen.

Fjodora hat mir ein Buch verschafft – »Erzählungen Belkins«, das ich Ihnen schicke, wenn Sie es lesen möchten. Bitte beschmutzen Sie es nicht, und behalten Sie es nur nicht zu lange, da es ein fremdes Buch ist; es ist ein Werk von Puschkin. Vor zwei Jahren habe ich diese Novellen mit meiner Mutter zusammen gelesen, und jetzt war ich so traurig, als ich sie von neuem las. Wenn Sie irgendwelche Bücher haben, so schicken Sie sie mir – aber nur dann, wenn Sie sie nicht von Ratasjajew bekommen haben. Er wird Ihnen bestimmt ein eigenes Werk geben, wenn schon etwas gedruckt ist. Wie können Ihnen bloß seine Schriften gefallen, Makar Alexejewitsch? So ein leeres Geschwätz . . . Nun, leben Sie wohl! Wie ich ins Schwatzen gekommen bin! Wenn ich traurig bin, macht mir das Plaudern Freude, ganz gleich worüber. Das ist Medizin – sogleich wird einem leichter, insbesondere, wenn man alles ausspricht, was man auf dem Herzen hat. Leben Sie wohl, leben Sie wohl, mein Freund!

Ihre

W. D.

Den 28. Juni

Warwara Alexejewna, Mütterchen!

Lassen Sie es gut sein mit dem Grämen! Schämen Sie sich denn gar nicht? Nun ist es genug, mein Engelchen; wie kommen Sie nur auf solche Gedanken? Sie sind nicht krank, Herzchen, ganz und gar nicht krank; Sie sehen blühend aus, wahrhaftig blühend; ein klein wenig blaß, aber gesund. Und was haben Sie da für Träume und Visionen! Eine Schande, meine Liebe, hören Sie auf damit; pfeifen Sie auf diese Träume, pfeifen Sie einfach darauf. Weswegen schlafe ich denn gut? Weshalb geschieht mir denn nichts? Schauen Sie mich doch an, Mütterchen. Ich lebe für mich hin, schlafe ruhig, bin kerngesund, baumstark – es ist eine wahre Freude, mich anzusehen. Es

reicht, es reicht, Schätzchen, schämen Sie sich. Bessern Sie sich. Ich kenne ja Ihr Köpfchen, Mütterchen; kaum hat sich etwas gefunden, schon fangen Sie an zu träumen und grämen sich über irgend etwas. Hören Sie mir zuliebe damit auf, Herzchen. Zu fremden Leuten gehen? Niemals! Nein, nein und nochmals nein! Was fällt Ihnen denn ein, was ist denn in Sie gefahren? Und noch dazu nach auswärts! Aber nein, Mütterchen, ich werde es nicht zulassen, ich werde mich mit ganzer Kraft einem solchen Vorhaben widersetzen. Meinen alten Frack werde ich verkaufen und nur im Hemd draußen herumlaufen; aber Not werden Sie bei uns nicht leiden. Nein, Warenka, nein; ich kenne Sie doch! Das ist töricht, nichts als töricht! Aber ganz sicher ist an allem nur Fjodora schuld; dieses dumme Frauenzimmer hat Sie offenbar auf alles gebracht. Doch vertrauen Sie ihr nicht, Mütterchen. Sie wissen bestimmt noch nicht alles, Schätzchen ... Sie ist ein dummes, zänkisches, böses Weibsbild; sie hat auch ihren seligen Mann aus dem Diesseits vertrieben. Oder sie hat Sie wahrscheinlich irgendwie verärgert? Nein, nein Mütterchen, für nichts und wieder nichts! Was würde dann aus mir werden, was sollte ich dann anfangen? Nein, Warenka, meine Liebste, schlagen Sie sich das aus dem Köpfchen. Woran fehlt es Ihnen denn bei uns? Wir können uns über Sie gar nicht genug freuen, und Sie haben uns gern – leben Sie also friedlich weiter hier; sticken oder lesen Sie, sticken Sie meinetwegen auch nicht – ganz egal, nur bleiben Sie bei uns. So bedenken Sie doch, wie das dann aussehen würde! ... Ich werde Ihnen Bücher verschaffen, und meinetwegen gehen wir auch wieder irgendwohin spazieren. Nur lassen Sie es gut sein, Mütterchen, hören Sie auf, nehmen Sie Vernunft an und machen Sie keine Dummheiten wegen einer Nichtigkeit! Ich werde Sie besuchen, und zwar in allernächster Zeit, nur lassen Sie mich einstweilen offen und freimütig bekennen: das ist nicht schön, Herzchen, gar nicht schön von Ihnen! Ich bin gewiß ein ungebildeter Mensch und weiß selbst, daß ich ungebildet bin und wenig gelernt habe, aber nicht darauf will ich das Gespräch bringen, nicht um mich handelt es sich hierbei, sondern für Ratasjajew will ich eintreten – machen Sie, was Sie wollen. Er ist mein Freund, deshalb werde ich ihn auch in Schutz nehmen. Er schreibt gut, sehr, sehr und abermals sehr gut schreibt er. Ich bin mit Ihnen nicht einverstanden und kann Ihnen keinesfalls beipflichten. Es ist blumenreich geschrieben, locker, mit Redewendungen, und es enthält verschiedenerlei Gedanken – es ist sehr gut! Sie haben es vielleicht ohne Gefühl gelesen, Warenka, oder hatten schlechte Laune, als sie es lasen, haben sich wegen irgend etwas über Fjodora geärgert, oder Ihnen ist etwas Unschönes widerfahren. Nein, lesen Sie das einmal mit Gefühl, am besten, wenn Sie zufrieden und heiter und bei guter Laune sind, so zum Beispiel, wenn Sie ein Bonbonchen im Munde haben – dann müssen Sie es lesen. Ich bestreite nicht (wer hat denn etwas dagegen), daß es auch bessere Schriftsteller als Ratasjajew gibt, es gibt sogar weit bessere, aber sowohl die sind gut, als auch Ratasjajew ist gut; sie schreiben gut, und er schreibt gut. Er schreibt so für sich, so vor sich hin und tut sehr gut daran, daß er schreibt. Nun leben Sie wohl, Mütterchen; mehr schreiben kann ich nicht; ich muß mich beeilen, habe zu tun. Sehen Sie zu, daß Sie sich beruhigen, Mütterchen, Herzallerliebste; der Herr sei mit Ihnen, ich aber verbleibe als

Ihr aufrichtiger Freund
Makar Dewuschkin

PS. Danke für das Buch, meine Liebe, lesen wir also Puschkin; heute Abend aber komme ich bestimmt zu Ihnen.

Den 1. Juli

Mein lieber Makar Alexejewitsch!

Nein, mein Freund, nein, ich kann hier nicht bleiben. Ich habe nachgedacht und herausgefunden, daß es sehr töricht wäre, so eine günstige Stelle auszuschlagen. Dort werde ich zumindest mein sicheres Auskommen haben; ich werde mich befleißigen, ich werde das Wohlwollen der fremden Menschen gewinnen, werde mich sogar bemühen, nötigenfalls meinen Charakter zu ändern. Es ist natürlich schmerzlich und hart, unter Fremden zu leben, sich um fremde Gunst zu bewerben, zurückhaltend zu sein und sich Zwang anzutun, doch Gott wird mir beistehen. Ich kann ja nicht in alle Ewigkeit menschenscheu bleiben. Es ist mir doch schon ähnlich ergangen. Ich erinnere mich, wie ich noch klein war und ins Pensionat ging. Den ganzen Sonntag über bin ich zu Hause ausgelassen umhergetollt, manchmal hat mein Mütterchen auch geschimpft – das machte mir nichts aus, mir war so wohl zumute und froh ums Herz. Nahte der Abend heran, wurde ich furchtbar traurig, um neun Uhr mußte ich ins Pensionat zurück, dort aber war alles so fremd, kalt und streng, und die Gouvernanten waren montags so mürrisch; mir war so beklommen ums Herz, daß ich hätte heulen mögen; ich ging in ein Eckchen, weinte mutterseelenallein vor mich hin und verbarg die Tränen. Es hieß, ich sei faul; ich weinte aber überhaupt nicht deswegen, weil ich lernen mußte. Und was geschah? Ich gewöhnte mich ein, und als ich später das Pensionat verließ, weinte ich beim Abschied von den Freundinnen auch. Nein, es ist nicht recht von mir, daß ich Ihnen beiden zur Last falle. Der Gedanke daran quält mich. Ich sage Ihnen das alles offen, weil ich gewohnt bin, Ihnen gegenüber aufrichtig zu sein. Sehe ich etwa nicht, daß Fjodora jeden Tag in aller Herrgottsfrühe aufsteht, sich an ihre Wäsche macht und bis spät in die Nacht hinein arbeitet? Aber alte Knochen brauchen Ruhe. Sehe ich denn nicht, daß Sie sich meinetwegen zugrunde richten, daß Sie aus Eitelkeit Ihr letztes Geld für mich ausgeben? Das geht über Ihre Verhältnisse, mein Freund! Sie schreiben, daß Sie das Letzte verkaufen würden, um mich keine Not leiden zu lassen. Ich glaube Ihnen, mein Freund, ich vertraue auf Ihr gutes Herz – aber das sagen Sie jetzt so. Im Augenblick haben Sie überraschenderweise Geld, Sie haben eine Gratifikation erhalten; was aber wird dann sein, später? Sie wissen selbst, daß ich immer krank bin; ich kann nicht so arbeiten wie Sie, obwohl ich es von Herzen gern täte, und ich habe auch nicht immer Arbeit. Was bleibt mir da übrig? Soll ich mich vor Gram verzehren, während ich Ihnen beiden Ärmsten zusehe? Wie kann ich Ihnen auch nur im geringsten nützlich sein? Weswegen bin ich Ihnen denn so unentbehrlich, mein Freund? Was habe ich Ihnen Gutes getan? Ich hänge nur mit Leib und Seele an Ihnen und habe Sie sehr, sehr gern – von Herzen gern. Aber – das ist mein bitteres Schicksal! – ich verstehe zwar zu lieben und kann lieben, doch weiter nichts; Gutes tun und Ihnen Ihre Wohltaten vergelten, kann ich nicht. Halten Sie mich nicht länger zurück, denken Sie darüber nach, und sagen Sie mir Ihre endgültige Meinung. In Erwartung derselben verbleibe ich

Ihre Sie liebende

W. D.

Den 1. Juli

Unsinn, Unsinn, Warenka, einfach Unsinn! Sind Sie sich selbst überlassen, schon denken Sie sich in Ihrem Köpfchen alles mögliche aus. Bald stimmt dies nicht, bald jenes nicht! Ich erkenne nun, daß das alles Unfug ist. Woran fehlt es Ihnen denn bei uns, Mütterchen, so sagen Sie doch bloß! Wir haben Sie gern, Sie lieben uns, wir sind alle glücklich und zufrieden – was will man noch mehr? Und was werden Sie unter fremden Menschen anfangen? Sie wissen bestimmt noch nicht, was ein Fremder ist . . .

Nein – aber bitte fragen Sie mich doch, ich werde Ihnen sagen, wie ein fremder Mensch ist. Ich kenne ihn, Mütterchen, kenne ihn gut; ich mußte sein Brot essen. Böse ist er, Warenka, böse, so böse, daß es eine kleine Seele nicht schafft – so quält er sie mit Vorwürfen, Vorhaltungen und bösen Blicken. Bei uns haben Sie es warm und schön, als hätten Sie in einem Nestchen Unterschlupf gefunden. Und uns würden Sie gleichsam ohne Kopf zurücklassen. Was sollen wir denn ohne Sie tun? Was werde ich alter Mann dann anfangen? Wir brauchen Sie nicht? Sie sind nicht nützlich? Wieso denn nicht nützlich? Nein, Mütterchen, überlegen Sie selbst einmal, wieso Sie nicht von Nutzen sein sollten. Sie sind mir sehr von Nutzen, Warenka. Sie haben solch eine wohltuende Wirkung... Jetzt, wo ich an Sie denke, ist mir gleich froh zumute... Ich schreibe Ihnen manchmal einen Brief, lege darin all meine Empfindungen dar und erhalte darauf von Ihnen eine ausführliche Antwort. Ein paar Kleidchen habe ich Ihnen gekauft und einen Hut machen lassen; mitunter haben Sie irgendeinen Auftrag, und den Auftrag... Nein, wieso sind Sie nicht nützlich? Und was werde ich allein auf meine alten Tage anfangen, wozu werde ich taugen? Daran haben Sie vielleicht noch nicht gedacht, Warenka; nein, gerade darüber sollten Sie nachdenken – wozu wird er ohne mich taugen? Ich habe mich an Sie gewöhnt, meine Liebe. Und was wird daraus? Ich werde zur Newa laufen, und damit ist die Sache dann erledigt. Ja, wirklich, das wird geschehen, Warenka; was bleibt mir denn ohne Sie anderes übrig! Ach, mein Herzchen, Warenka! Sie wollen offenbar, daß mich der Lastfuhrmann auf den Wolkowo-Friedhof schafft, daß irgendeine alte, erbärmliche Bettlerin als einzige meinen Sarg geleitet, daß man mich mit Sand zuschüttet, fortgeht und dort allein zurückläßt. Das ist Sünde, Sünde, Mütterchen! Wahrlich Sünde, bei Gott – Sünde! Ich schicke Ihnen Ihr Büchlein zurück, meine liebe Freundin, Warenka; und wenn Sie, meine liebe Freundin, meine Meinung zu Ihrem

Büchlein wissen wollen, so kann ich sagen, daß ich in meinem Leben noch keine so guten Bücher zu lesen bekommen habe. Ich frage mich jetzt, Mütterchen, wie ich denn bisher als solcher Dummkopf habe leben können, Gott möge mir vergeben! Was habe ich bisher getan? Wovon verstehe ich etwas? Ich weiß ja nichts, Mütterchen, absolut nichts weiß ich! Überhaupt nichts weiß ich! Ich sage es Ihnen, Warenka, im Vertrauen – ich bin ein ungebildeter Mensch; ich habe bis jetzt wenig gelesen, sehr wenig habe ich gelesen, fast gar nichts; das »Bild eines Menschen«[12], ein kluges Werk, habe ich gelesen; »Der Junge, der verschiedene Stücke mit den Glöckchen spielte«[13] habe ich gelesen und »Die Kraniche des Ibykus« – das ist schon alles, mehr habe ich nie gelesen. Nun habe ich den »Postmeister«[14] hier in Ihrem Buch durchgelesen; und da muß ich Ihnen sagen, Mütterchen – es kommt schon vor, daß man vor sich hin lebt und nicht weiß, daß es in allernächster Nähe ein Büchlein gibt, in dem das eigene Leben ausführlich ausgebreitet wird. Und auch was einem selbst ehedem unbegreiflich war, das wird einem hier, sobald man in so einem Büchlein zu lesen beginnt, nach und nach alles erinnerlich, offenbar und begreiflich. Und schließlich noch ein Grund, weshalb ich Ihr Büchlein liebgewonnen habe: Manch ein Werk, was es auch sein mag, das liest man und liest, doch manchmal kann man machen, was man will – es ist so kniffelig, daß man es nicht zu verstehen scheint. Ich zum Beispiel, ich bin begriffsstutzig, ich bin von Natur aus schwer von Begriff, so daß ich keine allzu bedeutsamen Werke lesen kann; aber wenn man dieses liest – als ob ich es selbst geschrieben hätte; als hätte ich beispielsweise mein eigenes Herz, wie es auch immer sein mag, genommen und vor allen mit der Innenseite nach außen gekehrt und dann alles ausführlich beschrieben – so kommt es mir vor! Und dabei ist die Sache so einfach, mein Gott – so einfach! Wahrlich, auch ich hätte es so geschrieben; weshalb hätte ich es nicht schreiben sollen? Denn ich fühle dasselbe, genauso wie in dem Büchlein, und ich war selbst schon manchmal in solchen Situationen wie beispielsweise dieser Samson Wyrin, der arme Schlucker. Und wie viele Samson Wyrins, ebenso liebenswerte arme Teufel gibt es unter uns! Und wie geschickt alles beschrieben ist! Mir kamen fast die Tränen, Mütterchen, als ich las, daß er sich, der Sünder, so dem Trunke ergab, bis er das Gedächtnis verlor, verbittert ist und den ganzen Tag über unter dem Schafspelz vor sich hin schläft, den Kummer mit Punsch hinunterspült und jämmerlich weint und sich die Augen mit dem schmutzigen Rockschoß wischt, wenn er an sein verlorenes Schäflein, sein Töchterchen Dunjascha, denkt! Nein, wie naturgetreu das ist! Lesen Sie es; das ist wirklichkeitsgetreu! Das lebt! Ich selbst habe das erlebt – das lebt alles um mich herum; nehmen wir gleich die Theresa – weshalb in die Ferne schweifen! – oder meinetwegen auch unseren armen Beamten; der ist vielleicht auch solch ein Samson Wyrin, nur hat er einen anderen Namen, Gorschkow. Das ist eine allgemeingültige Geschichte, Mütterchen, und auch Ihnen und auch mir kann sie passieren. Und der Graf, der auf dem Newskij-Prospekt oder am Kai wohnt, auch dem kann dasselbe widerfahren, nur wird er sich anders geben, weil bei denen alles auf besondere Art zugeht, in erhabenerem Tone; aber auch ihm kann es so ergehen, er kann dasselbe erleben, und auch ich kann dasselbe erleben. So ist das, Mütterchen, und da wollen Sie noch von uns weggehen; ein Unglück könnte mir zustoßen, Warenka. Sowohl sich als auch mich könnten Sie zugrunde richten, meine Liebe. Ach, meine Beste, schlagen Sie sich um Gottes willen all diese haltlosen Gedanken aus Ihrem Köpfchen, und quälen Sie mich nicht unnütz. Und wie, mein schwächliches, unerfahrenes Nestvögelchen, wie wollen Sie sich selbst ernähren, sich vor dem Untergang bewahren und vor Bösewichten schützen! Hören Sie auf, Warenka, bessern Sie sich; hören Sie nicht auf unsinnige Ratschläge und Redereien, sondern lesen Sie

Ihr Büchlein noch einmal, lesen Sie es aufmerksam – es wird Ihnen von Nutzen sein.
Über den »Postmeister« habe ich mit Ratasjajew gesprochen. Er sagte mir, daß das alles veraltet sei und jetzt ausschließlich Bücher mit Bildern und allerlei Beschreibungen erschienen; ich habe wirklich nicht recht begriffen, was er da gesagt hat. Doch schloß er damit, daß Puschkin gut sei und daß er das heilige Rußland gepriesen habe, und vieles mehr hat er mir über ihn gesagt. Ja, es ist sehr gut, Warenka, sehr gut; lesen Sie das Büchlein noch einmal aufmerksam, befolgen Sie meine Ratschläge und machen Sie mich alten Mann durch Ihren Gehorsam glücklich. Dann wird Gott der Herr es Ihnen lohnen, meine Liebe, ganz gewiß wird er das.

Ihr aufrichtiger Freund
Makar Dewuschkin

Den 6. Juli

Sehr geehrter Makar Alexejewitsch!

Fjodora hat mir heute fünfzehn Silberrubel gebracht. Wie hat sich die Arme gefreut, als ich ihr drei Rubel gab! Ich schreibe Ihnen in aller Eile. Ich schneidere die Weste für Sie – der Stoff ist wunderschön, gelblich mit Blümchen. Ich schicke Ihnen ein Buch; es sind alles verschiedene Geschichten; diese und jene habe ich gelesen; lesen Sie die eine mit dem Titel »Der Mantel«[15]. Sie reden mir zu, mit Ihnen ins Theater zu gehen; wird das nicht zu teuer sein? Vielleicht eben noch auf die Galerie. Ich bin schon sehr lange nicht mehr im Theater gewesen und kann mich wahrhaftig nicht entsinnen, wann. Ich fürchte nur stets von neuem, daß dieses Vorhaben uns teuer zu stehen kommt. Fjodora schüttelt bloß den Kopf. Sie sagt, Sie hätten begonnen, weit über Ihre Verhältnisse zu leben; und ich sehe das auch selbst; was Sie allein für mich ausge-

geben haben! Seien Sie auf der Hut, mein Freund, daß es kein Unglück gibt. Fjodora hat mir ohnehin von irgendwelchen Gerüchten erzählt – Sie sollen anscheinend mit Ihrer Wirtin wegen ausstehender Zahlungen Streit gehabt haben; ich habe große Angst um Sie. Nun leben Sie wohl; ich habe Eile. Es ist eine Kleinigkeit zu tun; ich verändere die Bänder auf meinem Hut.

W. D.

PS. Wissen Sie, wenn wir ins Theater gehen, werde ich meinen neuen Hut aufsetzen und die schwarze Mantille umhängen. Ob das hübsch aussehen wird?

Den 7. Juli

Geehrte Warwara Alexejewna!

... Ich muß immer noch an gestern denken. Ja, Mütterchen, auch ich habe in alten Zeiten Dummheiten begangen. Ich verliebte mich in eine Schauspielerin, bis über beide Ohren war ich verliebt, doch das wäre noch nichts Besonderes; das Komischste aber ist, daß ich sie fast gar nicht gesehen hatte und nur ein einziges Mal im Theater war, mich aber trotzdem verliebte. Ich wohnte damals Wand an Wand mit fünf jungen, übermütigen Leuten. Ich freundete mich mit ihnen an, freundete mich notgedrungen an, obwohl ich stets einen gebührlichen Abstand zu ihnen wahrte. Na, um ihnen nicht nachzustehen, stieß ich mit ihnen ins gleiche Horn. Was haben sie mir von dieser Schauspielerin erzählt! Jeden Abend, wenn Vorstellung war, ging die ganze Bande – für das Notwendige hatten sie nie einen Groschen in der Tasche – zog die ganze Bande ins Theater, auf die Galerie, und da klatschten und klatschten sie und riefen diese Schauspielerin immer wieder vor den Vorhang – sie führten sich wie die Besessenen auf! Und dann ließen sie einen nicht einschlafen; die ganze Nacht hindurch redeten sie von ihr; ein jeder nannte sie seine Glascha, alle waren sie gleichzeitig in sie verliebt, für alle war sie die Herzensdame. Auch mich Wehrlosen haben sie angestachelt; ich war damals ja noch ganz jung. Ich weiß selbst nicht, wie ich mit ihnen ins Theater, auf den vierten Rang, auf die Galerie gelangte. Sehen konnte ich bloß ein Zipfelchen des Vorhangs, dafür hörte ich alles. Die Schauspielerin hatte wirklich ein hübsches Stimmchen – klangvoll und honigsüß wie das einer Nachtigall! Wir klatschten uns die Hände wund und schrieen aus voller Kehle – kurz und gut, wir wären fast nicht nach Hause gelangt, einer wurde tatsächlich hinausgeführt. Ich kam nach Hause – ich war wie benebelt! In der Tasche hatte ich nur noch einen Rubel, und bis zum Ersten waren es gute zehn Tage. Und was glauben Sie, Mütterchen? Am nächsten Tag, bevor ich zum Dienst ging, machte ich einen Abstecher zu einem französischen Parfümeur und kaufte bei ihm für mein ganzes Kapital irgendwelches Parfüm und wohlriechende Seifen; ich weiß wirklich nicht, weswegen ich das damals alles gekauft habe. Ich aß nicht zu Hause zu Mittag, sondern ging die ganze Zeit unter ihren Fenstern auf und ab. Sie wohnte am Newskij-Prospekt, in der dritten Etage. Ich kam nach Hause, ruhte mich ein Stündchen dort aus und lief wieder zum Newskij-Prospekt, nur um vor ihren Fenstern auf und ab zu gehen. Anderthalb Monate machte ich ihr auf diese Weise den Hof; ich nahm jeden Augenblick Luxuskutschen und stets ließ ich unter ihren Fenstern halten; ich war ganz erledigt, machte Schulden und hörte dann auf, sie zu lieben; ich war der Sache überdrüssig! Da sehen Sie, was eine Schauspielerin aus einem anständigen Menschen zu machen imstande ist, Mütterchen! Im übrigen war ich ganz jung, ganz jung war ich damals! . . .

M. D.

Den 8. Juli

Meine sehr geehrte Warwara Alexejewna!

Ich beeile mich, Ihnen Ihr Büchlein, das ich am Sechsten dieses Monats erhalten habe, zurückzugeben und beeile mich zugleich, mich in diesem meinem Briefe mit Ihnen auseinanderzusetzen. Es ist übel, Mütterchen, übel, daß Sie mich zum Äußersten gebracht haben. Wenn Sie erlauben, meine Liebe: Jeder Stand ist vom Allmächtigen als menschliches Schicksal zugewiesen. Jenem ist es bestimmt, Generalsepauletten zu tragen, diesem, als Titularrat Dienst zu tun; der eine hat zu befehlen, der andere ergeben und in Furcht zu gehorchen. Das ist auf die Fähigkeit des Menschen abgestellt; der eine ist zu diesem befähigt, der andere zu jenem, und die Fähigkeiten sind von Gott selbst angelegt. Ich stehe schon etwa dreißig Jahre im Dienst; ich versehe meinen Dienst untadlig, führe ein enthaltsames Leben und war niemals bei Unruhen zu beobachten. Als Bürger halte ich mich nach eigenem Bekenntnis für einen, der seine Fehler, zugleich aber auch Tugenden besitzt. Die Vorgesetzten achten mich, und selbst Seine Exzellenz sind mit mir zufrieden; und obgleich sie mir bislang noch keine besonderen Zeichen von Gewogenheit erwiesen haben, weiß ich doch, daß sie zufrieden sind. Ich bin ergraut; einer großen Sünde bin ich mir nicht bewußt. Wer ist freilich kein kleiner Sünder? Ein jeder sündigt, und sogar Sie sündigen, meine Liebe! Aber großer Vergehen und Dreistigkeiten habe ich mich nie schuldig gemacht, daß ich mich etwa gegen Verordnungen oder die öffentliche Ruhe vergangen hätte, dabei bin ich niemals aufgefallen, das ist nicht vorgekommen; sogar ein Ordenskreuzchen kam dabei heraus – doch genug davon! Das alles hätten Sie doch wirklich wissen müssen, Mütterchen, und auch er[16] hätte es wissen müssen; wenn er sich schon an die Beschreibung gemacht hat, dann hätte er alles wissen müssen. Nein, ich hatte das von Ihnen nicht erwartet, Mütterchen; nein,

Warenka! Gerade von Ihnen hatte ich so etwas nicht erwartet.

So! Da kann man denn nicht mehr friedlich vor sich hin leben, in seinem Eckchen – wie es auch immer sein mag – leben, ohne ein Wässerchen zu trüben, ohne jemandem etwas zuleide zu tun, in Gottesfurcht und Selbsterkenntnis, damit einen auch niemand anrührt, damit sich keiner in dein elendes Loch einschleicht und heimlich beobachtet, wie es denn bei dir aussieht, ob du beispielsweise eine gute Weste besitzt, ob du ordentliches Unterzeug trägst; ob du Stiefel hast und wie die besohlt sind; was du ißt, was du trinkst und was du abschreibst? . . . Und was ist denn schon dabei, Mütterchen, daß ich meinetwegen auch bisweilen auf den Zehenspitzen gehe, um die Stiefel zu schonen, wenn das Pflaster ziemlich schlecht ist! Wozu muß man über jemand anderen schreiben, daß er mitunter Not leidet und keinen Tee trinkt? Als ob alle ständig Tee trinken müßten! Schaue ich vielleicht jedem in den Mund, um zu sehen, was für einen Bissen er gerade kaut? Wen habe ich denn auf diese Art beleidigt? Nein, Mütterchen, weshalb denn andere kränken, wenn sie dir nichts zuleide tun! Nun, da haben Sie ein Beispiel, Warwara Alexejewna, wie einem geschehen kann: man versieht seinen Dienst eifrig und sehr fleißig, so daß einen sogar die Vorgesetzten achten (wie dem auch sei, sie achten einen dennoch) – und da verfaßt irgend jemand direkt vor deiner Nase, ohne jeden sichtbaren Grund, mir nichts, dir nichts eine Schmähschrift über dich. Freilich, es ist wahr, läßt man sich einmal etwas Neues machen, dann freut man sich und kann vor lauter Freude nicht schlafen; neue Stiefel zum Beispiel zieht man mit solcher Wonne an – das stimmt, das habe ich schon empfunden, denn es bereitet Freude, seinen Fuß in einem feinen, eleganten Stiefel zu sehen – das ist trefflich beschrieben! Aber ich wundere mich dennoch wahrlich, daß gerade Fjodor Fjodorowitsch[17] so ein Buch achtlos zugelassen hat und nicht für sich selbst eingetreten ist. Freilich, er ist noch jung für einen Beamten in führender

Stellung und schreit mitunter gern; doch weswegen sollte er nicht schreien? Warum soll er denn nicht schelten, wenn unsereiner ausgescholten werden muß. Nun ja, nehmen wir an, er schilt beispielsweise nur, um den rechten Ton zu wahren – auch das darf sein; Erziehung muß sein; Einschüchterung muß sein; denn – unter uns gesagt, Warenka, – unsereiner tut ohne Einschüchterung nichts, ein jeder ist bloß darauf erpicht, zu irgendeiner Behörde zu gehören, damit er sagen kann, ich bin da und da, drückt sich aber vor der Arbeit und geht ihr aus dem Wege. Da es aber verschiedene Dienstränge gibt und jeder Rang eine vollkommen rangentsprechende Schelte verlangt, so ist es selbstverständlich, daß die Schelte gebührlich abgestuft ist – das ist ganz in Ordnung! Darauf beruht doch auch die Welt, Mütterchen, daß wir alle einer vor dem anderen den Ton angeben und ein jeder von uns einen anderen rügt. Ohne diese Vorsichtsmaßregel könnte die Welt nicht bestehen, und es gäbe keine Ordnung. Ich bin wahrlich verwundert, wie Fjodor Fjodorowitsch so eine Beleidigung hat achtlos durchgehen lassen!
Und wozu muß denn so etwas geschrieben werden? Und wozu dient es? Etwa dazu, daß mir irgendeiner der Leser dafür einen Mantel machen läßt? Oder etwa neue Stiefel für mich kauft? Nein, Warenka, er wird es lesen und gar eine Fortsetzung verlangen. Da versteckt man sich zuweilen, versteckt sich und hält seine Schwächen verborgen, hat Angst, sich mitunter irgendwo sehen zu lassen, weil man vor der Klatscherei zittert, weil man aus allem, was es nur gibt, aus allem eine Schmähschrift über dich verfaßt – und schon kursiert dein ganzes bürgerliches und privates Leben in der Literatur, ist alles gedruckt, wird gelesen, verlacht und zerredet! Man wird sich nicht einmal mehr auf der Straße zeigen können; denn da ist alles so geschildert, daß man unsereinen allein schon am Gang erkennen wird. Wenn der Verfasser sich doch wenigstens zum Schluß gebessert und irgend etwas abgeschwächt hätte, wenn er zum Beispiel nach jener Stelle, wo man dem

Beamten Papierschnitzel auf den Kopf streute, geschrieben hätte, daß er trotz alledem ein tugendhafter, guter Bürger war, solch eine Behandlung durch seine Kollegen nicht verdiente, den Vorgesetzten gehorchte (hier hätte sich irgendein Beispiel anführen lassen), niemandem Böses wünschte, an Gott glaubte und sein Tod (wenn er will, daß er unbedingt stirbt) beweint wurde. Am besten wäre jedoch gewesen, ihn nicht sterben zu lassen, den Armen, sondern es so einzurichten, daß sich sein Mantel wiederfand, daß jener General von seinen Tugenden Näheres erfuhr, ihn in seine Kanzlei nahm, beförderte und ihm ein gutes Gehalt gab; sehen Sie, es wäre dann so gewesen: das Böse wäre bestraft worden, und die Tugend hätte gesiegt, und die Kollegen in der Kanzlei hätten alle das Nachsehen gehabt. Ich hätte es zum Beispiel so gemacht; aber so, was ist denn bei ihm da Besonderes, was ist bei ihm da Schönes? So ist es bloß irgendein nichtssagendes Beispiel aus dem alltäglichen, niederen Leben. Wie haben Sie sich nur entschließen können, mir so ein Büchlein herzuschicken, meine Liebe. Denn das ist ein böswilliges Buch, Warenka; es ist einfach unglaubwürdig, weil es nicht sein kann, daß es so einen Beamten gibt. Auf so etwas hin muß man sich beschweren, Warenka, offiziell beschweren.

Ihr ergebenster Diener

Makar Dewuschkin

Den 27. Juli

Sehr geehrter Makar Alexejewitsch!

Die jüngsten Ereignisse und Ihre Briefe haben mich erschreckt, erstaunt und befremdet, Fjodoras Erzählungen indessen haben mir alles klargemacht. Aber weshalb denn so verzweifeln und plötzlich in so einen Abgrund stürzen, in den Sie gestürzt sind, Makar Alexejewitsch? Ihre Erklärungen haben mich keineswegs befriedigt.

Sehen Sie, daß ich recht hatte, als ich darauf beharrte, jene vorteilhafte Stelle anzunehmen, die mir angeboten wurde? Überdies schreckt mich auch mein letztes Abenteuer ernstlich. Sie sagen, Ihre Liebe zu mir habe Sie gezwungen, Dinge vor mir geheimzuhalten. Ich habe auch damals schon gesehen, daß ich Ihnen viel verdanke, als Sie noch beteuerten, Sie gäben nur Ihr gespartes Geld für mich aus, das Sie, wie Sie sagten, für alle Fälle auf der Bank liegen hätten. Jetzt aber, nachdem ich erfahren habe, daß Sie überhaupt gar kein Geld hatten, daß Sie sich, als Sie zufällig von meiner Notlage erfuhren und dadurch ergriffen waren, dazu entschlossen, Ihr Gehalt aufzuwenden, das Sie sich vorausbezahlen ließen, und Sie sogar Ihre Kleidung verkauften, als ich krank war – jetzt fühle ich mich durch die Aufdeckung all dessen in eine derart peinliche Lage versetzt, daß ich bis jetzt nicht weiß, wie ich das alles aufnehmen und was ich davon halten soll. Ach! Makar Alexejewitsch! Sie hätten es bei Ihren ersten Wohltaten, zu denen Sie das Mitleid und verwandtschaftliche Zuneigung drängten, belassen und nicht später Geld für unnütze Dinge verschwenden sollen. Sie haben unsere Freundschaft verraten, Makar Alexejewitsch, weil Sie mir gegenüber nicht aufrichtig waren, und jetzt, da ich sehe, daß Sie Ihr Letztes für mich ausgegeben haben, für Kleidung, für Bonbons, für Ausflüge, fürs Theater und für Bücher – jetzt bezahle ich all das teuer mit Reue über meinen unverzeihlichen Leichtsinn (denn ich habe alles von Ihnen angenommen, ohne mich um Sie zu sorgen); und alles das, womit Sie mir Freude bereiten wollten, hat sich nun in Kummer für mich verwandelt und einzig und allein vergebliches Bedauern zurückgelassen. Ich habe bemerkt, daß Sie in letzter Zeit bedrückt waren, doch obgleich ich selbst mit Bangen irgend etwas erwartete, wollte mir das, was jetzt geschehen ist, einfach nicht in den Kopf. Wie konnten Sie bloß in solchem Maße den Mut sinken lassen, Makar Alexejewitsch! Was wird man jetzt von Ihnen denken, was werden jetzt alle, die Sie kennen, von Ihnen sagen? Sie, der von mir und allen anderen wegen seiner Herzensgüte, Bescheidenheit und Umsicht geachtet war, Sie sind jetzt plötzlich solch einem abscheulichen Laster verfallen, das an Ihnen, wie es scheint, ehedem nie zu beobachten war. Wie war mir zumute, als mir Fjodora erzählte, man habe Sie in trunkenem Zustand auf der Straße gefunden und mit der Polizei nach Hause gebracht! Ich war wie vor den Kopf geschlagen, obgleich ich etwas Außergewöhnliches erwartet hatte, nachdem Sie vier Tage verschwunden waren. Aber haben Sie bedacht, Makar Alexejewitsch, was Ihre Vorgesetzten sagen werden, wenn sie den wahren Grund für Ihre Abwesenheit erfahren? Sie sagen, daß sich alle über Sie lustig machen; daß alle von unserer Beziehung erfahren haben und Ihre Nachbarn auch mich in ihren Spöttereien erwähnen. Beachten Sie das nicht, Makar Alexejewitsch, und beruhigen Sie sich um Himmels willen. Mich beunruhigt noch Ihre Geschichte mit diesen Offizieren; ich habe dunkel davon gehört. Erklären Sie mir, was das alles zu bedeuten hat? Sie schreiben, Sie haben Angst gehabt, sich mir anzuvertrauen, Angst gehabt, durch Ihr Geständnis meine Freundschaft zu verlieren; daß Sie verzweifelt waren, weil Sie nicht wußten, womit Sie mir während meiner Krankheit helfen sollten, daß Sie alles verkauft haben, um mich zu unterstützen und nicht ins Spital bringen zu müssen, daß Sie Schulden über Schulden gemacht und jeden Tag mit der Wirtin Ärger haben – aber indem Sie mir das alles verschwiegen, haben Sie das Schlimmere gewählt. Denn jetzt habe ich ja doch alles erfahren. Sie haben sich Gewissensbisse gemacht, mich erkennen zu lassen, daß ich die Ursache für Ihre unglückselige Lage war, aber nun haben Sie mir durch Ihr Verhalten doppelt soviel Kummer bereitet. Das alles hat mich erschüttert, Makar Alexejewitsch. Ach, mein Freund – Unglück ist eine ansteckende Krankheit! Unglückselige und Arme müssen einander aus dem Wege gehen, damit sie sich nicht noch mehr anstecken. Ich habe Ihnen solches Unglück gebracht, wie Sie es frü-

her in Ihrem bescheidenen und zurückgezogenen Leben sicher nie durchgemacht haben. Das alles plagt und grämt mich.
Schreiben Sie mir jetzt alles aufrichtig – was mit Ihnen geschehen ist und wie Sie sich zu so einer Handlung haben entschließen können. Beruhigen Sie mich, wenn es möglich ist. Nicht Eigenliebe läßt mich jetzt von meiner Ruhe schreiben, sondern meine Freundschaft und Liebe zu Ihnen, die durch nichts aus meinem Herzen zu tilgen sind. Leben Sie wohl. Ich erwarte Ihre Antwort mit Ungeduld. Sie haben schlecht von mir gedacht, Makar Alexejewitsch.

Ihre Sie innig liebende
Warwara Dobrosjolowa

Den 28. Juli

Meine werte Warwara Alexejewna!

Nun, jetzt, wo alles zu Ende ist und alles allmählich in den früheren Zustand zurückgelangt, kann ich Ihnen eines sagen, Mütterchen: Sie machen sich Sorgen darüber, was man von mir denken wird, worauf ich mich beeile, Ihnen zu erklären, Warwara Alexejewna, daß mir meine Ehre über alles teuer ist. Demzufolge und nachdem ich Ihnen von meinem Unglück und all diesen Mißgeschicken berichtet habe, lasse ich Sie wissen, daß noch keiner der Vorgesetzten etwas ahnt und auch nichts erfahren wird, so daß sie alle nach wie vor Achtung vor mir haben werden. Eines fürchte ich: Klatschereien fürchte ich. Die Wirtin bei uns hier hat Geschrei erhoben, aber nun, wo ich mit Hilfe Ihrer zehn Rubel ihr einen Teil meiner Schulden zurückgezahlt habe, ist sie bloß noch brummig, weiter nichts. Was die anderen anbelangt, so sind sie ganz erträglich; man darf sie nur nicht um Geld bitten, dann sind sie ganz leidlich. Aber zum Schluß meiner Erklärungen möchte ich Ihnen sagen, Mütterchen, daß mir Ihre

Achtung über alles in der Welt geht und ich mich jetzt während meiner zeitweiligen Unruhen damit tröste. Gott sei Dank, daß der erste Schlag und die erste Bedrängnis vorüber sind und Sie es so aufgenommen haben, daß Sie mich nicht als treulosen Freund und selbstsüchtigen Menschen ansehen, weil ich Sie bei mir behielt und Sie hintergangen habe, da ich außerstande war, mich von Ihnen zu trennen und Sie als mein Engelchen liebte. Eifrig habe ich mich nun an den Dienst gemacht und damit begonnen, mein Amt ordentlich zu versehen. Wenn doch Jewstafij Iwanowitsch ein Wort gesagt hätte, als ich gestern an ihm vorbeiging. Ich will Ihnen nicht verheimlichen, Mütterchen, daß mich meine Schulden und der üble Zustand meiner Kleidung bedrücken, doch das macht nichts weiter, und ich bitte Sie flehentlich, auch deshalb nicht zu verzweifeln, Mütterchen. Sie schicken mir noch ein halbes Rubelchen, Warenka, und dieses halbe Rubelchen hat mir das Herz durchbohrt. So stehen die Dinge jetzt also, da sieh mal einer an! Denn nicht ich alter Dummkopf helfe Ihnen, Engelchen, sondern Sie, mein armes Waisenkindchen, mir! Fjodora tat gut daran, Geld aufzutreiben. Ich habe einstweilen keinerlei Hoffnungen, welches zu bekommen, Mütterchen, aber sobald wieder irgendeine Hoffnung aufkommt, werde ich Ihnen über alles ausführlich schreiben. Die Klatschereien, die Klatschereien allerdings beunruhigen mich am meisten. Leben Sie wohl, mein Engelchen. Ich küsse Ihr Händchen und bitte Sie flehentlich, wieder auf die Beine zu kommen. Ich schreibe deswegen nicht ausführlich, weil ich zum Dienst eilen will, um durch Fleiß und Eifer all meine schuldhaften Versäumnisse wiedergutzumachen; den weiteren Bericht über alle Ereignisse und die Affäre mit den Offizieren verschiebe ich auf den Abend.

Ihr Sie schätzender und innig liebender

Makar Dewuschkin

Den 28. Juli

Ach, Warenka, Warenka! Jetzt haben Sie die Schuld aber auf Ihrer Seite und auf Ihrem Gewissen. Mit Ihrem Brieflein hatten Sie mich völlig aus der Fassung gebracht und verwirrt, und erst jetzt, als ich in Muße das Innerste meines Herzens ergründete, habe ich erkannt, daß ich recht hatte, vollkommen recht hatte. Ich rede nicht von meinem Skandal (zum Teufel damit, Mütterchen, zum Teufel damit!), sondern davon, daß ich Sie liebe und daß es keineswegs unvernünftig von mir war, Sie zu lieben, keineswegs unvernünftig. Sie wissen nichts, Mütterchen; aber wenn Sie nur wüßten, wie das alles gekommen ist, weshalb ich Sie lieben muß, hätten Sie nicht so geredet. Sie sagen das alles nur vernunftmäßig, doch ich bin überzeugt, in Ihrem Herzen sieht es ganz anders aus.

Mein Mütterchen, ich weiß selbst nicht und kann mich nicht recht erinnern, was ich alles mit den Offizieren gehabt habe. Ich muß Ihnen erklären, mein Engelchen, daß ich zu jener Zeit in schrecklicher Verlegenheit war. Stellen Sie sich vor, daß ich schon einen ganzen Monat lang sozusagen am seidenen Faden hing. Es war eine erbärmliche Lage. Vor Ihnen versteckte ich mich und zu Hause auch, aber meine Wirtin machte Lärm und Geschrei. Das hätte mir nichts weiter ausgemacht. Sollte das nichtswürdige Weibsbild doch schreien, aber zum ersten war da die Schande, und zum zweiten hatte sie, Gott weiß wie, von unserer Beziehung erfahren und schrie im ganzen Hause derart darüber herum, daß ich erstarrte und mir sogar die Ohren zuhielt. Aber die Sache ist die, daß sich die anderen die Ohren nicht zuhielten, sondern sie im Gegenteil spitzten. Ich weiß auch jetzt noch nicht, wo ich bleiben soll, Mütterchen . . .

Sehen Sie, mein Engelchen, das alles, dieser ganze Ansturm aller möglichen Not hat mir den letzten Rest gegeben. Da hörte ich auf einmal von Fjodora Befremdliches – ein würdeloser Abenteurer sei zu Ihnen nach Hause gekommen und habe Sie mit einem unehrenhaften Antrag beleidigt; daß er Sie beleidigt hat, zutiefst beleidigt, beurteile ich nach mir, Mütterchen, denn auch ich selbst fühlte mich zutiefst beleidigt. Und da, mein Engelchen, habe ich den Verstand verloren, da habe ich die Fassung verloren und war ganz außer mir. Ich rannte, Warenka, meine Freundin, rannte rasend vor Wut hinaus, ich wollte zu ihm, dem Sünder, laufen; ich wußte selbst nicht, was ich machen wollte; denn ich lasse nicht zu, daß man Sie, mein Engelchen, beleidigt! Nun, es war traurig! Dazu Regen, Matschwetter und der schreckliche Kummer! ... Ich wollte eigentlich schon umkehren ... Und da bin ich doch gesunken, Mütterchen. Ich habe Jemelja getroffen, Jemeljan Iljitsch, er ist Beamter, das heißt war Beamter, jetzt ist er kein Beamter mehr, weil er aus unserem Amt ausgeschlossen wurde. Er macht jetzt ich weiß nicht recht was, quält sich irgendwie durch; da bin ich mit ihm gegangen. Da – nun, wozu soll ich Ihnen das erzählen, Warenka; macht es etwa Vergnügen, von dem Unglück seines Freundes zu lesen, von seinen Nöten und der Geschichte der Versuchungen, die er ausstehen mußte? Am dritten Tage abends – Jemelja hatte mich angestiftet – ging ich dann zu ihm, zu dem Offizier. Seine Adresse hatte ich bei unserem Hausmeister erfragt. Wenn ich ehrlich sein soll, Mütterchen, ich habe diesen Burschen seit langem beobachtet; ich hatte schon ein Auge auf ihn, als er noch bei uns im Hause wohnte. Jetzt sehe ich ja ein, daß ich mich ungehörig benommen habe, weil ich nicht recht bei Sinnen war, als ich mich bei ihm melden ließ. Um die Wahrheit zu sagen, Warenka, ich kann mich an nichts erinnern; ich weiß bloß noch, daß sehr viele Offiziere bei ihm waren, oder ich habe alles doppelt gesehen, weiß der Himmel. Auch entsinne ich mich nicht, was ich gesagt habe, ich weiß nur, daß ich in meiner ritterlichen Entrüstung viel sprach. Na, und dann haben sie mich hinausgejagt, dann haben sie mich die Treppe hinuntergeworfen, das heißt, nicht daß sie mich richtig hinuntergeworfen hätten, sie stießen mich nur so hinaus. Wie ich zurückkam, wissen Sie ja, Warenka; und das ist die ganze Geschichte. Natürlich, ich habe mich erniedrigt, und mein Ehrgefühl hat gelitten, doch das weiß ja kein Außenstehender, niemand außer Ihnen weiß das; nun, und wenn es so steht, ist es ebenso, als wäre nichts geschehen. Kann es sein, daß es so ist, Warenka, was meinen Sie? Wenn ich etwas sicher weiß, dann das, daß im vorigen Jahr bei uns Aksentij Ossipowitsch solcherweise die Persönlichkeit Pjotr Petrowitschs antastete, allerdings im geheimen, er tat das im geheimen. Er ließ ihn in die Wächterstube kommen, ich habe das alles durch einen Spalt gesehen; und dort verfuhr er mit ihm entsprechend, aber auf die feine Art, weil es niemand sah – außer mir; na, und ich habe nichts getan, das heißt, ich will sagen, ich habe es niemanden wissen lassen. Nun, und danach haben Pjotr Petrowitsch und Aksentij Ossipowitsch zueinander gestanden, als wäre nichts geschehen. Wissen Sie, Pjotr Petrowitsch ist so ehrgeizig, so daß er niemandem etwas gesagt hat und sie jetzt einander auch grüßen und die Hände schütteln. Ich bestreite nicht, ich wage nicht, Warenka, mit Ihnen zu streiten, daß ich tief gesunken bin und, was am schrecklichsten ist, an Selbstachtung verloren habe, doch das war wohl mein Los, das ist wahrscheinlich Schicksal – und dem Schicksal kann man nicht entfliehen, das wissen Sie selbst. Das ist nun also die eingehende Schilderung meiner Nöte und Leiden, Warenka, und alles ist von der Art, daß man es eigentlich nicht zu lesen brauchte. Ich fühle mich nicht ganz wohl, mein Mütterchen, und all mein Frohsinn ist verlorengegangen. Deshalb bezeuge ich Ihnen jetzt meine Ergebenheit, Liebe und Hochachtung und verbleibe, mein liebes Fräulein Warwara Alexejewna,

Ihr ergebenster Diener

Makar Dewuschkin

Den 29. Juli

Sehr geehrter Makar Alexejewitsch!

Ich habe Ihre beiden Briefe gelesen und dabei immerfort gestöhnt! Hören Sie mal, mein Freund, entweder verschweigen Sie mir etwas und haben mir nur einen Teil all Ihrer Unannehmlichkeiten geschrieben, oder ... wirklich, Makar Alexejewitsch, Ihren Briefen merkt man noch eine gewisse Verwirrung an ... Kommen Sie zu mir, um Gottes willen, kommen Sie heute; und hören Sie, wissen Sie was, kommen Sie einfach zum Mittagessen zu uns. Ich weiß doch gar nicht, wie es Ihnen da geht und wie Sie mit Ihrer Wirtin ins reine gekommen sind. Sie schreiben über all dies nichts und behalten es anscheinend absichtlich für sich. Auf Wiedersehen also, mein Freund; kommen Sie heute unbedingt zu uns; Sie täten überhaupt besser daran, wenn Sie immer zum Mittagessen zu uns kämen. Fjodora kocht sehr gut. Leben Sie wohl.

Ihre
Warwara Dobrosjolowa

Den 1. August

Mütterchen, Warwara Alexejewna!

Sie freuen sich, Mütterchen, daß Gott Ihnen Gelegenheit gegeben hat, Ihrerseits Gutes mit Gutem zu vergelten und sich mir erkenntlich zu erweisen. Ich glaube das, Warenka, ich vertraue auch auf die Güte Ihres engelhaften Herzchens und ich will Ihnen keinen Vorwurf machen – nur halten Sie mir nicht wie damals vor, ich sei auf meine alten Tage verschwenderisch geworden. Na, es war eben eine Sünde, was ist da zu machen! – wenn Sie unbedingt wollen, daß es eine Sünde war; nur das gerade von Ihnen zu hören, meine liebe Freundin, tut sehr weh! Doch seien Sie mir nicht böse, daß ich das sage; ich vergehe vor seelischem Schmerz, Mütterchen. Arme Leute sind launenhaft – das ist schon von Natur aus so angelegt. Ich habe das auch früher empfunden, doch jetzt noch mehr verspürt. Er, der arme Mensch, er ist anspruchsvoll; er betrachtet auch Gottes Welt anders, und jeden Vorübergehenden sieht er scheel an, und er blickt verlegen um sich und lauscht auf jedes Wort, ob da nicht etwa über ihn geredet wird? Vielleicht darüber, daß er so unansehnlich ist? Was er wohl gerade empfindet? Vielleicht zum Beispiel darüber, wie er sich wohl von der einen Seite, wie von der anderen Seite ausnehmen wird? Und es weiß doch jeder, Warenka, daß ein armer Mensch schlechter ist als ein Lappen und keinerlei Achtung von jemandem erwarten kann, mag man darüber schreiben, was man will! Was immer sie, diese Schmierfinken, schreiben, es wird mit dem armen Menschen alles bleiben, wie es war. Und weshalb wird alles wie ehedem sein? Weil bei einem armen Menschen ihrer Meinung nach alles verkehrt sein muß; weil ihm nichts heilig zu sein hat, irgendein Ehrgefühl – auf gar keinen Fall! Da hat neulich Jemelja erzählt, man habe irgendwo eine Sammlung für ihn veranstaltet, und man habe ihn für jedes Zehnkopekenstück gewissermaßen offiziell besichtigt. Sie glaubten, ihm ihre Zehnkopekenstücke umsonst zu geben – aber nein: sie bezahlten dafür, daß ihnen ein Armer gezeigt wurde. Heutzutage, Mütterchen, werden auch Wohltaten irgendwie absonderlich erwiesen ... mag sein, sie wurden allzeit so erwiesen, wer kann das wissen! Entweder verstehen sie sich nicht darauf, oder sie sind schon große Meister darin – eins von beiden. Sie haben das vielleicht nicht gewußt, nun, dann wissen Sie es jetzt! Bei anderen Dingen können wir nicht mitreden, aber hierin wissen wir Bescheid! Woher aber weiß ein armer Mensch das alles und denkt so etwas? Aus welchem Grunde denn? Nun, aus Erfahrung! Weil er zum Beispiel weiß, daß in seiner nächsten Nähe so ein Herr ist, der auf dem Weg in ein Restaurant ist und sich fragt, was wohl dieser arme Beamte heute essen wird. Ich jedenfalls werde sauté en papillotes essen und er vielleicht Grütze ohne Butter. Was aber geht es ihn an, daß ich Grütze ohne Butter essen werde? Es gibt solche Leute, Warenka, es gibt welche, die nur an so etwas denken. Und sie, die unanständigen Pasquillanten, gehen umher und geben acht, ob man mit dem ganzen Fuß auftritt oder bloß mit den Zehenspitzen; ob bei dem und dem Beamten, bei einem Titularrat in der und der Behörde die nackten Zehen aus dem Stiefel herausschauen und ob seine Ellenbogen durchgescheuert sind – und dann setzen sie sich hin und schildern das alles und lassen solchen Schund drucken ... Wen geht es denn etwas an, daß meine Ellenbogen durchgescheuert sind? Ja, wenn Sie mir das derbe Wort verzeihen, Warenka, so will ich Ihnen sagen, daß ein armer Mensch in dieser Hinsicht dieselbe Scham besitzt wie Sie beispielsweise Ihre jungfräuliche haben. Sie werden sich doch auch nicht vor allen – verzeihen Sie meinen groben Ausdruck – entkleiden; ebenso hat es der arme Mann nicht gern, wenn man in sein Hundeloch hineinsieht, um seine familiären Verhältnisse zu ergründen – so ist das. Und was für einen Grund gab es, Warenka, mich im Bunde mit meinen Feinden zu beleidigen, die einem redlichen Menschen nach Ehre und Ansehen trachten?

Na, und während der Amtsstunden saß ich heute so unbeholfen und wie ein gerupfter Sperling da, daß ich vor Scham fast vergangen wäre. Wie ich mich schämte, Warenka! Denn unwillkürlich wird man zaghaft, wenn die nackten Ellenbogen durch die Kleidung schimmern und die Knöpfe an den Fäden baumeln. Und ausgerechnet bei mir mußte alles in solcher Unordnung sein! Da läßt man notgedrungen den Mut sinken. Bestimmt! Selbst Stepan Karlowitsch sprach heute zunächst dienstlich mit mir, redete und redete, fügte dann jedoch scheinbar zufällig hinzu: »Ach ja, mein lieber Makar Alexejewitsch!« – das übrige, was er dachte, sprach er nicht aus, aber ich hatte selbst schon alles erraten und errötete dermaßen, daß sogar meine Glatze rot wurde. Das hat ja im Grunde genommen nichts zu bedeuten, ist aber trotzdem beunruhigend und bringt einen auf quälende Gedanken. Daß sie bloß noch nichts erfahren haben! Gott bewahre, wenn sie doch irgend etwas erfahren haben sollten! Offen gesagt, ich habe einen Verdacht, einen starken Verdacht gegen eine bestimmte Person. Denn diesen Bösewichten macht das nichts aus! Die verraten einen! Für nichts und wieder nichts geben die dein ganzes Privatleben preis; nichts ist heilig.

Ich weiß jetzt, wessen Streich das ist: Ratasjajew hat mir diesen Streich gespielt. Er kennt jemanden in unserem Amt und hat ihm wahrscheinlich alles so beiläufig mitgeteilt und noch hinzugedichtet; oder er hat es meinetwegen in seiner Behörde erzählt, und es ist in unser Amt herübergekrochen. Und bei uns in der Wohnung wissen ausnahmslos alle über alles Bescheid und zeigen mit dem Finger nach Ihrem Fenster; ich weiß, daß sie das tun. Und als ich gestern zum Mittagessen zu Ihnen ging, da lehnten sie sich alle aus den Fenstern hinaus, die Wirtin aber sagte, da habe nun der Teufel mit einem Kleinkind einen Bund geschlossen, und dann hat sie Ihnen noch einen unanständigen Namen gegeben. Aber das ist alles noch gar nichts gegen die schändliche Absicht Ratasjajews, uns beide in seiner Literatur unterzubringen und uns in einer spitzfindigen Satire zu beschreiben; das hat er selbst gesagt, und gute Menschen hier haben es mir wiedererzählt. Ich kann nun an nichts mehr denken, Mütterchen, und weiß nicht, wozu ich mich entschließen soll. Es hat keinen Sinn, es zu verbergen, wir haben Gott den Herrn erzürnt, mein Engelchen! Sie, Mütterchen, wollten mir ein Büchlein gegen die Langeweile schicken. Hol es der Kuckuck, das Buch, Mütterchen! Was ist denn das, ein Buch? Eine erfundene Geschichte! Auch ein Roman ist dummes Zeug, nur so aus Unsinn geschrieben, damit müßige Leute etwas zu lesen haben; glauben Sie mir, Mütterchen, vertrauen Sie auf meine langjährige Erfahrung. Und wenn man Ihnen dann mit irgendeinem Shakespeare kommt,

Ihnen vorerzählt, siehst du, in der Literatur gibt es einen Shakespeare – so ist auch dieser Shakespeare Unsinn, alles der reine Unsinn, und alles einzig und allein als Schmähschrift gedacht!

Ihr

Makar Dewuschkin

Den 2. August

Sehr geehrter Makar Alexejewitsch!

Machen Sie sich nur keine Sorgen; so Gott will, kommt alles in Ordnung. Fjodora hat sowohl für sich als auch für mich eine Menge Arbeit besorgt, und wir haben uns vergnügt ans Werk gemacht; vielleicht können wir alles wieder einrenken. Sie vermutet, daß all meine jüngsten Unannehmlichkeiten Anna Fjodorowna nicht verborgen geblieben sind; aber jetzt ist mir alles gleich. Ich bin heute außergewöhnlich guter Dinge. Sie wollen sich Geld borgen – Gott bewahre Sie davor! Später wäre das Unglück da, wenn Sie es zurückzahlen müssen. Halten Sie sich lieber an uns, kommen Sie des öfteren zu uns, und kümmern Sie sich nicht um Ihre Wirtin. Was aber Ihre übrigen Feinde und Mißgönner anlangt, so bin ich überzeugt, daß Sie sich mit unnützen Zweifeln quälen, Makar Alexejewitsch! Sehen Sie, ich habe Ihnen doch schon voriges Mal gesagt, daß Ihr Stil sehr ungleichmäßig ist. Nun leben Sie wohl, auf Wiedersehen. Ich erwarte Sie unbedingt bei mir.

Ihre

W. D.

Den 3. August

Mein Engelchen, Warwara Alexejewna!

Ich beeile mich, Ihnen mitzuteilen, mein Lebensglück, daß ich leise Hoffnungen hege. Doch erlauben Sie, mein

Töchterchen, Sie schreiben, Engelchen, ich soll keine Anleihe aufnehmen? Meine Liebe, ohne sie geht es nicht; mir geht es schon schlecht, und wenn Ihnen am Ende gar irgend etwas zustoßen würde! Sie sind ja so schwächlich; deshalb schreibe ich denn auch, daß ich unbedingt Geld borgen muß. Nun fahre ich also fort.

Ich bemerke Ihnen gegenüber, Warwara Alexejewna, daß ich im Amt neben Jemeljan Iwanowitsch sitze. Nicht neben dem Jemeljan, den Sie kennen. Dieser hier ist ebenso wie ich Titularrat, und er und ich sind in unserem ganzen Ressort nahezu die ältesten und alteingesessene Streiter. Er ist eine gute Seele, ein uneigennütziger Mensch, aber nicht redselig und schaut immer richtig düster drein. Dafür ist er fachkundig, hat eine Schrift – eine klare englische Handschrift, und offen und ehrlich gestanden, er schreibt nicht schlechter als ich –, ein lobenswerter Mann! Näher bekannt bin ich mit ihm nie geworden, wir haben einander nur gewohnheitsmäßig ›Guten Tag‹ und ›Leben Sie wohl‹ gesagt; und wenn ich mitunter ein Messerchen benötigte, so kam es vor, daß ich ihn bat: »Bitte, geben Sie mir das Messerchen, Jemeljan Iwanowitsch.« Kurz, es wurde nur das geredet, was der Alltag erforderte. Da sagt er doch heute zu mir: »Makar Alexejewitsch, weshalb sind Sie denn so nachdenklich?« Ich sah, daß der Mann mir Gutes wollte, und da vertraute ich mich ihm an – so und so, Jemeljan Iwanowitsch, sagte ich, das heißt, alles erzählte ich nicht, und das werde ich, Gott bewahre, auch nie tun, weil mir der Mut dazu fehlt; aber dies und jenes habe ich ihm anvertraut, daß ich in Verlegenheit sei und ähnliches mehr. »Aber mein Bester«, sagte Jemeljan Iwanowitsch, »da sollten Sie sich Geld borgen; zum Beispiel von Pjotr Petrowitsch könnten Sie welches borgen, er verleiht auf Zinsen; ich habe schon bei ihm geborgt; und er nimmt anständige Prozente, keine erdrückenden.« Na, Warenka, mein Herz hüpfte vor Freude. Ich überlegte hin und her – vielleicht wird Gott es ihm ans Herz legen, dem Wohltäter Pjotr Petrowitsch, und er leiht mir Geld. Ich rechnete mir schon aus, daß ich dann an die Wirtin bezahlen und Ihnen helfen und mich selbst rundherum in Ordnung bringen würde, denn so ist es doch eine Schande: es ist einem sogar bange, auf seinem Platz zu sitzen, abgesehen davon, daß sich die Spötter bei uns über einen lustig machen, Gott vergib ihnen! Und auch Seine Exzellenz gehen mitunter an unserem Tische vorbei; na, wenn sie, Gott möge es verhüten, einen Blick auf mich werfen und bemerken sollten, daß ich unanständig gekleidet bin! Für sie aber sind Sauberkeit und Ordnung die Hauptsache. Sie würden vielleicht gar nichts sagen, ich aber würde vor Scham vergehen – so würde es sein. Infolgedessen nahm ich mich zusammen, verbarg meine Scheu und begab mich zu Pjotr Petrowitsch, einerseits voller Hoffnung, andererseits mehr tot als lebendig vor Erwartung – beides zugleich. Nun, was soll ich sagen, Warenka, damit war alles aus und vorbei! Er war gerade beschäftigt und sprach mit Fedosjej Iwanowitsch. Ich trat von der Seite an ihn heran, zupfte ihn am Ärmel und sagte: »Pjotr Petrowitsch, Pjotr Petrowitsch!« Er drehte sich um, und ich fuhr fort – so und so, dreißig Rubel und so weiter. Zuerst hat er mich wohl nicht recht verstanden, doch dann, als ich ihm alles auseinandergesetzt hatte, fing er an zu lachen, sagte jedoch nichts, sondern schwieg. Ich trug ihm nochmals dasselbe vor. Er aber fragte mich, ob ich ein Pfand habe. Darauf vertiefte er sich in sein Aktenstück, schrieb und sah mich nicht an. Ich war ein bißchen verdutzt. »Nein«, sagte ich, »Pjotr Petrowitsch, ein Pfand habe ich nicht«, und ich erklärte ihm, sobald ich Gehalt bekäme, würde ich es ihm zurückerstatten, ganz gewiß zurückerstatten, das als meine allererste Pflicht betrachten. Alsdann rief ihn jemand zu sich, ich wartete auf ihn, er kam zurück, begann seine Schreibfeder zu reinigen und bemerkte mich anscheinend nicht. Ich aber kam wieder auf mein Anliegen zurück – »Pjotr Petrowitsch«, sagte ich, »ginge es denn nicht irgendwie?« Er schwieg und schien nicht zu hören, ich stand und stand. Na, dachte ich, versuchst du es ein letztes Mal, und zupfte ihn am Ärmel. Wenn er wenigstens etwas gesagt hätte; aber er spitzte die Feder an und begann zu schreiben; da bin ich gegangen. Sehen Sie, Mütterchen, das mögen alles geschätzte Leute sein, aber sie tragen den Kopf hoch, sehr hoch – das ist nichts für mich! An die reichen wir nicht heran, Warenka! Deshalb habe ich Ihnen das alles auch geschrieben. Jemeljan Iwanowitsch fing ebenfalls zu lachen an und schüttelte den Kopf, aber dafür hat er mir Hoffnung gemacht, der Gute. Jemeljan Iwanowitsch ist ein ehrenwerter Mann. Er versprach, mich jemandem zu empfehlen; dieser Mann, Warenka, wohnt auf der Wyborger Seite und verleiht auch Geld auf Zinsen; er gehört zur vierzehnten Rangklasse[18]. Jemeljan Iwanowitsch meint, der werde mir ganz gewiß etwas geben; morgen, mein Engelchen, werde ich zu ihm gehen – ja? Was meinen Sie dazu? Kein Geld zu bekommen wäre ein Unglück! Die Wirtin jagt mich fast aus der Wohnung und will mir kein Mittagessen mehr geben lassen. Und auch meine Stiefel sind sehr abgetragen, Mütterchen, und Knöpfe fehlen . . . und was mir sonst noch alles fehlt! Wenn nun einer der Vorgesetzten diesen anstößigen Zustand bemerkt? Das wäre furchtbar, Warenka, furchtbar, einfach furchtbar!

Makar Dewuschkin

Den 4. August

Lieber Makar Alexejewitsch!

Um Gottes willen, Makar Alexejewitsch, borgen Sie sich so schnell wie möglich etwas Geld; ich würde Sie unter den derzeitigen Umständen bestimmt nicht um Hilfe bitten, doch wenn Sie wüßten, in welcher Lage ich mich befinde! In dieser Wohnung können wir auf keinen Fall bleiben. Ich hatte die schlimmsten Unannehmlichkeiten, und wenn Sie wüßten, wie verwirrt und aufgeregt ich jetzt bin! Stellen Sie sich vor, mein Freund: heute früh erscheint bei uns ein fremder Herr, schon älter, beinahe ein Greis, mit Orden. Ich war verwundert und begriff nicht, was er bei uns wollte. Fjodora war gerade zum Krämer gegangen. Er begann sich zu erkundigen, wie es mir gehe und was ich mache, und erklärte mir, ohne eine Antwort abzuwarten, er sei der Onkel jenes Offiziers; er sei sehr böse auf den Neffen wegen seines schlechten Benehmens und weil er uns im ganzen Haus in Verruf gebracht habe; sein Neffe sei ein dummer Junge und ein Windhund; er aber wäre bereit, mich unter seinen Schutz zu stellen; er riet mir, nicht auf die jungen Leute zu hören, und fügte hinzu, er habe väterliches Mitgefühl mit mir, hege väterliche Gefühle für mich und sei bereit, mir in jeder Hinsicht zu helfen. Ich wurde ganz rot, wußte nicht, was ich davon halten sollte, beeilte mich aber nicht, mich zu bedanken. Er ergriff gewaltsam meine Hand, tätschelte meine Wange und sagte, ich sei sehr reizend, und ganz besonders gefalle ihm, daß ich Grübchen in den Wangen habe (Gott weiß, was er alles sagte!), und schließlich wollte er mich küssen und sagte, er sei ja schon ein alter Mann (er war so widerlich!). Da kam Fjodora. Er wurde ein wenig verlegen und fing nochmals davon an, daß er wegen meiner Bescheidenheit und Sittsamkeit vor mir Achtung habe und sich sehr wünsche, ich möge ihm nicht aus dem Wege gehen. Dann nahm er Fjodora beiseite und wollte ihr unter irgendeinem seltsamen Vorwande etwas Geld geben. Fjodora nahm es selbstverständlich nicht an. Endlich machte er Anstalten, nach Hause zu gehen, wiederholte noch einmal all seine Beteuerungen und sagte, er werde wieder zu mir kommen und mir Ohrringe mitbringen (anscheinend war er selbst sehr verlegen); er riet mir umzuziehen und empfahl mir eine sehr schöne Wohnung, die er im Auge habe und die mich nichts kosten würde; er sagte, daß er mich deswegen sehr liebgewonnen habe, weil ich ein rechtschaffenes und vernünftiges Mädchen sei, riet mir, vor der lasterhaften Jugend auf der Hut zu sein, und teilte mir schließlich mit, daß er Anna Fjodorowna kenne und Anna Fjodorowna ihn beauftragt habe, mir zu sagen, sie selbst werde mich besuchen. Da wurde mir alles klar. Ich weiß nicht, wie mir geschah; zum ersten Mal im Leben befand ich mich in einer solchen Lage; ich war außer mir; ich beschämte ihn durch und durch. Fjodora stand mir bei und jagte ihn förmlich aus der Wohnung. Uns wurde klar, daß dies Anna Fjodorownas Werk war; wie sonst hätte er etwas von uns wissen können?

Jetzt wende ich mich an Sie, Makar Alexejewitsch, und bitte Sie inständig um Hilfe. Lassen Sie mich um Gottes willen in dieser Lage nicht im Stich! Borgen Sie Geld, bitte treiben Sie wenigstens ein bißchen auf, wir können den Umzug nicht bezahlen, hier aber können wir unmöglich länger bleiben. Das ist auch Fjodoras Rat. Wir brauchen zumindest fünfundzwanzig Rubel; ich werde Ihnen dieses Geld zurückgeben; ich werde es verdienen; Fjodora wird mir in den nächsten Tagen schon Arbeit verschaffen, wenn Sie also vor den hohen Prozenten zurückschrecken sollten, achten Sie nicht darauf, und gehen Sie auf alles ein. Ich werde Ihnen alles zurückgeben, nur versagen Sie mir um Himmels willen Ihre Hilfe nicht. Es kostet mich viel, Sie jetzt, da Sie in solch einer Lage sind, zu bemühen, aber auf Ihnen allein ruht meine ganze Hoffnung! Leben Sie wohl, Makar Alexejewitsch, denken Sie an mich, und möge Ihnen Gott Erfolg bescheren!

W. D.

Den 4. August

Warwara Alexejewna, meine Liebste!

All diese unerwarteten Schläge sind es, die mich erschüttern! Solch schreckliches Elend bringt mich zur Verzweiflung! Abgesehen davon, daß das Gesindel von verschiedenartigen Speichelleckern und nichtswürdigen alten Männern Sie, mein Engelchen, auf das Krankenlager bringen will, zu alledem wollen sie, diese Speichellecker, auch mich zugrunde richten. Und sie werden mich zugrunde richten, ich könnte schwören, daß sie mich zugrunde richten werden! Ich wäre doch jetzt eher zu sterben bereit, als Ihnen nicht zu helfen! Helfe ich Ihnen nicht, dann ist das mein Tod, Warenka, wahr und wahrhaftig mein Tod, helfe ich Ihnen aber, dann fliegen Sie mir davon wie ein Vögelchen aus dem Nestchen, auf das diese Eulen und Raubvögel warten und es zu Tode hacken. Das ist es, was mich quält, Mütterchen. Und auch Sie, Warenka, sind so grausam! Wie können Sie nur so sein? Sie werden gequält, Sie werden beleidigt, Sie, mein Nestvögelchen, leiden – und da grämen Sie sich noch, weil Sie mich bemühen müssen, da versprechen Sie noch, die Schulden abzuarbeiten, das heißt, um die Wahrheit zu sagen, Sie werden sich bei Ihrer schwachen Gesundheit totarbeiten, um mir rechtzeitig Geld geben zu können. Bedenken Sie doch bloß, Warenka, was Sie da reden! Weshalb müssen Sie denn sticken, weshalb müssen Sie denn arbeiten, sich Ihr armes Köpfchen mit Sorgen zerquälen, Ihre hübschen Äuglein verderben und Ihre Gesundheit zugrunde richten? Ach, Warenka, Warenka, sehen Sie, meine Liebste, ich tauge zu nichts, und ich weiß selbst, daß ich zu nichts tauge, aber ich werde es dazu bringen, daß ich zu etwas tauge! Ich werde alles überwinden, ich werde mir nebenher Arbeit verschaffen, werde allerlei Schriftstücke für verschiedene Schriftsteller abschreiben, werde zu ihnen gehen, selbst zu ihnen gehen und mich zur Arbeit aufdrängen; denn sie suchen ja gute Schreiber, Mütterchen, ich weiß, daß sie welche suchen; aber daß Sie sich abarbeiten, das werde ich nicht zulassen, dieses unheilvolle Vorhaben werde ich Sie nicht ausführen lassen. Ich werde ganz bestimmt Geld borgen, mein Engelchen, und würde eher sterben als nichts zu borgen. Sie schreiben, meine Liebste, ich solle vor hohen Zinsen nicht zurückschrecken – ich werde nicht zurückschrecken, Mütterchen, nicht davor zurückschrecken, vor nichts werde ich jetzt mehr zurückschrekken. Ich werde um vierzig Rubel Papiergeld bitten, Mütterchen; das ist doch nicht zuviel, Warenka, was meinen Sie? Kann man mir vierzig Rubel ohne weiteres anvertrauen? Das heißt, ich will sagen, halten Sie mich für fähig, auf den ersten Blick Glaubwürdigkeit und Vertrauen einzuflößen? Kann man mich nach meinem Gesichtsausdruck, auf den ersten Blick hin günstig beurteilen? Überlegen Sie mal, Engelchen, ob ich imstande bin, einen solchen Eindruck zu machen. Was meinen Sie denn persönlich dazu? Wissen Sie, ich habe doch so ein Angstgefühl – das ist krankhaft, ehrlich gesagt, krankhaft! Von den vierzig Rubeln werde ich fünfundzwanzig für Sie beiseite legen, Warenka; zwei Silberrubel werde ich der Wirtin geben, und das übrige ist für meine eigenen Ausgaben bestimmt. Sehen Sie, der Wirtin sollte ich eigentlich mehr geben, das wäre sogar vonnöten; aber wenn Sie die ganze Sache überlegen, Mütterchen, und all meine Bedürfnisse zusammenzählen, so werden Sie einsehen, daß ich ihr unter keinen Umständen mehr geben kann, folglich ist dazu nichts mehr zu sagen, und man braucht es auch nicht mehr zu erwähnen. Für einen Silberrubel werde ich mir Stiefel kaufen; ich weiß wirklich nicht, ob ich mit den alten morgen zum Dienst zu erscheinen vermag. Ein Halstüchlein wäre auch nötig, weil das alte bald ein Jahr alt ist; aber da Sie versprochen haben, mir aus Ihrem alten Schürzchen nicht nur ein Halstuch, sondern auch ein Vorhemd zu nähen, so will ich auch an das Halstuch nicht weiter denken. Da hätten wir also die Stiefel und das Tuch. Nun die Knöpfchen, meine kleine Freundin! Sie werden doch zustimmen, mein Krümelchen, daß ich ohne Knöpfe nicht gehen kann; aber beinahe die Hälfte des Besatzes ist mir schon abgefallen. Ich zittere, wenn ich bedenke, Seine Exzellenz könnten eine solche Unordnung bemerken und sagen – was würden sie sagen! Ich, Mütterchen, würde nicht mehr hören, was Exzellenz sagten; denn ich würde sterben, sterben, auf der Stelle sterben, wahrhaftig vor Scham und bei dem Gedanken allein plötzlich sterben! Ach, Mütterchen! Nach all den notwendigen Ausgaben blieben mir also noch drei Rubel; die sind zum Leben und für ein halbes Pfündchen Tabak; denn ohne ein bißchen Tabak, mein Engelchen, kann ich nicht leben, und ich habe meine Pfeife nun schon neun Tage nicht in den Mund genommen. Um die Wahrheit zu sagen, hätte ich welchen gekauft, ohne Ihnen ein Wort zu sagen, das wäre mir peinlich. Sie sind dort in Not und entbehren das Nötigste, ich aber genieße hier allerlei Vergnügungen; deshalb sage ich Ihnen das alles lieber, damit mich keine Gewissensbisse plagen. Ich gestehe Ihnen offen, Warenka, daß ich jetzt in einer sehr erbärmlichen Lage bin, das heißt, nichts dergleichen habe ich je durchgemacht. Die Wirtin verachtet mich, keinerlei Achtung von irgend jemandem; die schrecklichste Not und Schulden! Und im Dienst, wo ich bei meinen Kollegen Beamten auch ehedem nicht alle Tage Sonntag hatte – ist es jetzt, Mütterchen, unbeschreiblich. Ich verberge, ich verberge alles gründlich vor allen, auch mich selbst verstecke ich, und wenn ich zum Dienst komme, dann schleiche ich mich seitlich vorbei und gehe allen aus dem Wege. Ich finde eben noch die innere Kraft, Ihnen das zu gestehen ... Und was, wenn er mir nichts geben wird? Nein, Warenka, besser, man denkt nicht daran und stürzt sich nicht im voraus durch solche Gedanken in Verzweiflung. Ich schreibe das, um Sie zu ermahnen, selbst nicht daran zu denken und sich nicht mit bösen Gedanken zu quälen. Ach, mein Gott, was sollte dann aus Ihnen werden! Es stimmt freilich, Sie würden dann nicht aus dieser Wohnung ausziehen, und ich bliebe in Ihrer Nähe – nicht doch, dann komme ich gar nicht mehr zurück, ich werde einfach irgendwohin verschwinden, fort sein. Da bin ich nun ins Schreiben gekommen und hätte mich rasieren sollen, das sieht immer wohlanständiger aus, und ein würdiges Äußeres vermag einem stets weiterzuhelfen. Na, geb's Gott! Ich werde beten und mich auf den Weg machen!

M. Dewuschkin

Den 5. August

Liebster Makar Alexejewitsch!

Wenn Sie doch nicht gleich verzweifeln würden! Es gibt so schon Kummer genug. Ich sende Ihnen dreißig Silberkopeken; mehr kann ich auf keinen Fall schicken. Kaufen Sie sich davon, was Sie am nötigsten brauchen, damit Sie wenigstens bis morgen irgendwie durchkommen. Wir selbst haben fast gar nichts mehr übrig, und was morgen sein wird, weiß ich wirklich nicht. Es ist traurig, Makar Alexejewitsch! Seien Sie im übrigen nicht betrübt; es ist nicht geglückt, was soll man da machen! Fjodora sagt, das ist nicht so schlimm, wir könnten vorläufig auch in dieser Wohnung bleiben, und wenn wir auch umzögen, so hätten wir damit nur wenig gewonnen, denn wenn man wolle, könne man uns überall finden. Und dennoch ist es irgendwie unangenehm, jetzt hier zu bleiben. Wenn es nicht so traurig wäre, würde ich Ihnen einiges schreiben.

Was Sie doch für einen seltsamen Charakter haben, Makar Alexejewitsch! Sie nehmen sich alles zu sehr zu Herzen; deshalb werden Sie immer der unglücklichste Mensch sein. Ich lese alle Ihre Briefe aufmerksam und sehe, daß Sie sich in jedem Brief meinetwegen so quälen und sorgen, wie Sie sich um sich selbst noch nie gesorgt haben. Natürlich werden alle sagen, daß Sie ein gutes Herz besitzen, ich aber sage, daß es allzu gut ist. Ich gebe Ihnen einen freundschaftlichen Rat, Makar Alexejewitsch. Ich bin Ihnen dankbar, sehr dankbar für alles, was Sie für mich getan haben, das alles geht mir sehr nahe; so urteilen Sie selbst, wie mir zumute sein muß, wenn ich sehe, daß Sie auch jetzt, bei all Ihren Nöten, deren unfreiwillige Ursache ich gewesen bin, daß Sie auch jetzt in meinem Leben aufgehen – in meinen Freuden, in meinem Unglück, in meinem Empfinden! Wenn man sich alles, was einem anderen widerfährt, so zu Herzen nimmt und alles so stark mitempfindet, dann hat man wahrhaftig Grund, der unglücklichste Mensch zu sein. Als Sie heute nach dem Dienst zu mir hereinkamen, bekam ich bei Ihrem Anblick einen Schreck. Sie waren so blaß, verängstigt und verzweifelt, sie sahen ganz verstört aus – und alles nur deswegen, weil Sie Angst hatten, mir von Ihrem Mißerfolg zu erzählen, Angst hatten, mir Kummer zu bereiten und mich zu erschrecken; und als Sie sahen, daß ich beinahe zu lachen anfing, fiel Ihnen fast ein ganzer Stein vom Herzen. Makar Alexejewitsch! Seien Sie nicht betrübt, geben Sie die Hoffnung nicht auf, seien Sie vernünftig – ich bitte Sie, bitte Sie inständig darum. Nun, Sie werden schon sehen, daß alles gut werden und sich zum Besseren wenden wird; doch wenn Sie sich fortwährend um fremdes Leid grämen und sorgen, wird Ihnen das Leben eine Last. Leben Sie wohl, mein Freund; ich bitte Sie flehentlich, sich meinetwegen nicht zu viele Sorgen zu machen.

W. D.

Den 5. August

Meine liebste Warenka!

Nun gut, mein Engelchen, gut! Sie haben beschlossen, es sei noch kein Unglück, daß ich kein Geld beschafft habe. Nun gut, ich bin beruhigt, ich bin glücklich, was Sie betrifft. Ich bin sogar froh, daß Sie mich alten Mann nicht verlassen und in dieser Wohnung bleiben werden. Und wenn ich ganz ehrlich sein soll, mein Herz strömte über vor lauter Freude, als ich sah, daß Sie in Ihrem Brieflein so schön über mich geschrieben und meinen Gefühlen gebührend Lob gespendet haben. Ich sage das nicht aus Stolz, sondern weil ich sehe, wie gern Sie mich haben, wenn Sie so um mein Herz besorgt sind. Na gut; was sollen wir jetzt von meinem Herzen reden! Das Herz ist eine Sache für sich; aber Sie schärfen mir da ein, Mütterchen, ich solle nicht kleinmütig sein. Ja, mein Engelchen, meinetwegen gebe ich auch zu, daß sie nicht sein muß, die

Mutlosigkeit; aber bei alledem, sagen Sie selbst, mein Mütterchen, in welchen Stiefeln ich morgen zum Dienst gehen soll! Das ist das Problem, Mütterchen; und so ein Gedanke kann doch einen Menschen zugrunde richten, vollkommen zugrunde richten. Die Hauptsache aber ist, meine Teure, daß ich nicht um meinetwillen betrübt bin, nicht um meinetwillen leide; mir persönlich ist das ganz egal, und wenn ich bei grimmiger Kälte ohne Mantel und ohne Stiefel gehen müßte, ich überstehe das und halte alles aus, mir macht das nichts; ich bin ein einfacher, unbedeutender Mensch. Aber was werden die Leute sagen? Was werden meine Feinde, all die bösen Zungen dazu sagen, wenn ich ohne Mantel ankomme? Man geht ja wegen der Leute im Mantel, und auch die Stiefel trägt man am Ende nur ihretwegen. Die Stiefel brauche ich in solchem Falle, Mütterchen, Sie mein Herzchen, zur Unterstützung der Ehre und des guten Rufes; mit zerrissenen Stiefeln ist das eine wie das andere zum Teufel; glauben Sie das, Mütterchen, vertrauen Sie auf meine langjährige Erfahrung; hören Sie auf mich alten Mann, der die Welt und die Menschen kennt, nicht aber auf irgendwelche Schmierfinken und Stümper.

Aber ich habe Ihnen noch gar nicht ausführlich erzählt, Mütterchen, wie das eigentlich heute alles war, was ich heute durchgemacht habe. Denn ich habe das ertragen, soviel seelischen Druck an einem Morgen ausgehalten, wie manch einer das ganze Jahr über nicht auszuhalten hat. Es war also folgendermaßen. Erstens machte ich mich in aller Herrgottsfrühe auf den Weg, um ihn auch anzutreffen und dann rechtzeitig zum Dienst zu kommen. Hat das geregnet, war das ein Matschwetter heute! Ich wikkelte mich in den Mantel, mein Sternchen, lief und lief und dachte fortwährend: ›Herr, vergib mir meine Sünden und laß meine Wünsche in Erfüllung gehen!‹ Ich kam an der ***schen Kirche vorbei, bekreuzigte mich, bekannte alle Sünden, besann mich aber, daß es ehrlos von mir ist, mit Gott dem Herrn eine Abmachung zu treffen. Ich versank in meine Gedanken und wollte nichts sehen; so lief ich, ohne auf den Weg zu achten. Die Straßen waren leer, und die Menschen, denen ich begegnete, sahen alle so vielbeschäftigt und sorgenvoll aus; das ist ja auch nicht verwunderlich – wer geht denn so früh und bei solchem Wetter spazieren! Ein Trupp schmutziger Arbeiter begegnete mir; sie stießen mich hin und her, dieser Pöbel! Da überkam mich Zaghaftigkeit, es wurde mir angst und bange, und an das Geld wollte ich, offen und ehrlich gesagt, gar nicht denken – wenn schon auf gut Glück, denn schon auf gut Glück! Direkt an der Woskressenskij-Brücke ging mir eine Sohle ab, und ich weiß wirklich nicht mehr, wie ich weiterging. Da begegnete mir unser Schreiber Jermolajew, er machte einen langen Hals, blieb stehen und folgte mir mit den Blicken, als ob er mich zu einem Schnaps bitten wolle. ›Ach, Bruderherz‹, dachte ich, ›einen Schnaps, was für einen Schnaps denn.‹ Ich war furchtbar erschöpft, blieb ein Weilchen stehen, ruhte mich ein wenig aus und schleppte mich dann weiter. Ich sah mich absichtlich nach etwas um, woran ich hätte die Gedanken heften können, um mich abzulenken und aufzumuntern; aber nein, ich konnte keinen einzigen Gedanken auf irgend etwas richten, und obendrein hatte ich mich so schmutzig gemacht, daß es mir selbst peinlich war. Endlich sah ich von weitem ein gelbes Holzhaus mit einem Zwischengeschoß, eine Art Belvedere. ›Na, da ist es also‹, dachte ich, ›so hat es Jemeljan Iwanowitsch auch beschrieben, das Haus Markow.‹ (Dieser Markow ist der Mann, Mütterchen, der Geld auf Zinsen verleiht.) Ich weiß nicht, was da mit mir los war, denn ich wußte ja, daß Markow das Haus gehörte, fragte aber trotzdem einen Polizeiposten: »Wessen Haus ist das, mein Lieber?« Der Polizeiposten war ein Grobian und antwortete widerwillig, als ob er sich über jemanden ärgerte, wobei er die Worte verächtlich zwischen den Zähnen hervorstieß, daß das Haus einem Markow gehöre. Diese Polizeiposten sind alle so hartherzig – aber was schert mich ein Polizeiposten? Dennoch war das irgendwie ein übler, unliebsamer Eindruck, kurzum, es kam eins zum anderen; aus allem leitet man eine Übereinstimmung mit der eigenen Lage her, und das ist immer so. Vor dem Haus lief ich dreimal die Straße auf und ab, und je länger ich ging, desto schlimmer wurde mir zumute. ›Nein‹, dachte ich, ›er wird mir nichts geben, auf keinen Fall wird er mir etwas geben! Ich bin für ihn ein Fremder, und meine Angelegenheit ist heikel, und durch mein Äußeres werde ich es auch nicht schaffen. Na‹, dachte ich, ›wie es das Schicksal will; damit ich nachher nur nichts bereuen muß, für den Versuch wird man mich nicht auffressen.‹ Und so machte ich leise die Pforte auf. Aber da kam das nächste Unheil: ein dreckiger, dummer kleiner Hofhund machte sich an mich heran und kläffte und kläffte, wie er nur konnte! Und solche gemeinen, belanglosen Zwischenfälle sind es, die den Menschen immer in Wut bringen, Mütterchen, und ihn einschüchtern und alle Entschlossenheit zunichte machen, die man sich vorher zurechtgelegt hat; mehr tot als lebendig betrat ich denn das Haus und lief direkt in ein weiteres Unglück – ich bemerkte nicht, was da im Dunkeln unten an der Schwelle war, überschritt sie und stolperte über irgendein Weibsbild, das Weib aber goß Milch aus dem Melkeimer in Krüge, und die ganze Milch wurde verschüttet. Das dumme Frauenzimmer begann zu kreischen und zu zetern: »Wo rennst du denn hin, Freundchen, was suchst du denn?« Und dann begann sie zu jammern und zu wehklagen. Ich merke das deshalb an, Mütterchen, weil es mir in solchen Dingen immer so ergangen ist; offensichtlich ist mir das so beschieden; fortwährend klammere ich mich an etwas Nebensächliches. Auf den Lärm hin streckte eine alte Hexe den Kopf heraus, eine Finnländerin, die Wirtin. Ich wandte mich gleich an sie, ob hier Herr Markow wohne. »Nein«, sagte sie, blieb eine Zeitlang stehen und musterte mich gehörig. »Was wollen Sie denn von ihm?« Ich erklärte ihr die Sache, so und so, Jemeljan Iwanowitsch – na, und das übrige – und sagte, ich hätte ein kleines Anliegen. Die Alte rief ihre Tochter, das Töchterchen kam auch heraus, ein großes Mädchen, barfüßig. »Ruf den Vater; er ist oben bei den Mietern – treten Sie bitte näher.« Ich trat ein. Das Zimmer war leidlich, an den Wänden hingen Bilder, lauter Porträts von irgendwelchen Generalen, ein Sofa stand da, ein runder Tisch, Reseden und Balsaminchen. Ich überlegte und überlegte, ob ich mich freiwillig aus dem Staube machen, ob ich gehen sollte oder nicht. Ich wollte wahrhaftig davonlaufen, Mütterchen! Ich will lieber morgen wiederkommen, dann wird besseres Wetter sein, und ich kann abwarten – heute aber ist die Milch verschüttet, und die Generale blicken so finster drein ... Ich wollte schon zur Tür, da trat er herein. An ihm war nichts Besonderes, graue Haare, durchtriebene kleine Augen, ein schmutziger Schlafrock, umgürtet mit einem Strick. Er erkundigte sich nach meinen Wünschen, und ich sagte ihm: »So und so, Jemeljan Iwanowitsch hat ..., vierzig Rubel, die Sache ist die ...«, doch ich sprach nicht zu Ende. Ich las es ihm von den Augen ab, daß ich das Spiel verloren hatte. »Nein«, sagte er, »tut mir leid, ich habe kein Geld; oder haben Sie vielleicht ein Pfand?« Ich begann ihm zu erklären, daß ich kein Pfand hätte, daß aber Jemeljan Iwanowitsch – kurz und gut, ich setzte ihm das Nötige auseinander. Er hörte sich alles an und sagte dann: »Nein, was soll mir Jemeljan Iwanowitsch! Ich habe kein Geld.« ›Na‹, dachte ich, ›so, ja richtig, ich habe es doch gewußt, ich habe es geahnt.‹ Nun, in der Tat, Warenka, es wäre am besten gewesen, die Erde hätte sich unter mir aufgetan; es war so kalt, die Füße waren steifgefroren, und es lief mir den Rücken hinunter. Ich sah ihn an, er sah mich an, und es fehlte nicht viel, so hätte er gesagt: »Geh mal, Freundchen, du hast hier nichts mehr zu suchen.« Wenn das unter anderen Umständen geschehen wäre, hätte ich mich in Grund und Boden geschämt. »Wozu brauchen Sie denn eigentlich Geld?« (Danach hat er wirklich gefragt, Mütterchen!) Ich machte schon den Mund auf, um nur nicht so unnütz dazustehen, aber er wollte mich nicht anhören. »Nein«, sagte er, »ich habe kein Geld; sonst, mit Vergnügen.« Ich brachte die Sache wieder und wieder vor, sagte ihm, daß ich ja nur ein klein wenig brauchte, sagte, daß ich es zurückgeben würde, pünktlich zurückgeben, noch vor Fristablauf zurückzahlen würde, und daß er Zinsen nehmen möge, soviel er wolle, und daß ich es bei Gott zurückerstatten würde. Ich dachte in diesem Augenblick an Sie, Mütterchen, dachte an all Ihr Unglück und Elend, erinnerte mich an Ihr halbes Rubelchen. »Nein«, sagte er, »es geht nicht um die Zinsen, ja ... wenn Sie ein Pfand hätten! Sonst habe ich kein Geld, bei Gott, nein; ich würde mit Vergnügen ...« Er schwor noch bei Gott, der Schurke! Na, meine Liebe, ich weiß wirklich nicht mehr, wie ich hinausgelangte, wie ich durch die Wyborger Vorstadt lief und auf die Woskressenskij-Brücke gelangte; ich war schrecklich müde, durchgefroren, zitterte vor Kälte und erschien erst um zehn Uhr zum Dienst. Ich wollte mich ein bißchen vom Schmutz säubern, aber Snegirjow, der Wächter, sagte, das ginge nicht, ich würde die Bürste verderben, und die Bürste sei staatliches Eigentum. So sind sie also jetzt, Mütterchen, bin ich also auch für diese Herrschaften beinahe schlechter als ein Lappen, an dem man sich die Füße abwischt. Was bringt mich denn zur Verzweiflung, Warenka? Nicht das Geld läßt mich verzweifeln, sondern all die täglichen Aufregungen, all das Geflüster, Lächeln, Witzeln. Seine Exzellenz können sich unversehens über mich äußern – ach, Mütterchen, meine goldenen Zeiten sind eben vorbei! Heute habe ich all Ihre Briefe noch einmal gelesen; es ist traurig, Mütterchen! Leben Sie wohl, meine Liebste, Gott schütze Sie!

M. Dewuschkin

PS. Ich wollte Ihnen mein Leid halb im Scherz beschreiben, Warenka, doch augenscheinlich will es mir nicht gelingen, das Scherzen. Ich wollte es Ihnen zuliebe tun.

Ich werde zu Ihnen kommen, Mütterchen, ganz gewiß werde ich kommen, morgen komme ich.

Den 11. August

Warwara Alexejewna! Meine Liebe, Mütterchen! Ich bin verloren, wir beide sind verloren, beide zusammen sind wir unwiederbringlich verloren. Mein Ruf, die Ehre – alles ist hin! Ich bin erledigt, und Sie sind erledigt, Mütterchen, auch Sie sind gemeinsam mit mir unwiderruflich erledigt! Ich bin es, der Sie ins Verderben geführt hat! Man hetzt mich, Mütterchen, verachtet mich, macht mich lächerlich, und die Wirtin hat geradezu angefangen, mich zu schelten; sie schrie, schrie mich heute an, beschuldigte und beschuldigte mich, als wäre ich ein Nichts. Am Abend aber las einer von ihnen bei Ratasjajew laut den Entwurf eines Briefes vor, den ich an Sie geschrieben hatte und der mir zufällig aus der Tasche gefallen sein muß. Mein Mütterchen, was haben die für ein Gelächter erhoben! Sie haben uns betitelt, gelacht und gelacht, die Verräter! Ich ging zu ihnen hinein und bezichtigte Ratasjajew der Treulosigkeit; ich sagte zu ihm, daß er ein Verräter sei! Ratasjajew aber gab mir zur Antwort, ich sei selbst ein Verräter und auf allerlei Eroberungen aus. Er sagte, ich hätte mich vor ihnen davongeschlichen, ich sei ein Lovelace[19]; und nun nennen mich alle Lovelace, einen anderen Namen habe ich gar nicht mehr! Hören Sie, mein Engelchen, hören Sie, sie wissen jetzt alles, wissen über alles Bescheid, und auch von Ihnen, meine Teure, wissen sie alles, alles, was Sie auch immer betrifft, alles wissen sie! Damit nicht genug! Auch Faldoni gehört dazu und steckt mit ihnen unter einer Decke; ich wollte ihn heute in die Wursthandlung schicken, dies und jenes für mich zu holen; doch er ging einfach nicht und sagte, er habe zu tun! »Du bist aber dazu verpflichtet«, sagte ich. »Nicht doch«, sagte er, »ich bin nicht verpflichtet, Sie zahlen meiner Herrin kein Geld, folglich habe ich Ihnen gegenüber keine Verpflichtungen. Ich ertrug die Beleidigung von ihm, einem ungebildeten Kerl, nicht und nannte ihn einen Dummkopf; er aber sagte zu mir: »Selber ein Dummkopf.« Ich dachte, er sei betrunken und habe sich deshalb mir gegenüber so eine Grobheit erlaubt – und sagte dann: »Bist wohl betrunken, du Kerl!« Er aber entgegnete: »Haben Sie mir vielleicht etwas gegeben? Sie müssen ja selbst erst wieder nüchtern werden; Sie betteln doch selbst bei einer Gewissen um ein Zehnkopekenstück«, und dann fügte er noch hinzu: »Ach, und das will nun ein Herr sein!« Da sehen Sie, Mütterchen, wie weit es gekommen ist! Man schämt sich zu leben, Warenka! Wie irgendein Verrückter, schlimmer, als ein Landstreicher ohne Paß kommt man sich vor. Ein furchtbares Unglück! Ich bin verloren, einfach verloren! Unwiderruflich verloren.

M. D.

Den 13. August

Liebster Makar Alexejewitsch! Über uns kommt ein Unglück nach dem anderen, ich weiß selbst nicht mehr, was wir tun sollen! Was wird jetzt aus Ihnen werden? Auf mich ist kein Verlaß; ich habe mir heute mit dem Bügeleisen die linke Hand verbrannt; ich habe es versehentlich fallen lassen und mich verletzt und verbrannt, beides zugleich. Arbeiten kann ich unter keinen Umständen, auch Fjodora ist schon den dritten Tag krank. Ich bin schrecklich unruhig. Ich schicke Ihnen dreißig Silberkopeken; das ist fast unser Allerletztes, und Gott weiß, wie gern ich Ihnen jetzt in Ihrer Not helfen würde. Es ist zum Weinen! Leben Sie wohl, mein Freund! Sie würden mich sehr trösten, wenn Sie heute zu uns kämen.

W. D.

Den 14. August

Makar Alexejewitsch! Was ist bloß mit Ihnen? Sie fürchten wahrhaftig Gott nicht mehr! Sie bringen mich geradezu um den Verstand. Daß Sie sich nicht schämen! Sie richten sich zugrunde, denken Sie doch bloß an Ihren Ruf! Sie sind ein rechtschaffener, hochherziger, strebsamer Mann – wenn man nun alles über Sie erfährt? Sie werden doch geradezu vor Scham vergehen müssen! Oder tut es Ihnen nicht leid um Ihre grauen Haare? Nun, so fürchten Sie Gott! Fjodora hat gesagt, sie werde Ihnen jetzt nicht weiter helfen, und auch ich werde Ihnen kein Geld mehr geben. Wohin haben Sie mich gebracht, Makar Alexejewitsch! Sie glauben wohl, daß es mir nichts ausmacht, wenn Sie sich so schlecht benehmen; Sie wissen noch nicht, was ich Ihretwegen auszustehen habe! Ich kann nicht einmal mehr über unsere Treppe gehen: alle mustern mich, zeigen mit dem Finger nach mir und sagen so abscheuliche Dinge; sie sagen unumwunden, *ich hätte mich mit einem Trunkenbold eingelassen.* Wie sich das anhört! Wenn man Sie anbringt, weisen alle Bewohner des Hauses verächtlich auf Sie: »Da haben sie diesen Beamten gebracht.« Und ich schäme mich Ihretwegen zu Tode. Ich schwöre Ihnen, ich werde von hier wegziehen. Ich gehe irgendwohin als Stubenmädchen, als Waschfrau, hier aber werde ich nicht bleiben. Ich habe Ihnen geschrieben, Sie möchten zu mir kommen, aber Sie sind nicht gekommen. Offensichtlich machen Ihnen meine Tränen und Bitten nichts aus, Makar Alexejewitsch! Und woher haben Sie das Geld bekommen? Um Gottes willen, nehmen Sie sich in acht. Sie gehen ja zugrunde, für nichts und wieder nichts zugrunde! Und diese Schmach und Schande! Die Wirtin hat Sie gestern nicht einmal mehr hereinlassen wollen, und Sie haben im Flur genächtigt: ich weiß alles. Wenn Sie wüßten, wie es mir weh tat, als ich das alles erfuhr. Kommen Sie zu mir, Sie werden bei uns wieder froh werden; wir werden gemeinsam lesen und uns früherer Zeiten erinnern. Fjodora wird von ihren Pilgerfahrten erzählen. Mein Lieber, richten Sie sich und mich nicht zugrunde, um meinetwillen. Ich lebe doch nur für Sie allein und bleibe nur Ihretwegen hier. Und Sie sind jetzt so! Seien Sie ein edelmütiger Mann und im Unglück standhaft; denken Sie daran, daß Armut keine Schande ist. Und weshalb denn verzweifeln? Das alles geht vorüber! So Gott will, wird alles in Ordnung kommen, nur halten Sie sich jetzt zurück. Ich schicke Ihnen zwanzig Kopeken, kaufen Sie sich Tabak oder alles, was Sie wollen, aber geben Sie es um Gottes willen nicht für etwas Schlechtes aus. Kommen Sie zu uns, kommen Sie unbedingt. Sie werden sich vielleicht wie ehedem genieren, aber schämen Sie sich nicht – das ist falsche Scham. Wenn Sie nur aufrichtig bereuen würden. Vertrauen Sie auf Gott. Er wird alles zum Guten wenden.

W. D.

Den 19. August

Warwara Alexejewna, Mütterchen!

Ich schäme mich, mein Sternchen, Warwara Alexejewna, ich schäme mich sehr. Übrigens, was ist denn daran so außergewöhnlich, Mütterchen? Weswegen soll man sein Herz nicht ein wenig aufmuntern? Dann denke ich nicht an meine Stiefelsohlen, denn eine Sohle ist dummes Zeug und wird ewig eine einfache, gewöhnliche, schmutzige Sohle bleiben. Und auch Stiefel sind Unsinn! Die griechischen Weisen hatten auch keine Stiefel an, weshalb soll sich also unsereins mit solch einem unwürdigen Gegenstand abgeben? Weshalb werde ich in diesem Falle dann beleidigt, weshalb verachtet? Ach, Mütterchen, Mütterchen, da haben Sie etwas gefunden, worüber Sie schreiben können! Fjodora aber sagen Sie, daß sie ein zänkisches, störendes, zügelloses Weibsbild ist und obendrein dumm, unsagbar dumm! Was meine grauen Haare anbelangt, so täuschen Sie sich auch darin, meine Teure, denn ich bin keineswegs ein so alter Mann, wie Sie denken. Jemelja läßt Sie grüßen. Sie schreiben, Sie haben sich gegrämt und geweint; ich aber schreibe Ihnen, daß ich mich ebenfalls gegrämt und geweint habe. Abschließend wünsche ich Ihnen Gesundheit und Wohlergehen, und was mich betrifft, so bin ich gleichfalls gesund und wohlauf und verbleibe, mein Engelchen, als Ihr Freund

Makar Dewuschkin

Den 21. August

Sehr geehrtes Fräulein und liebe Freundin Warwara Alexejewna!

Ich fühle, daß ich schuldig bin, fühle, daß ich in Ihrer Schuld stehe, aber meines Erachtens bringt das keinerlei Nutzen, Mütterchen, daß ich all das fühle, was Sie auch immer sagen mögen. Ich habe das alles auch vor meinem Fehltritt gespürt, habe aber den Mut verloren und bin im vollen Bewußtsein der Schuld gesunken. Mein Mütterchen, ich bin nicht böse und nicht hartherzig; und um Ihr Herzchen zu zerreißen, mein Täubchen, muß man nicht mehr und nicht weniger sein als ein blutdürstiger Tiger; nun, ich aber habe das Herz eines Lammes und, wie Ihnen bekannt ist, keinen Hang zur Blutgier; folglich, mein Engelchen, bin ich auch nicht ganz schuld an meinem Vergehen, und weder mein Herz noch meine Gedanken sind es. Es ist nun einmal so, ich weiß wahrhaftig nicht, was schuld daran ist. Es handelt sich in der Tat um eine dunkle Geschichte, Mütterchen! Dreißig Silberkopeken haben Sie mir geschickt und dann ein Zwanzigkopekenstück; das Herz begann mir zu schmerzen, als ich das Geld eines Waisenkindes sah. Sie haben sich Ihr Händchen verbrannt und werden bald hungern, schreiben aber, ich solle mir Tabak kaufen. Nun, wie hätte ich in solchem Falle denn handeln sollen? Konnte ich Sie, das Waisenkindchen, etwa schamlos ausplündern wie ein Räuber? Da ließ ich den Mut sinken, Mütterchen, das heißt, anfangs, als ich unwillkürlich spürte, daß ich zu nichts tauge und nicht viel besser bin als meine Schuhsohle, sah ich es als ungehörig an, mich für irgend etwas von Bedeutung zu halten, begann mich im Gegenteil selbst als etwas Anstößiges und beinahe Unanständiges zu betrachten. Na, und als ich die Selbstachtung verloren hatte und meine guten Eigenschaften und meine Würde verleugnete, da war denn alles verloren, das war denn auch schon mein Untergang! Es war bereits vom Schicksal vorherbestimmt, und ich bin nicht schuld daran. Anfangs war ich hinausgegangen, um mich ein bißchen zu zerstreuen. Aber da kam eins zum anderen: die Natur war so weinerlich, und es war kalt, es regnete, und dann tauchte Jemelja auf. Er hatte schon alles versetzt, Warenka, was er besaß, alles war an die richtige Stelle gelangt, und als ich ihn traf, war er schon zwei Tage völlig nüchtern gewesen, so daß er bereits versetzen wollte, was man gar nicht versetzen kann, weil es solche Pfänder ja nicht gibt. Nun, da gab ich mehr aus Mitleid mit der Menschheit denn aus eigenem Antrieb nach, Warenka. Und so ist es dann zu dieser Sünde gekommen, Mütterchen! Was haben er und ich geweint! Wir haben Ihrer gedacht. Er ist ein guter, er ist ein sehr gutherziger und ein überaus feinfühliger Mensch. Ich, Mütterchen, fühle das alles selbst; mir passiert das auch alles, weil ich all das so stark empfinde. Ich weiß, was ich Ihnen, meine Teure, zu verdanken habe! Als ich Sie kennengelernt hatte, fing ich an, mich selbst besser zu erkennen, und begann Sie zu lieben; bevor ich Sie kannte, war ich einsam, mein Engelchen, und hatte anscheinend geschlafen, aber nicht in der Welt gelebt. Sie, meine Übeltäter, sagten, daß sogar meine Gestalt anstößig sei, und verabscheuten mich, und da fing ich an, mich selbst zu verabscheuen; sie sagten, ich sei schwachköpfig, und ich habe wahrhaftig geglaubt, daß ich ein Schwachkopf bin; aber als Sie mir erschienen, haben Sie mein ganzes finsteres Leben erhellt,

so daß auch mein Herz und meine Seele erstrahlten und ich innere Ruhe fand und erkannte, daß ich nicht schlechter bin als die anderen; daß ich zwar durch nichts glänze, keinen äußeren Schliff und keinen Umgangston besitze, aber trotzdem ein Mensch bin, im Fühlen und Denken ein Mensch bin. Aber jetzt, nachdem ich zu spüren bekam, daß mich das Schicksal verfolgte und demütigte, und ich meine eigene Würde verleugnete, habe ich, von meiner Not überwältigt, den Mut sinken lassen. Und da Sie nun alles wissen, Mütterchen, bitte ich Sie flehentlich, nicht weiter nach diesen Dingen zu fragen, denn es zerreißt mir das Herz, ist bitter und bedrückend.
Ich bezeuge Ihnen, Mütterchen, meine tiefe Ehrerbietung und verbleibe als Ihr ergebener

Makar Dewuschkin

Den 3. September

Ich habe den letzten Brief nicht beendet, Makar Alexejewitsch, weil mir das Schreiben schwerfiel. Bisweilen habe ich Augenblicke, wo ich froh bin, allein zu sein, allein betrübt zu sein, mich allein zu grämen, ohne meinen Kummer mit jemandem zu teilen, und solche Augenblicke überkommen mich immer häufiger und häufiger. In meinen Erinnerungen liegt etwas so Unerklärliches für mich, das mich unwillkürlich so stark anzieht, daß ich stundenlang gegenüber meiner gesamten Umgebung teilnahmslos bin und alles, die ganze Gegenwart vergesse. Und es gibt in meinem jetzigen Leben keinen Eindruck, mag er erfreulich, bedrückend oder traurig sein, der mich nicht an etwas Ähnliches in meiner Vergangenheit erinnert, und am häufigsten an meine Kindheit, meine goldene Kindheit! Doch ich fühle mich nach solchen Augenblicken immer bedrückt. Ich komme irgendwie von Kräften, meine Verträumtheit reibt mich auf, und meine Gesundheit wird ohnehin immer schlechter und schlechter.

Aber heute hat ein frischer, heller, strahlender Morgen, wie es ihn hier im Herbst nur selten gibt, mich wieder zum Leben erweckt, und ich habe ihn freudig willkommen geheißen. Haben wir also schon Herbst! Wie habe ich den Herbst auf dem Lande geliebt! Ich war noch ein Kind, habe aber auch damals schon vieles empfunden. Den Abend im Herbst mochte ich mehr als den Morgen. Ich erinnere mich, daß einen Katzensprung von unserem Hause entfernt, unterhalb eines Berges ein See lag. Dieser See – als ob ich ihn jetzt vor mir sähe – dieser See war so weit, klar und rein wie Kristall! Und wenn der Abend windstill war, lag der See ruhig da; an den Bäumen, die am Ufer standen, regte sich nichts, das Wasser war unbeweglich wie ein Spiegel. Es war frisch! Kalt! Fällt der Tau auf das Gras, leuchten in den Bauernhütten am Ufer die Lichter auf, die Herden werden heimgetrieben – und ich stehle mich heimlich aus dem Haus, um meinen See zu betrachten, an dem ich mich manchmal gar nicht satt sehen konnte. Ein Reisigbündel brennt bei den Fischern dicht am Ufer, und der Schein ergießt sich weithin über das Wasser. Der Himmel ist so kalt und blau und an den Rändern ganz mit roten, feuerroten Streifen durchwoben, und diese Streifen werden immer blasser und blasser; der Mond geht auf; es klingt in der Luft, ob ein erschrecktes Vögelchen umherflattert, ob das Schilf durch den sachten Wind zu rascheln beginnt oder ein Fisch im Wasser plätschert – alles ist zu hören. Über dem blauen Wasser steigt weißer Dunst auf, fein und durchsichtig. In der Ferne dunkelt es; alles versinkt gleichsam im Nebel, aber in der Nähe ist alles so scharf umrissen wie mit einem Stichel: der Kahn, das Ufer, die Inseln; irgendeine Tonne, dicht am Ufer weggeworfen und vergessen, schaukelt ein wenig auf dem Wasser, ein Weidenzweig hat sich im Schilf verfangen; eine verspätete Möwe flattert umher: bald taucht sie in das kalte Wasser ein, bald fliegt sie wieder auf und verschwindet im Nebel. Ich konnte mich nicht satt sehen, konnte mich nicht satt

hören – wundervoll war mir zumute! Und ich war noch ein Kind, ein Kind! . . .
Ich hatte den Herbst so gern, den Spätherbst, wenn das Korn schon eingebracht ist, alle Arbeiten beendet sind, wenn man in den Bauernhütten abends bereits zusammensitzt und alle schon auf den Winter warten. Dann wird alles düsterer, der Himmel bezieht sich mit finsteren Wolken, gelbe Blätter bedecken die Pfade am Rande des kahl gewordenen Waldes, und der Wald schimmert blau, schimmert schwarz – besonders abends, wenn sich feuchter Nebel herabsenkt und die Bäume aus dem Nebel auftauchen wie Riesen, wie abscheuliche, schreckliche Gespenster. Verspätet man sich beim Spaziergang, bleibt hinter den anderen zurück, geht allein und beeilt sich – das ist unheimlich! Man zittert wie Espenlaub; denkt, es kann jeden Augenblick irgend jemand Schreckliches aus der Baumhöhlung dort hervorlugen; unterdessen fährt der Wind durch den Wald, beginnt zu brausen, zu rauschen und kläglich aufzuheulen, reißt eine Unmenge Blätter von den verkümmerten Zweigen herunter und wirbelt sie in der Luft umher; und danach fliegen Vögel in einem langen, breiten, lärmenden Schwarm mit wildem, schrillem Geschrei vorbei, so daß der Himmel schwarz wird und alles von ihnen bedeckt ist. Es wird einem angst und bange, und da – da ist einem, als ob man jemanden höre, eine Stimme, als flüstere jemand: »Lauf, lauf, Kind, verspäte dich nicht; hier wird es sogleich fürchterlich sein, lauf, Kind!« Der Schreck packt einen, und man läuft und läuft, daß einem der Atem stockt. Keuchend kommt man nach Hause gelaufen; zu Hause geht es laut und munter zu; an uns, an alle Kinder, wird Arbeit verteilt: Erbsen oder Mohn aushülsen. Nasses Holz prasselt im Ofen; fröhlich beaufsichtigt Mama unsere lustige Arbeit; die alte Kinderfrau Uljana erzählt von alten Zeiten oder Schauermärchen von Zauberern und Toten. Wir Kinder schmiegen uns aneinander, aber ein Lächeln haben alle auf den Lippen. Da plötzlich verstummen wir alle auf einmal . . .

Horch! Ein Geräusch! Als ob jemand klopft! Es war nichts; nur das Spinnrad der alten Frolowna surrt; was gab das für ein Gelächter! Aber in der Nacht dann kann man vor Angst nicht schlafen; so schreckliche Träume befallen einen. Wenn man aufwacht, wagt man sich bisweilen nicht zu rühren und zittert bis zum Morgengrauen unter der Decke. Am Morgen steht man frisch wie ein Blümlein auf. Man sieht zum Fenster hinaus: der Frost hat das ganze Feld durchzogen, feiner Herbstreif hängt an den kahlen Ästchen; der See ist mit einer Eisdecke, dünn wie ein Blatt Papier, überzogen; weißer Dampf steigt über dem See auf; munter zwitschern die Vögel. Ringsum scheint die Sonne mit hellen Strahlen, und die Strahlen zerbrechen das dünne Eis wie Glas. Hell ist es, klar und heiter! Im Ofen prasselt das Feuer aufs neue; wir setzen uns alle näher an den Samowar heran, und von Zeit zu Zeit schaut unser schwarzer Hund Polkan, der in der Nacht durchgefroren ist, zum Fenster herein und wedelt freudig mit dem Schwanze. Ein Bäuerlein fährt mit einem munteren Pferdchen an den Fenstern vorbei nach dem Wald, Holz zu holen. Alle sind so zufrieden, so froh! ... Ach, wie golden war doch meine Kindheit! ...

Da bin ich nun in Tränen ausgebrochen wie ein Kind, weil ich mich von meinen Erinnerungen habe hinreißen lassen. Ich habe mich so lebhaft, so lebhaft an alles erinnert, die ganze Vergangenheit erstand so deutlich vor meinen Augen, und die Gegenwart ist so trübe und so dunkel! ... Wie wird das enden, womit wird das alles enden? Wissen Sie, ich habe irgendwie die Gewißheit, irgendwie die Überzeugung, daß ich in diesem Herbst sterben werde. Ich bin sehr, sehr krank. Oft denke ich daran, daß ich sterben werde, doch ich möchte ja nicht so sterben, nicht unter fremder Erde ruhen. Vielleicht werde ich mich wieder krank zu Bett legen müssen wie damals im Frühjahr; ich bin noch nicht wieder auf die Beine gekommen. So ist mir denn jetzt sehr schwer ums Herz. Fjodora ist heute für den ganzen Tag irgendwohin gegangen, und ich sitze allein da. Und seit einiger Zeit fürchte ich mich, allein zu bleiben; es kommt mir immer vor, als sei noch jemand mit mir im Zimmer, als rede irgendwer mit mir; besonders, wenn ich über etwas nachdenke und plötzlich aus meiner Nachdenklichkeit erwache, wird mir angst und bange. Deshalb habe ich Ihnen auch so einen langen Brief geschrieben; wenn ich schreibe, geht das vorbei. Leben Sie wohl; ich beende den Brief, weil ich kein Papier und keine Zeit mehr habe. Von dem Geld, das ich für meine Kleider und den Hut bekommen habe, ist mir nur ein Silberrubel geblieben. Sie haben der Wirtin zwei Silberrubel gegeben; das ist sehr gut; sie wird nun auf einige Zeit still sein.

Bringen Sie Ihre Kleidung ein wenig in Ordnung. Leben Sie wohl; ich bin so müde; ich begreife nicht, weswegen ich so schwächlich werde; die geringste Betätigung strengt mich an. Wenn sich Arbeit findet – wie soll ich dann arbeiten? Das ist es, was mich zur Verzweiflung bringt.

W. D.

Den 5. September

Meine liebste Warenka!

Heute, mein Engelchen, habe ich viele Eindrücke gewonnen. Erstens tat mir den ganzen Tag der Kopf weh. Um mir ein wenig Erfrischung zu verschaffen, ging ich aus dem Haus und wollte an der Fontanka auf und ab spazieren. Der Abend war finster und naß. Kurz nach fünf wird es schon dunkel – so ist das jetzt eben! Es hat nicht geregnet, dafür war Nebel, der es in sich hatte wie ein ordentlicher Regen. Am Himmel zogen Wolken in langen, breiten Streifen dahin. Eine Unmenge von Leuten lief auf der Uferstraße auf und ab, und es mußten ausgerechnet Menschen mit so schrecklichen, Schwermut verbreitenden Gesichtern sein, betrunkene Kerle, stupsnasige finnländische Weibsbilder in Schaftstiefeln und barhäuptig, Arbeiter, Fuhrmänner, Laufburschen, ein Schlosserlehrjunge in einem gestreiften Kittel, ausgemergelt, kränklich, mit rußverschmiertem Gesicht, ein Schloß in der Hand; ein abgedankter Soldat von gewaltiger Statur – das war das Publikum. Offenbar war es eine Zeit, zu der eben kein anderes Publikum da sein konnte. Wie befahren die Fontanka ist! So eine Unmenge von Barken, daß man nicht begreifen kann, wie sie alle Platz finden. Auf den Brücken saßen Weiber mit nassen Pfefferkuchen und verfaulten Äpfeln, und alles so schmutzige, durchnäßte Frauenzimmer. Es ist langweilig, an der Fontanka spazierenzugehen! Unter den Füßen feuchter Granit, zu beiden Seiten hohe, finstere, verräucherte Häuser; unten Nebel, und Nebel über dem Kopf. Es war so ein trauriger, düsterer Abend heute.

Als ich in die Gorochowaja einbog, war es schon ganz dunkel geworden, und das Gas wurde angezündet. Ich war recht lange nicht in der Gorochowaja gewesen – es hatte sich nicht so ergeben. Was für eine lärmerfüllte Straße! Welch prachtvolle Läden und Geschäfte; alles funkelt und leuchtet nur so, Stoffe, Blumen unter Glas, allerlei Hüte mit Bändern. Man denkt, das sei alles nur so, zur Zierde ausgelegt – aber nicht doch: es gibt ja Leute, die das alles kaufen und ihren Frauen schenken. Eine prächtige Straße! Sehr viele deutsche Bäcker wohnen in der Gorochowaja; das müssen auch sehr wohlhabende Leute sein. Wie viele Kutschen da jeden Augenblick fahren; wie das Straßenpflaster das nur alles aushält! So prunkvolle Equipagen, die Fenster wie ein Spiegel, innen Samt und Seide; feine Lakaien mit Epauletten und Degen. Ich habe in alle Kutschen hineingeschaut, es saßen lauter herausgeputzte Damen darin, vielleicht auch Fürstentöchter und Gräfinnen. Es war wohl die Zeit, zu der alle auf Bälle und Gesellschaften geeilt sind. Es muß interessant sein, eine Fürstin oder überhaupt eine vornehme Dame aus der Nähe zu sehen; wahrscheinlich ist das sehr schön; ich habe es noch nicht erlebt, es sei denn, so wie jetzt, beim Hineinsehen in die Kutsche. Da mußte ich an Sie denken. Ach, meine Liebe, meine Beste! Wenn ich jetzt an Sie denke, bricht mir das Herz! Weshalb sollen Sie denn schlechter sein als all jene? Für mich sind Sie gutherzig, schön und gebildet; warum wird Ihnen denn so ein schlimmes Schicksal zuteil? Weshalb ist es immer so, daß gerade ein guter Mensch sich in Not befindet, jemand anderem aber das Glück sich von selbst aufdrängt? Ich weiß, ich weiß, Mütterchen, es ist nicht recht, das zu denken, das ist Freidenkerei; aber aufrichtig, offen und ehrlich gesagt, weshalb verkündet der Schicksalsrabe dem einen bereits im Mutterleibe Glück, während der andere aus dem Findelhause in Gottes Welt hinaustritt? Und es ist doch wirklich so, daß das Glück oft einem Hansnarr zufällt. Du, Hansnarr, wühle in den Geldsäcken der Ahnen, trink, iß, vergnüge dich; du aber, leck dir bloß die Lippen, so einer bist du, das ist es, wozu du taugst, Freundchen! Es ist sündhaft, Mütterchen, es ist sündhaft, so zu denken, doch da schleicht sich einem die Sünde irgendwie und ohne daß man es will in die Seele. Wenn auch Sie in einer solchen Kutsche fahren würden, meine Liebe, mein Sternchen. Generale würden einen wohlwollenden Blick von Ihnen erhaschen, nicht unsereiner; Sie würden kein altes Leinenkleidchen tragen, sondern Seide und Gold. Sie wären nicht so mager und kränklich wie jetzt, sondern wie ein Zuckerpüppchen, frisch, rotwangig und wohlgenährt. Ich aber wäre dann schon glücklich, wenn ich nur von der Straße aus nach Ihren hell erleuchteten Fenstern sehen und nur Ihren Schatten erblicken könnte; allein der Gedanke, daß Sie dort glücklich und froh sind, mein allerliebstes Vögelchen, würde auch mich aufheitern. Aber jetzt! Nicht genug, daß böse Menschen Sie ins Verderben gestürzt haben, beleidigt Sie auch noch so ein Lump, ein Trunkenbold. Weil er einen Frack trägt wie ein Pfau, weil er Sie durch eine goldene Lorgnette betrachtet, der Unverschämte, deshalb kommt er immer glücklich davon, darum muß man auch seine unanständigen Reden mit Nachsicht anhören! Es reicht, meine Lieben! Und weshalb das alles? Weil Sie eine Waise sind, weil Sie wehrlos sind, weil Sie keinen starken Freund haben, der Ihnen Hilfe gewähren könnte. Aber was ist das für ein Mensch, was sind das für Leute, denen es nichts ausmacht, eine Waise zu kränken? Sie sind ein Dreck, aber keine Menschen, einfach Dreck; sie werden nur so mitgezählt, in Wirklichkeit aber gibt es sie nicht, und davon bin ich überzeugt. So sieht es mit ihnen aus, mit diesen Leuten! Meiner Ansicht nach, meine Liebe, verdient jener Leierkastenmann, dem ich heute in der Gorochowaja begegnet bin, eher Achtung als sie. Er geht wenigstens den ganzen Tag umher und plagt sich ab, wartet auf einen kümmerlichen Groschen für das tägliche Brot, dafür aber ist er sein eigener Herr und ernährt sich selbst. Er will nicht um Almosen bitten; dafür müht er sich wie eine aufgezogene Maschine zur Freude der Menschen ab – womit er kann, bereitet er Vergnügen. Arm, bettelarm ist er, das stimmt, bleibt auch immer ein Bettler, aber dafür ist er ein ehrenwerter Bettler; er ist müde, er ist durchgefroren, müht sich aber dennoch ab, wenn auch auf seine Weise, müht sich trotzdem. Und es gibt viele redliche Menschen, Mütterchen, die wohl dem Umfang und Nutzen ihrer Arbeit nach nur wenig verdienen, sich aber vor niemandem verbeugen und niemanden um Brot bitten. Und ich bin genauso wie eben dieser Leierkastenmann, das heißt, ich bin nicht das, ganz und gar nicht das, was er ist, aber in einem gewissen Sinne, in einem edlen, hohen Sinne, bemühe ich mich genauso wie er nach Kräften. Mehr kann man von mir nicht verlangen; wo nichts ist, hat selbst der Kaiser sein Recht verloren.

Ich bin deswegen auf diesen Leierkastenmann zu sprechen gekommen, Mütterchen, weil ich heute meine Armut doppelt zu spüren bekam. Ich war stehengeblieben, um dem Leierkastenmann zuzusehen. Es waren mir so Gedanken in den Kopf gekommen – da machte ich halt, um mich zu zerstreuen. Ich stand da, Kutscher standen da, ein junges Mädchen und noch ein kleines Mädel, das ganz schmutzig war. Der Leierkastenmann hatte sich vor irgend jemandes Fenstern aufgebaut. Da bemerkte ich einen kleinen Jungen, so an die zehn Jahre; er wäre niedlich gewesen, sah aber so kränklich und abgezehrt aus, hatte nicht viel mehr an als ein Hemdchen, stand fast barfüßig da und lauschte mit offenem Mund der Musik – ein Kind eben! Er konnte sich nicht satt sehen, wie der Deutsche die Puppen tanzen ließ, ihm selbst aber waren Hände und Füße starr vor Kälte, er zitterte und nagte an einem Ärmelzipfel. Ich habe bemerkt, daß er irgendein Stück Papier in der Hand hielt. Ein Herr ging vorüber und warf dem Leierkastenmann eine kleine Münze zu; das Geldstück fiel direkt in den eingezäunten Kasten, in dem ein Franzose mit den Damen tanzte. Kaum hatte die Münze geklungen, fuhr der Junge zusammen, schaute sich zaghaft um und vermutete offenbar, daß ich das Geld gegeben hätte. Er kam zu mir gelaufen, seine Händchen zitterten, das Stimmchen zitterte, als er mir das Papierchen hinhielt und sagte: »Ein Zettelchen!« Ich faltete den Zettel auseinander – nun ja, man kennt das alles: »Meine Wohltäter, den Kindern stirbt die Mutter weg, drei Kinder hungern, helfen Sie uns jetzt; und wenn ich sterbe, so werde ich dafür, daß Sie meine Kleinen jetzt nicht vergessen haben, Sie, meine Wohltäter, im Jenseits nicht vergessen.« Na, was ist da zu sagen; eine klare Sache, eine alltägliche Geschichte, was aber sollte ich ihnen geben? Nun, ich gab ihm denn auch nichts. Wie mir das leid tat! Ein armer Junge, blau vor Kälte, vielleicht auch hungrig; und er hat nicht gelogen, wahrhaftig nicht gelogen – da kenne ich mich aus. Es ist nur übel, weshalb sich diese garstigen Mütter nicht um ihre Kinder kümmern und sie bei so einer Kälte halbnackt mit Zettelchen losschicken. Sie ist vielleicht ein dummes Weibsbild und hat keinen Charakter; vielleicht ist niemand da, der sich um sie kümmert, und so sitzt sie denn müßig herum, vielleicht ist sie tatsächlich krank. Nun, da sollte man sich an die entsprechende Stelle wenden; aber übrigens kann es auch sein, daß sie einfach eine Gaunerin ist, die das hungrige, abgezehrte Kind absichtlich losschickt, um die Leute zu täuschen, und es krank werden läßt. Und was lernt der arme Junge mit diesen Zetteln? Nur sein Herz wird verbittert; er läuft hin und her und bettelt. Menschen gehen vorüber, doch sie haben keine Zeit. Ihre Herzen sind aus Stein; ihre Worte sind grausam: »Platz da! Scher dich fort! Das hätte noch gefehlt!« Das ist es, was er von allen zu hören bekommt, und das Herz des Kindes wird hart, und der arme, eingeschüchterte Junge zittert vergebens in der Kälte wie ein Vogeljunges, das aus dem zerstörten Nestchen gefallen ist. Er friert an Händen und Füßen; der Atem stockt ihm. Es dauert nicht lange, und da hustet er auch schon; und jeden Augenblick kriecht die Krankheit wie ein scheußliches Reptil in seine Brust, und ehe man sich's versieht, quält ihn auch schon der Tod, irgendwo in einer stinkenden Ecke, ohne Pflege, ohne Hilfe – das ist dann sein ganzes Leben gewesen! So kann es sein, das Leben! Ach, Warenka, es ist qualvoll, ein »um Christi willen« zu hören und vorüberzugehen und nichts zu geben, zu sagen: »Gott wird dir geben.« Manch ein »um Christi willen« geht einem nicht nahe. (Es gibt ja verschiedene »um Christi willen«, Mütterchen.) Das eine ist langgezogen, gedehnt, gewohnheitsmäßig, auswendig gelernt, direkt bettlerhaft; dem, der so spricht, nichts zu geben, ist noch nicht so peinlich, das ist seit langem ein Bettler, von jeher, ein gewerblicher Bettler, der ist es gewöhnt, denkt man, er wird es überwinden, der weiß es zu verwinden. Und ein anderes »um Christi willen« ist ungeübt, hart, schrecklich – so wie heute, als ich von dem Jungen den Zettel genommen hatte, da stand am Zaune einer, der bettelte nicht jeden an; der sagte zu mir: »Gib mir um Christi willen einen Groschen, Herr!« – sagte es mit so stockender, harter Stimme, daß ich aus irgendeinem furchtbaren Gefühl heraus zusammenzuckte; ich gab keinen Groschen, weil

ich keinen hatte. Und dabei gibt es reiche Leute, die es nicht mögen, daß sich die Armen laut über ihr schlimmes Los beklagen – es heißt »sie sind lästig, sie sind aufdringlich!« Ja, Armut ist immer aufdringlich – das Gestöhne der Hungrigen stört sie wohl im Schlafe!
Ich will Ihnen gestehen, meine Beste, ich habe angefangen, Ihnen das alles zu schildern, teils, um meinem Herzen Luft zu machen, mehr aber, um Ihnen eine Probe des guten Stils meiner Aufsätze zu liefern. Denn Sie werden wohl selbst zugeben, Mütterchen, daß sich mein Stil in letzter Zeit formt. Aber jetzt hat mich solche Schwermut überkommen, daß ich selbst bis ins Innerste von meinen Gedanken gerührt bin, und obgleich ich weiß, Mütterchen, daß man damit nichts erreicht, so läßt man sich immerhin gewissermaßen Gerechtigkeit widerfahren. Ja, wahrhaftig, meine Teure, oft setzt man sich selbst ohne jeden Grund herab, achtet sich gering und schätzt sich niedriger ein als irgendein Holzspänchen. Aber wenn man es durch einen Vergleich ausdrücken darf, so kommt das vielleicht daher, daß ich selbst verschüchtert und verstört bin wie etwa dieser arme Junge, der mich um ein Almosen bat. Jetzt aber werde ich mich sinnbildlich ausdrücken, Mütterchen; nun hören Sie mir mal zu: Es kommt vor, meine Liebe, daß ich mich frühmorgens, wenn ich zum Dienst eile, in den Anblick der Stadt vertiefe, wie sie da erwacht, aufsteht, raucht, brodelt, dröhnt – und da wird man bisweilen einem solchen Schauspiel gegenüber so kleinmütig, als hätte man von irgend jemandem einen Nasenstüber auf die neugierige Nase bekommen, und schleppt sich mucksmäuschenstill weiter und gibt auf! Aber nun sehen Sie mal, was in diesen finsteren, verräucherten, großen, alten Häusern vorgeht, ergründen Sie das, und dann urteilen Sie selbst, ob es gerechtfertigt war, sich ohne Sinn und Verstand auszusortieren und in unwürdige Verlegenheit zu geraten. Vergessen Sie nicht, Warenka, daß ich sinnbildlich spreche, nicht im direkten Sinne. Na, dann wollen wir mal sehen, was in diesen Häu-

sern da geschieht. In irgendeiner verrauchten Ecke, irgendeinem feuchten Loch, das notgedrungen als Wohnung angesehen wird, wacht ein Handwerker auf; im Schlaf hat er, sagen wir, die ganze Nacht über von den Stiefeln geträumt, die er gestern versehentlich verschnitten hat – als ob der Mensch gerade solches Zeug träumen muß! Doch er ist ja Handwerker, er ist Schuhmacher: es ist verzeihlich, wenn er immer nur an seine Sache denkt. Er hat quakende Kinder und eine hungrige Frau; und nicht nur Schuster stehen manchmal so auf, meine Teure. Das wäre ja nicht so schlimm, und es lohnte nicht, darüber zu schreiben, doch sehen Sie, was sich dabei für ein Begleitumstand ergibt, Mütterchen: ebenda, in demselben Hause, eine Etage höher oder tiefer, hat in seinen goldenen Gemächern auch ein Reicher die ganze Nacht von denselben Stiefeln geträumt, das heißt, von Stiefeln anderer Art, anderer Fasson, aber dennoch von Stiefeln. Denn in dem Sinne, den ich hier meine, Mütterchen, sind wir alle, meine Liebe, ein wenig wie Schuster. Und das wäre alles nicht weiter schlimm, das Üble ist nur, daß niemand, kein Mensch neben diesem Reichen ist, der ihm ins Ohr flüsterte: »Hör auf, an so etwas zu denken, nur an dich zu denken, nur für dich allein zu leben, du bist ja kein Schuster, deine Kinder sind gesund, deine Frau bittet nicht um etwas zu essen; schau dich um, ob du für deine Sorgen nicht etwas Edleres finden kannst als deine Stiefel!« Das ist es, was ich Ihnen sinnbildlich sagen wollte, Warenka. Vielleicht ist das ein allzu freier Gedanke, meine Beste, aber dieser Gedanke ist zuweilen da, kommt mitunter und drängt dann wider Willen als heftiges Wort aus dem Herzen hervor. Und deshalb gab es auch keinen Grund, sich geringzuschätzen, als einen nur der Lärm und das Getöse erschreckt hatten! Ich schließe damit, Mütterchen, daß Sie vielleicht denken, ich spreche Verleumdungen aus oder fange Grillen oder habe das aus irgendeinem Büchlein abgeschrieben? Nein, Mütterchen, Sie müssen sich eines anderen besinnen – so ist es nicht; Verleumdungen verab-

scheue ich, Grillen fange ich nicht und habe aus keinem Buch etwas abgeschrieben – so ist das!
Ich kam traurig gestimmt nach Hause, setzte mich an den Tisch, machte den Teekessel warm und wollte gerade das eine oder andere Gläschen Tee trinken. Auf einmal sah ich Gorschkow zu mir hereinkommen, unseren armen Mitbewohner. Ich hatte schon am Morgen bemerkt, daß er die ganze Zeit in der Nähe der Mieter herumschlich und zu mir herantreten wollte. Und nebenbei gesagt, Mütterchen, hat er ein ungleich schlimmeres Dasein als ich. Gar kein Vergleich! Die Frau, die Kinder! Ja, wenn ich Gorschkow wäre, dann wüßte ich wirklich nicht, was ich an seiner Stelle täte! Nun, also mein Gorschkow kam herein, verbeugte sich, er hatte wie immer ein Tränchen an den Wimpern hängen, er schlurfte mit den Füßen, konnte aber kein Wort herausbringen. Ich ließ ihn auf einem Stuhl Platz nehmen, allerdings auf einem zerbrochenen, ein anderer war nicht da. Ich bot ihm Tee an. Er lehnte ab, lehnte lange ab, nahm aber schließlich doch ein Glas. Er wollte ihn ohne Zucker trinken und begann wiederum abzulehnen, als ich ihn zu überzeugen suchte, daß er Zukker nehmen müsse; er sträubte sich lange Zeit und dankte, tat schließlich das kleinste Stück in sein Glas und fing an zu beteuern, der Tee sei außergewöhnlich süß. Ach, wie die Armut die Menschen erniedrigen kann! »Nun, was gibt es denn, mein Lieber?« fragte ich ihn. »Ja so und so, mein Wohltäter, Makar Alexejewitsch, seien Sie um Himmels willen barmherzig, helfen Sie einer unglücklichen Familie; Kinder und Frau haben nichts zu essen; wie mir da als Vater zumute ist!« Ich wollte schon etwas sagen, er aber unterbrach mich: »Ich fürchte mich vor allen hier, Makar Alexejewitsch, das heißt, nicht daß ich Angst habe, aber, wissen Sie, es ist mir so peinlich; die Leute sind immer stolz und hochmütig. Ich würde Sie, mein Freund und Wohltäter, nicht belästigen; ich weiß, Sie hatten selbst Unannehmlichkeiten, ich weiß auch, daß Sie mir nicht viel geben können, aber borgen Sie mir wenigstens

etwas; ich habe mich deshalb erdreistet, Sie zu bitten«, sagte er, »weil ich Ihr gutes Herz kenne, ich weiß, daß Sie selbst Not gelitten haben und auch jetzt bedürftig sind – und daß Ihr Herz deswegen nachfühlend ist.« Und abschließend sagte er noch: »Verzeihen Sie meine Dreistigkeit und mein anstößiges Benehmen, Makar Alexejewitsch.« Ich antwortete ihm, daß ich ihm herzlich gern helfen würde, aber nichts hätte, rein gar nichts. »Bester Makar Alexejewitsch«, sagte er zu mir, »ich will ja nicht um viel bitten, aber so und so (hier wurde er bis über beide Ohren rot), die Frau, die Kinder, sie hungern – wenigstens zehn Kopeken.« Na, da wurde mir beklommen ums Herz. ›Dem geht es ja viel schlechter als mir!‹ dachte ich. Ich besaß aber insgesamt nur noch zwanzig Kopeken, und ich hatte mit ihnen gerechnet: ich wollte sie morgen für meine dringendsten Bedürfnisse ausgeben. »Nein, mein Lieber, ich kann nicht; sehen Sie, so und so«, sagte ich. »Lieber Makar Alexejewitsch, geben Sie mir, was Sie wollen«, sagte er, »wenn auch nur zehn Kopeken.« Na, da nahm ich meine zwanzig Kopeken aus der Schublade und gab sie ihm, Mütterchen, es war eine gute Tat! Ach, dieses Elend! Ich kam mit ihm ins Gespräch. »Wie sind Sie denn, mein Bester, in solche Not geraten«, fragte ich, »und wieso mieten Sie bei der Armut ein Zimmer zu fünf Silberrubeln?« Er erklärte mir, er habe es vor einem halben Jahr genommen und das Geld für drei Monate vorausbezahlt; dann aber seien Umstände eingetreten, daß er nicht mehr aus noch ein wüßte, der Arme. Er hatte erwartet, daß sein Verfahren zu dieser Zeit zu Ende gehen werde. Er hat nämlich einen ärgerlichen Prozeß. Sehen Sie, Warenka, er muß sich wegen einer gewissen Sache vor Gericht verantworten. Er prozessiert gegen irgendeinen Kaufmann, der den Staat bei Lieferungen betrogen hat; der Betrug wurde aufgedeckt, der Kaufmann vor Gericht gebracht, er aber hat auch Gorschkow in seine räuberische Angelegenheit verwickelt, der ebenfalls irgendwie damit zu tun hatte. Doch in Wirklichkeit hat sich Gorschkow nur Unachtsamkeit, Unbedachtheit und unverzeihliche Nachlässigkeit in der Beachtung fiskalischer Interessen zuschulden kommen lassen. Der Fall läuft schon mehrere Jahre: ständig stößt Gorschkow auf allerlei Hindernisse. »Der Ehrlosigkeit, deren man mich bezichtigt«, sagte mir Gorschkow, »habe ich mich nicht schuldig gemacht, keinesfalls schuldig gemacht, Betrügerei und Raub habe ich mir nicht zuschulden kommen lassen.« Die Sache hat ihn arg heruntergebracht; er wurde vom Dienst suspendiert, und obgleich man ihn keines schweren Vergehens für schuldig befand, kann er doch bis zu seinem völligen Freispruch von dem Kaufmann die beträchtliche Geldsumme nicht erhalten, die ihm zusteht und die er vor Gericht von ihm beansprucht. Ich glaube ihm, aber das Gericht glaubt ihm kein Wort; das ist eine Sache mit lauter Haken und Knoten, die man in hundert Jahren nicht entwirren kann. Und kaum hat man sie ein wenig entwirrt, kommt der Kaufmann wieder mit neuen Kniffen. Ich bringe Gorschkow herzliche Anteilnahme entgegen, meine Liebe, und fühle mit ihm. Ein Mann ohne Anstellung; wegen Unzuverlässigkeit wird er nirgendwo genommen; was sie an Vorräten hatten, haben sie aufgezehrt; die Sache ist verworren; doch unterdessen haben sie leben müssen; und inzwischen wurde zu völlig ungelegener Zeit ein Kind geboren – das machte Unkosten; der Sohn wurde krank – Ausgaben, er starb – Ausgaben; die Frau ist krank; er leidet an einer verschleppten Krankheit: kurz und gut, es steht schlecht um ihn, er ist völlig mitgenommen. Er hat übrigens gesagt, er erwarte dieser Tage ein günstiges Urteil in seinem Prozeß, und es wäre daran jetzt nicht mehr zu zweifeln. Er tut mir leid, tut mir sehr leid, Mütterchen! Ich habe ihn freundlich behandelt. Er ist ein einsamer und verstörter Mensch; er sucht Schutz, darum habe ich ihn auch gütig behandelt. Nun, leben Sie wohl, Mütterchen, Christus sei mit Ihnen, bleiben Sie gesund. Sie meine Liebste! Wenn ich an Sie denke, ist mir, als lege ich Balsam auf meine kranke Seele, und obwohl ich mich Ihretwegen sorge, tut mir doch diese Sorge um Sie gut.

Ihr wahrer Freund
Makar Dewuschkin

Den 9. September

Mütterchen, Warwara Alexejewna!

Ich schreibe Ihnen ganz außer mir. Ein schrecklicher Vorfall hat mich völlig aus der Fassung gebracht. Ich weiß nicht, wo mir der Kopf steht. Ich habe das Gefühl, daß sich alles um mich herum im Kreise dreht. Ach, meine Liebste, was ich Ihnen jetzt erzählen werde! Das haben wir nun doch nicht vorausgeahnt. Nein, ich bin nicht sicher, daß ich es nicht geahnt habe; ich habe das alles vorausgeahnt. All das hat mein Herz schon gespürt! Ich habe sogar neulich so etwas Ähnliches geträumt.
Folgendes hat sich also zugetragen. Ich werde es Ihnen erzählen, diesmal ohne auf den Stil zu achten, sondern so, wie es mir gerade einfällt. Ich ging heute zum Dienst. Komme hin, setze mich und fange an zu schreiben. Sie müssen jedoch wissen, Mütterchen, daß ich gestern gleichfalls geschrieben habe. Na, kam doch gestern Timofej Iwanowitsch zu mir und geruhte mir persönlich einen Auftrag zu erteilen: »Hier ist ein wichtiges, eiliges Aktenstück«, sagte er, »schreiben Sie es so sauber wie möglich, recht schnell und sorgfältig ab, Makar Alexejewitsch; es geht heute zur Unterzeichnung.« Ich muß Ihnen bemerken, Engelchen, daß ich am gestrigen Tage ganz außer mir war und auf nichts achten wollte; Schwermut und Traurigkeit hatten mich ergriffen! Im Herzen war es kalt, in der Seele finster; ich dachte immer nur an Sie, mein armes Sternchen. Ich machte mich also ans Abschreiben; ich schrieb sauber und schön, nur, ich weiß wirklich nicht, wie ich Ihnen das genauer erklären soll, ob mich der Teu-

fel selbst geritten hat, ob es irgendwelche geheimen Mächte vorherbestimmt hatten oder ob es einfach so kommen mußte – nur ließ ich eine ganze Zeile aus; es kam Gott weiß was für ein Sinn heraus, einfach gar keiner kam heraus. Gestern hatte man sich mit dem Schriftstück verspätet und es Seiner Exzellenz erst heute zur Unterzeichnung gereicht. Ich erschien heute, als ob nichts geschehen wäre, zur gewohnten Stunde und nahm meinen Platz neben Jemeljan Iwanowitsch ein. Ich muß Ihnen sagen, Teure, daß ich mich seit kurzem zweimal mehr schäme und geniere als früher. In letzter Zeit habe ich nicht einmal jemanden angesehen. Sobald jemandes Stuhl zu knarren anfängt, bin ich schon mehr tot als lebendig. Genauso war es heute auch, ich habe mich geduckt, gekuscht, mich wie ein Igel eingerollt, so daß Jefim Akimowitsch (so ein Streithahn, wie ihn die Welt vor ihm noch nicht gesehen hat) vor aller Ohren sagte: »Makar Alexejewitsch, was sitzen Sie denn wie begossen da?« Und dabei schnitt er so eine Grimasse, daß alle um ihn und um mich herum sich nur so wälzten vor Lachen, und natürlich auf meine Kosten. Und sie lachten und lachten! Ich hielt mir die Ohren zu und kniff auch die Augen zusammen, saß ganz still da und rührte mich nicht. Das habe ich mir so angewöhnt; sie lassen mich dann eher in Ruhe. Auf einmal höre ich Lärm, Schritte, Geschäftigkeit; ich höre – täuschen sich meine Ohren auch nicht? – man ruft mich, verlangt nach mir, ruft nach Dewuschkin. Mein Herz in der Brust fing zu zittern an, und ich weiß selbst nicht, weswegen ich erschrak; ich weiß bloß, daß ich einen Schreck bekam, wie noch nie zuvor in meinem Leben. Ich saß wie angewurzelt auf meinem Stuhl – als wäre nichts geschehen, als wäre ich es nicht. Aber da begann es wieder, es kam immer näher. Da war es schon ganz dicht an meinem Ohr: »Dewuschkin! Dewuschkin! Wo ist Dewuschkin?« Ich sehe auf: vor mir steht Jewstafij Iwanowitsch; er sagt: »Makar Alexejewitsch, zu Seiner Exzellenz, schnell! Sie haben mit dem Schriftstück ein Unheil

angerichtet!« Weiter sagte er nichts, aber das war schon genug gesagt, nicht wahr, Mütterchen, das war genug gesagt? Ich wurde leichenblaß, erstarrte, verlor die Besinnung, ich ging – na, ich bewegte mich mehr tot als lebendig fort. Man führte mich durch ein Zimmer, durch ein zweites Zimmer, durch ein drittes Zimmer, in das Arbeitszimmer – ich war angelangt! Einen genauen Bericht über das, was ich da dachte, kann ich Ihnen nicht geben. Ich sah, daß Seine Exzellenz dort standen und um sie herum die anderen. Ich glaube, ich habe mich nicht verbeugt; ich hatte es vergessen. Ich war so fassungslos, daß mir die Lippen und auch die Beine zitterten. Dazu war auch Grund, Mütterchen. Erstens schämte ich mich; ich sah nach rechts in den Spiegel, und es war einfach zum Verrücktwerden, was ich dort erblickte. Und zweitens hatte ich immer so getan, als ob es mich auf der Welt gar nicht gäbe. So daß Seine Exzellenz kaum etwas von meiner Existenz gewußt haben mochten. Vielleicht hatten sie so beiläufig gehört, daß es in ihrem Amt einen Dewuschkin gibt, doch in nähere Verbindung ist Exzellenz niemals zu ihm getreten.
Sie begannen erzürnt: »Wie war das möglich, Herr! Wo haben Sie Ihre Augen gehabt? Ein wichtiges Aktenstück, das Eile verlangt, und Sie verderben es. Wie konnten Sie nur«, hier wandten sich Seine Exzellenz an Jewstafij Iwanowitsch. Ich hörte nur, wie Laute von Worten zu mir drangen: »Nachlässigkeit! Unachtsamkeit! Sie bringen uns Unannehmlichkeiten!« Ich hatte den Mund schon aufgemacht. Ich wollte wohl um Verzeihung bitten, konnte es aber nicht, davonlaufen – das wagte ich nicht zu versuchen, und da ... da, Mütterchen, geschah etwas Derartiges, daß ich auch jetzt noch vor Scham kaum die Feder halten kann. Mein Knopf – ach, hol ihn der Teufel – der Knopf, der nur an einem Fädchen gehangen hatte, riß plötzlich ab, fiel herunter, begann zu hüpfen (ich hatte ihn offenbar aus Versehen berührt), klimperte, kam ins Rollen und rollte direkt, geradezu (das verdammte Ding!)

Seiner Exzellenz vor die Füße, und das inmitten des allgemeinen Stillschweigens! Das war also meine ganze Rechtfertigung, die ganze Entschuldigung, die ganze Antwort, alles, was ich Seiner Exzellenz zu sagen gedachte! Die Folgen waren schrecklich! Seine Exzellenz lenkten sogleich die Aufmerksamkeit auf meine Gestalt und meinen Anzug. Ich erinnerte mich, was ich im Spiegel gesehen hatte, und da stürzte ich los, den Knopf zu erhaschen! Ich war wie verrückt! Ich bückte mich, wollte nach dem Knopfe fassen – er rollt, dreht sich im Kreise, ich kann ihn nicht erwischen, kurzum, auch im Punkte Geschicklichkeit hatte ich mich hervorgetan. Da spürte ich, daß mich auch die letzten Kräfte verließen, daß jetzt alles, alles hin war! Der ganze Ruf war verloren, der ganze Mensch war erledigt! Und da hörte ich mir nichts, dir nichts ganz deutlich Theresa und Faldoni und Glockengeläut. Schließlich erwischte ich den Knopf, richtete mich auf, streckte mich, und wenn ich Dummkopf wenigstens stillgestanden hätte, die Hände an der Hosennaht! Aber nein: ich begann den Knopf an den zerrissenen Fäden anzumachen, als ob er dadurch haften bleiben würde; dabei lächelte ich noch, ich lächelte noch. Seine Exzellenz wandten sich zunächst ab, schauten mich dann abermals an – ich hörte sie zu Jewstafij Iwanowitsch sagen: »Wie ist das möglich? . . . sehen Sie nur einmal auf sein Äußeres! . . . wie er aussieht! was er nur hat! . . .« Ach, meine Liebe, was gab es da zu fragen – wie sieht er aus? Und was hat er bloß? Ich hatte mich hervorgetan! Ich hörte Jewstafij Iwanowitsch sagen: »Nicht aufgefallen, in keiner Hinsicht aufgefallen, mustergültiges Benehmen, ausreichendes Gehalt, wie es der Etat vorsieht . . .« – »Na, man muß ihm irgendwie helfen«, sagten Seine Exzellenz, »man soll ihm Vorschuß geben . . .« – »Hat er schon genommen, heißt es, hat er bereits für so und so lange im voraus genommen. Es sind wohl die Verhältnisse, aber das Benehmen ist gut, und er ist nicht aufgefallen, niemals aufgefallen.« Mir war heiß, mein Engelchen, mir war heiß wie im Höllenfeuer! Ich

war dem Sterben nahe! »Nun«, sagten Seine Exzellenz laut, »da muß es schnell noch einmal abgeschrieben werden; Dewuschkin, kommen Sie her, schreiben Sie es nochmals fehlerfrei ab; so hören Sie mal ...«, hier wandten sich Seine Exzellenz zu den anderen um, erteilten verschiedene Anordnungen, und alle gingen auseinander. Kaum waren sie gegangen, zogen Seine Exzellenz eilig die Brieftasche heraus und entnahmen ihr einen Hundertrubelschein. »Hier«, sagten Exzellenz, »was in meinen Kräften steht, halten Sie es, wofür Sie wollen ...« Und damit drückte er ihn mir in die Hand. Ich zuckte zusammen, mein Engel, ich war bis ins Innerste ergriffen; ich weiß nicht, wie mir geschah; ich wollte ihre Hand ergreifen. Aber er wurde ganz rot, meine Liebe, und – hier weiche ich nicht im geringsten von der Wahrheit ab, meine Teure – nahm meine unwürdige Hand und schüttelte sie, nahm und schüttelte sie so wie einem Gleichgestellten, wie einem, der wie er selbst General ist. »Gehen Sie«, sagte er, »womit ich helfen kann ... machen Sie keine Fehler, jetzt trifft die Schuld beide.«
Nun hören Sie, Mütterchen, was ich beschlossen habe: Sie und Fjodora bitte ich, und wenn ich Kinder hätte, würde ich ihnen gebieten, zu Gott zu beten, das heißt, folgendermaßen: für ihren leiblichen Vater sollten sie nicht beten, aber für Seine Exzellenz sollten sie täglich und ewiglich beten! Und ich will noch etwas sagen, Mütterchen, und das sage ich feierlich – hören Sie mir gut zu, Mütterchen: ich schwöre, sosehr ich auch in den grausamen Tagen unseres Unglücks dem Kummer erlegen war, wenn ich Sie, Ihre Nöte und mich, meine Erniedrigung und meine Unfähigkeit ansah, trotz alledem schwöre ich Ihnen, daß mir die hundert Rubel nicht soviel bedeuten wie die Tatsache, daß Seine Exzellenz persönlich geruhten, mir, einem Nichtsnutz, einem Trunkenbold, die unwürdige Hand zu drücken! Exzellenz haben mich dadurch mir selbst wiedergegeben. Mit dieser Tat haben sie meinen Geist wiederbelebt, mir das Leben auf ewig versüßt, und ich bin fest

davon überzeugt, daß – mag ich vor dem Allmächtigen ein noch so großer Sünder sein – die Gebete für das Glück und Wohlergehen Seiner Exzellenz bis zu seinem Weihaltar dringen werden! . . .
Mütterchen! Ich bin jetzt seelisch furchtbar verwirrt, schrecklich aufgeregt! Mein Herz pocht und will aus der Brust herausspringen. Und ich selbst bin irgendwie ganz von Kräften gekommen. Ich sende Ihnen fünfundvierzig Papierrubel, zwanzig Rubel werde ich der Wirtin geben, fünfunddreißig behalte ich für mich: für zwanzig werde ich meine Kleidung in Ordnung bringen, und fünfzehn bleiben zum Leben übrig. Nur haben all diese Eindrücke am Morgen mein ganzes Dasein erschüttert. Ich werde mich ein wenig hinlegen. Ich bin übrigens ruhig, sehr ruhig. Nur die Seele schmerzt, und dort, im Innersten kann man hören, daß meine Seele zittert, bebt, sich regt. Ich werde zu Ihnen kommen; jetzt aber bin ich geradezu betäubt von all diesen Empfindungen . . . Gott sieht alles, mein Mütterchen Sie, Sie meine Herzallerliebste!

Ihr würdiger Freund
Makar Dewuschkin

Den 10. September

Mein lieber Makar Alexejewitsch!

Ich freue mich unsagbar über Ihr Glück und weiß die Tugenden Ihres Vorgesetzten zu würdigen, mein Freund. Nun können Sie sich also vom Kummer erholen! Nur geben Sie um Gottes willen nicht wieder unnütz Geld aus. Leben Sie bedächtig und möglichst bescheiden, und fangen Sie gleich heute an, immer wenigstens etwas beiseite zu legen, damit Sie das Unglück nicht wieder unvermutet überrascht. Um uns machen Sie sich um Himmels willen keine Sorgen. Fjodora und ich werden irgendwie durchkommen. Weswegen haben Sie uns soviel Geld geschickt,

Makar Alexejewitsch? Wir brauchen es gar nicht. Wir sind mit dem zufrieden, was wir haben. Freilich werden wir in Kürze für den Umzug aus dieser Wohnung Geld brauchen, doch Fjodora hofft, von jemandem alte Schulden zurückzubekommen. Ich behalte im übrigen zwanzig Rubel für alle Fälle. Das übrige schicke ich Ihnen zurück. Sparen Sie das Geld bitte, Makar Alexejewitsch. Leben Sie wohl. Leben Sie nun ruhig, bleiben Sie gesund und munter. Ich würde Ihnen mehr schreiben, fühle mich aber schrecklich müde, gestern bin ich den ganzen Tag nicht aus dem Bett aufgestanden. Sie taten gut daran, daß Sie versprochen haben, zu uns zu kommen. Besuchen Sie mich bitte, Makar Alexejewitsch.

W. D.

Den 11. September

Meine liebste Warwara Alexejewna!

Ich flehe Sie an, meine Liebe, trennen Sie sich jetzt nicht von mir, jetzt, da ich vollkommen glücklich und mit allem zufrieden bin. Meine Beste! Hören Sie nicht auf Fjodora, ich werde alles tun, was Sie wollen; ich werde mich gut benehmen, schon allein aus Achtung gegenüber Seiner Exzellenz werde ich mich gut und untadelig aufführen; wir werden einander wieder glückliche Briefe schreiben, werden einander unsere Gedanken, unsere Freuden, unsere Sorgen anvertrauen, falls es Sorgen geben wird; wir beide werden einträchtig und glücklich miteinander leben. Wir werden uns mit Literatur befassen . . . Mein Engelchen! Mein Schicksal hat sich völlig verändert, und alles hat sich zum Guten gewendet. Die Wirtin ist verträglicher geworden, Theresa verständiger, und selbst Faldoni ist irgendwie eifrig geworden. Mit Ratasjajew habe ich mich ausgesöhnt. Aus lauter Freude bin ich selbst zu ihm gegangen. Er ist wirklich ein netter Bursche, Mütterchen, und was über ihn Schlechtes gesagt wurde, das war alles

Unsinn. Mir ist jetzt aufgegangen, daß das alles eine niederträchtige Verleumdung war. Er hat überhaupt nicht daran gedacht, uns zu beschreiben: das hat er mir selbst gesagt. Er hat mir ein neues Werk vorgelesen. Und daß er mich damals einen Lovelace nannte, so ist das gar kein Schimpfwort oder irgendeine ungehörige Bezeichnung: er hat es mir erklärt. Das ist Wort für Wort dem Ausländischen entnommen und bedeutet *gewandter Bursche*, und wenn man es schöner, literarischer ausdrücken will, so bedeutet es *junger Mann, der die Gelegenheit nutzt, die sich bietet* – so ist das! Das bedeutet es, und nicht irgend etwas anderes. Es war ein harmloser Scherz, mein Engelchen. Ich Ungebildeter habe mich törichterweise dadurch beleidigt gefühlt. Ich habe mich deswegen auch jetzt bei ihm entschuldigt . . . Und das Wetter ist heute so wunderbar, Warenka, so schön. Freilich, am Morgen war etwas Sprühregen, es hat gegossen wie durch ein Sieb. Das macht nichts! Dafür ist die Luft ein klein wenig frischer geworden. Ich ging mir Stiefel kaufen und habe wundervolle Stiefel gekauft. Ich machte einen Spaziergang über den Newskij-Prospekt. Ich habe in der »Biene«[20] gelesen. Ja! und das Wichtigste vergesse ich Ihnen zu erzählen. Hören Sie also:

Heute früh kam ich mit Jemeljan Iwanowitsch und mit Aksentij Michailowitsch über Seine Exzellenz ins Gespräch. Ja, Warenka, Exzellenz haben nicht mich allein so wohlwollend behandelt. Sie haben nicht nur mir eine Wohltat erwiesen und sind aller Welt für ihre Herzensgüte bekannt. Ihr zu Ehren wird vielerorts Lob und Preis gesungen und werden Tränen der Dankbarkeit vergossen. Eine Waise ist bei ihm erzogen worden. Er geruhte sie zu versorgen: sie wurde an einen angesehenen Mann verheiratet, an einen Beamten, der Seiner Exzellenz für besondere Aufträge zur Verfügung stand. Den Sohn einer Witwe hat er in einer Kanzlei untergebracht und noch vielerlei Wohltaten erwiesen. Ich betrachtete es als meine Pflicht, Mütterchen, sogleich auch mein Scherflein beizusteuern; ich erzählte vor aller Ohren die Tat Seiner Exzellenz; ich berichtete ihnen alles und verheimlichte nichts. Ich ließ Scham Scham sein. Was ist schon Scham, was bedeutet Eitelkeit unter solchen Umständen! Ich erzählte also laut – mögen die Taten Seiner Exzellenz berühmt werden! Ich sprach mit Leidenschaft und Begeisterung und wurde nicht rot, ich war im Gegenteil stolz darauf, so etwas berichten zu können. Ich habe alles erzählt (nur über Sie habe ich mich verständigerweise ausgeschwiegen, Mütterchen), von meiner Wirtin, und von Faldoni, und von Ratasjajew, und von den Stiefeln, und von Markow – alles habe ich erzählt. Einige lächelten dabei einander zu, um die Wahrheit zu sagen, sie lächelten alle einander zu. Wahrscheinlich hatten sie an meiner Erscheinung irgend etwas komisch gefunden oder hinsichtlich meiner Stiefel – wohl hinsichtlich meiner Stiefel. Aber in irgendeiner schlechten Absicht haben sie das nicht tun können. Das taten sie wegen ihres jugendlichen Alters oder deswegen, weil sie wohlhabende Leute sind, aber in schlechter, in böser Absicht konnten sie meine Worte auf keinen Fall belächeln. Und zwar hinsichtlich Seiner Exzellenz – das konnten sie bestimmt nicht tun. Nicht wahr, Warenka?

Ich bin bis jetzt immer noch nicht recht zur Besinnung gekommen, Mütterchen. All diese Ereignisse haben mich so verwirrt! Haben Sie auch Brennholz? Erkälten Sie sich nicht, Warenka; wie leicht kann man sich eine Erkältung zuziehen. Ach, mein Mütterchen, Sie bringen mich mit Ihren traurigen Gedanken zur Verzweiflung. Ich flehe schon zu Gott, wie ich ihn Ihretwegen anflehe, Mütterchen! Haben Sie beispielsweise wollene Strümpfchen oder andere wärmere Kleidungsstücke? Geben Sie acht, meine Liebe. Wenn Sie irgend etwas davon brauchen, dann kränken Sie um Gottes willen einen alten Mann nicht. Wenden Sie sich unumwunden an mich. Jetzt sind die schlechten Zeiten vorbei. Machen Sie sich um mich keine Sorgen. Die Zukunft ist so licht und schön!

Aber es war eine traurige Zeit, Warenka! Doch das ist nun

ganz egal, es ist vorbei! Die Jahre werden vergehen, und wir werden auch an diese Zeit mit einem Seufzer zurückdenken. Ich denke an meine Jugendjahre. Das waren Zeiten! Manchmal besaß man keine Kopeke. Man fror, hatte Hunger, war aber immerzu vergnügt. Morgens ging man über den Newskij, begegnete einem hübschen Gesichtchen und war für den ganzen Tag glücklich. Eine herrliche, eine herrliche Zeit war das, Mütterchen! Schön ist es, auf der Welt zu sein, Warenka! Besonders in Petersburg. Mit Tränen in den Augen habe ich mich gestern vor Gott dem Herrn bekannt, damit mir Gott alle meine Sünden in dieser traurigen Zeit vergibt: Murren, freisinnige Gedanken, Rauferei und Glücksspiel. Ihrer habe ich im Gebet mit Rührung gedacht. Sie allein, Engelchen, haben mich bestärkt, Sie allein haben mich getröstet und mir wohlgemeinte Ratschläge und Belehrungen auf den Weg gegeben. Das werde ich nie vergessen, Mütterchen. Ihre Brieflein habe ich heute alle abgeküßt, meine Liebste! Nun leben Sie wohl, Mütterchen. Es heißt, hier irgendwo in der Nähe sei ein Anzug zu verkaufen. Da werde ich mich einmal ein bißchen erkundigen. Leben Sie wohl, Engelchen, leben Sie wohl.

Ihr von Herzen ergebener

Makar Dewuschkin

Den 15. September

Sehr geehrter Makar Alexejewitsch!

Ich bin ganz furchtbar aufgeregt. Hören Sie, was bei uns geschehen ist. Ich ahne etwas Verhängnisvolles. Urteilen Sie selbst, mein werter Freund: Herr Bykow ist in Petersburg. Fjodora hat ihn getroffen. Er ist in einer Droschke gefahren, ließ anhalten, trat selbst an Fjodora heran und begann sich zu erkundigen, wo sie wohne. Sie hat es anfangs nicht erzählt. Dann sagte er spöttisch, er wisse, wer bei ihr lebe. (Offenbar hat ihm Anna Fjodorowna alles erzählt.) Da hat es Fjodora nicht ausgehalten und ihm gleich dort auf der Straße Vorwürfe und Vorhaltungen gemacht, zu ihm gesagt, er sei ein sittenloser Mensch und die Ursache all meines Unglücks. Er antwortete, wenn der Mensch keinen Groschen habe, dann sei er begreiflicherweise unglücklich. Fjodora sagte zu ihm, ich hätte von meiner Hände Arbeit zu leben gewußt, hätte heiraten oder mir anderenfalls irgendeine Stelle suchen können, jetzt aber sei mein Glück für immer verloren, überdies sei ich krank und würde bald sterben. Darauf bemerkte er, ich sei noch allzu jung, in meinem Kopf gäre es noch und *auch unsere Tugenden hätten an Glanz verloren* (das waren seine Worte). Fjodora und ich dachten, er wisse nicht, wo wir wohnen, da trat er gestern plötzlich, kaum daß ich zum Kaufhaus einkaufen gegangen war, zu uns ins Zimmer; offenbar hatte er mich nicht zu Hause antreffen wollen. Er fragte Fjodora lange nach unserem Leben und Treiben aus, betrachtete alles bei uns, sah sich meine Arbeit an und fragte schließlich: »Was ist denn das für ein Beamter, der mit Ihnen bekannt ist?« In diesem Augenblick sind Sie gerade über den Hof gegangen; Fjodora zeigte Sie ihm; er schaute hin und schmunzelte; Fjodora bat ihn zu gehen, sagte ihm, ich sei ohnehin schon krank vor Ärger, und es würde mir sehr unliebsam sein, ihn bei uns zu sehen. Er blieb die Antwort schuldig; dann sagte er, er sei nur so gekommen, zum Zeitvertreib, und wollte Fjodora fünfundzwanzig Rubel geben; die hat sie natürlich nicht genommen. Was mag das alles zu bedeuten haben? Weshalb ist er zu uns gekommen? Ich kann nicht begreifen, woher er alles über uns weiß! Ich verliere mich in Vermutungen. Fjodora meint, ihre Schwägerin Axinja, die manchmal zu uns kommt, sei mit der Waschfrau Nastasja bekannt, und Nastasjas Vetter sei Wächter in dem Departement, bei dem ein Bekannter eines Neffen von Anna Fjodorowna angestellt sei; ob sich der Klatsch auf diesem Wege langsam verbreitet hat? Übrigens kann es sehr gut sein, daß sich Fjodora täuscht; wir sind mit unserer Weisheit am Ende. Sollte er wirklich noch einmal zu uns kommen? Allein der Gedanke daran versetzt mich in Schrecken! Als Fjodora das alles gestern erzählte, war ich so erschrocken, daß ich vor Angst fast in Ohnmacht fiel. Was wollen die noch? Ich will jetzt nichts von ihnen wissen! Was gehe ich sie an, ich Arme! Ach! Was habe ich jetzt für Angst; jeden Augenblick denke ich, Bykow kommt herein. Was wird aus mir werden! Was hält das Schicksal noch für mich bereit? Um Christi willen, kommen Sie gleich bei mir vorbei, Makar Alexejewitsch. Kommen Sie um Gottes willen, kommen Sie.

W. D.

Den 18. September

Mütterchen, Warwara Alexejewna!

Am heutigen Tage hat sich in unserer Wohnung ein über alle Maßen trauriges, gänzlich unerklärliches und unerwartetes Ereignis zugetragen. Unser armer Gorschkow (das müssen Sie wissen, Mütterchen) wurde vollkommen freigesprochen. Die Entscheidung war schon lange gefallen, aber heute ging er hin, das endgültige Urteil zu vernehmen. Der Prozeß ist für ihn überaus glücklich ausgegangen. Alles, was man ihm an Nachlässigkeit und Unbedachtsamkeit zur Last gelegt hatte, wurde ihm voll und ganz vergeben. Es wurde entschieden, zu seinen Gunsten die bedeutende Geldsumme von dem Kaufmann einzuziehen, so daß sich sowohl seine Verhältnisse erheblich verbessert haben, als auch der Makel von seiner Ehre genommen und alles gut geworden ist, kurz und gut, sein Wunsch ist vollständig in Erfüllung gegangen. Heute um drei Uhr kam er nach Hause. Er sah ganz verstört aus, war kreidebleich, seine Lippen zitterten, aber er lächelte – umarmte Frau und Kinder. Wir alle gingen in Gruppen zu ihm, um ihn zu beglückwünschen. Er war von unserem

Verhalten überaus gerührt, verbeugte sich nach allen Seiten und drückte einem jeden von uns mehrmals die Hand. Es schien mir sogar, als sei er größer geworden, halte sich gerader und als habe er auch keine Tränentröpfchen mehr in den Augen. Er war so aufgeregt, der Arme. Keine zwei Minuten konnte er auf einer Stelle stehenbleiben; er nahm alles in die Hand, was ihm unter die Finger kam, legte es dann wieder hin, lächelte in einem fort und verbeugte sich, setzte sich hin, stand auf, setzte sich wieder und redete Gott weiß was; er sagte: »Meine Ehre, die Ehre, der gute Ruf, meine Kinder« – und wie er das sagte! Er fing sogar zu weinen an. Wir hatten auch größtenteils Tränen in den Augen. Ratasjajew wollte ihn wohl aufmuntern und sagte: »Was bedeutet die Ehre, mein Lieber, wenn man nichts zu essen hat; das Geld, mein Bester, das Geld ist die Hauptsache; dafür sollten Sie Gott danken!«, und dabei klopfte er ihm auf die Schulter. Es schien mir, als sei Gorschkow beleidigt, das heißt, nicht daß er geradeheraus sein Mißvergnügen geäußert hätte, er sah Ratasjajew nur irgendwie sonderbar an und nahm dessen Hand von seiner Schulter. Ehedem wäre das nicht geschehen, Mütterchen! Übrigens sind die Charaktere verschieden. Ich zum Beispiel hätte aus lauter Freude keinen Stolz an den Tag gelegt; wozu, meine Liebe, macht man denn zuweilen eine überflüssige Verbeugung und bezeigt Demut, wenn nicht aus Anwandlung von Seelengüte und aus übermäßiger Sanftmut des Herzens ... doch im übrigen geht es hierbei nicht um mich! »Ja«, sagte er, »auch das Geld ist gut; Gott sei Dank, Gott sei Dank!« Und dann wiederholte er die ganze Zeit, als wir bei ihm waren: »Gott sei Dank, Gott sei Dank!« Seine Frau bestellte ein feineres und reichlicheres Mittagessen. Unsere Wirtin bereitete es selbst für sie zu. Unsere Wirtin ist eine ganz gute Frau. Aber bis zum Mittagessen war Gorschkow nicht imstande stillzusitzen. Er ging zu allen in die Zimmer, ob man ihn gebeten hatte oder nicht. Er trat einfach so ein, lächelte, setzte sich auf einen Stuhl, sagte irgend etwas oder sagte manchmal auch nichts – und ging wieder. Bei dem Leutnant zur See nahm er sogar die Karten in die Hand; man bot ihm einen Platz an und ließ ihn als vierten Mann mitspielen. Er spielte ein Weilchen, richtete im Spiel irgendwelchen Unsinn an, machte drei, vier Spiele und gab das Spielen auf. »Nein«, sagte er, »ich wollte doch nur, ich wollte ja nur so . . .« und ging von ihnen weg. Mir begegnete er auf dem Flur, ergriff meine beiden Hände, sah mir direkt in die Augen, nur so absonderlich; er drückte mir die Hand und entfernte sich, dabei hatte er in einem fort gelächelt, aber irgendwie mühsam, sonderbar gelächelt wie ein Toter. Seine Frau weinte vor Freude; alles ging so fröhlich bei ihnen zu wie an einem Feiertage. Bald waren sie mit dem Mittagessen fertig. Da hat er nach dem Essen zu seiner Frau gesagt: »Hör mal, Herzchen, ich werde mich ein wenig hinlegen«, und damit legte er sich zu Bett. Er rief das Töchterchen zu sich, legte ihm die Hand auf das Köpfchen und strich dem Kinde lange, lange über den Kopf. Dann wandte er sich wieder seiner Frau zu: »Was macht denn Petenka? Unser Petja, Petenka? . . .« Die Frau bekreuzigte sich und antwortete, daß der doch gestorben sei. »Ja, ja, ich weiß, ich weiß schon, Petenka ist jetzt im Himmelreich.« Die Frau merkte, daß er ganz verstört war, daß ihn das Ereignis völlig erschüttert hatte und sagte zu ihm: »Schlaf doch ein wenig, Schätzchen.« – »Ja, gut, ich werde gleich . . . ich werde ein bißchen«, da wandte er sich ab, lag eine Weile, dann drehte er sich um und wollte irgend etwas sagen. Die Frau hatte nicht recht verstanden und fragte ihn: »Was ist, mein Freund?« Er aber antwortete nicht. Sie wartete eine Zeitlang; ›na‹, dachte sie, ›er ist eingeschlafen‹ – und ging auf ein Stündchen zur Wirtin. Eine Stunde später kam sie zurück und sah, daß ihr Mann noch nicht aufgewacht war und dalag, ohne sich zu rühren. Sie glaubte, er schliefe, setzte sich hin und machte sich an eine Arbeit. Sie erzählte, sie habe etwa eine halbe Stunde gearbeitet und sei so in Nachdenken versunken gewesen, daß sie sich nicht einmal erinnere, woran sie gedacht habe, nur, sagte sie, habe sie ihren Mann ganz vergessen. Aber auf einmal sei sie durch ein beängstigendes Gefühl zu sich gekommen, und vor allem habe sie die Totenstille im Zimmer befremdet. Sie schaute zu dem Bett hin und sah, daß ihr Mann immer noch in derselben Haltung dalag. Sie ist zu ihm herangetreten, hat die Bettdecke weggezogen und ihn angeschaut – er aber war schon kalt – er war tot, Mütterchen, Gorschkow war tot, war plötzlich gestorben, als hätte ihn der Blitz getroffen! Aber woran er gestorben ist – weiß der Himmel. Das hat mich derart erschüttert, Warenka, daß ich bis jetzt noch nicht zu mir gekommen bin. Es ist kaum zu glauben, daß ein Mensch so einfach sterben kann. So ein armer Teufel, so ein armer Tropf, dieser Gorschkow! Ach, dieses Schicksal, was für ein Schicksal! Die Frau ist tränenüberströmt und ganz verstört. Das kleine Mädchen hat sich in eine Ecke gedrückt. Bei ihnen geht alles durcheinander; es wird zu einer ärztlichen Untersuchung kommen . . . das kann ich Ihnen aber nicht mit Gewißheit sagen. Es tut mir so leid, ach, wie leid mir das tut! Es ist traurig, wenn man bedenkt, daß wir wahrhaftig weder Tag noch Stunde wissen . . . Man stirbt einfach so . . .

Ihr
Makar Dewuschkin

Den 19. September

Mein liebes Fräulein Warwara Alexejewna!

Ich beeile mich Ihnen mitzuteilen, mein Freund, daß Ratasjajew mir Arbeit für einen Schriftsteller verschafft hat. Es ist einer zu ihm gekommen und hat ihm ein ganz dickes Manuskript gebracht – Gott sei Dank, viel zu tun. Nur ist es so unleserlich geschrieben, daß ich gar nicht weiß, wie ich die Sache anpacken soll; es wird schnell verlangt. Mir scheint, es handelt alles von Dingen, die man anscheinend nicht verstehen kann . . . Vierzig Kopeken pro Bogen haben wir vereinbart. Ich schreibe Ihnen das alles deshalb, meine Beste, weil es jetzt nebenher Geld geben wird. Nun, leben Sie wohl, Mütterchen. Ich werde mich gleich an die Arbeit machen.

Ihr treuer Freund
Makar Dewuschkin

Den 23. September

Mein teurer Freund, Makar Alexejewitsch!

Ich habe Ihnen schon drei Tage nichts geschrieben, mein Freund, aber ich hatte viel, viel Sorgen und viel Aufregung.
Vorgestern war Bykow bei mir. Ich war allein, Fjodora war irgendwohin gegangen. Ich machte ihm auf und bekam einen solchen Schreck, als ich ihn erblickte, daß ich mich nicht von der Stelle rühren konnte. Ich spürte, daß ich blaß wurde. Er trat wie gewöhnlich lauthals lachend ein, nahm sich einen Stuhl und setzte sich. Ich konnte mich lange nicht fassen, schließlich machte ich mich in einer Ecke an die Arbeit. Bald hörte er auf zu lachen. Offenbar hat ihn mein Aussehen überrascht. Ich bin in letzter Zeit so mager geworden; meine Wangen und Augen sind eingefallen, ich war bleich wie eine Wand . . . ich war tatsächlich schwer zu erkennen für jemanden, der mich vor einem Jahr gesehen hatte. Er blickte mich lange und unverwandt an, endlich wurde er wieder heiter. Er sagte etwas; ich erinnere mich nicht, was ich ihm antwortete, und er fing wieder zu lachen an. Er saß eine volle Stunde bei mir, redete lange mit mir, erkundigte sich nach diesem und jenem. Schließlich, bevor er sich verabschiedete, nahm er mich bei der Hand und sagte (ich schreibe Ihnen alles von Anfang bis Ende): »Warwara Alexejewna! Unter uns gesagt, Anna Fjodorowna, Ihre Verwandte und meine nahe Bekannte und Freundin, ist eine ganz nieder-

trächtige Frau.« (Alsdann benannte er sie noch mit einem unanständigen Wort.) »Sie hat sowohl Ihr Kusinchen vom rechten Weg abgebracht als auch Sie ins Verderben gestürzt. Ich meinerseits habe mich in diesem Falle auch wie ein Schuft benommen, doch das kommt ja alle Tage vor.« Hier lachte er aus vollem Halse auf. Dann machte er die Bemerkung, er verstehe sich nicht auf schöne Worte; das Wichtigste, was zu sagen gewesen wäre und was ihm die Pflicht des Anstandes geboten habe, nicht zu verschweigen, habe er bereits erklärt und gehe nun in kurzen Worten zum übrigen über. Da erklärte er mir, er halte um meine Hand an, er erachte es als seine Pflicht, meine Ehre wiederherzustellen, er sei reich und werde mich nach der Hochzeit in sein Steppendorf bringen, er wolle dort Hasen hetzen; er werde niemals mehr nach Petersburg kommen, weil es in Petersburg ekelhaft sei; er habe hier in Petersburg einen, wie er es selbst ausdrückte, Taugenichts von einem Neffen, den zu enterben er sich geschworen habe, und letzten Endes zu diesem Zwecke, das heißt, weil er rechtmäßige Nachkommen zu haben wünsche, bitte er um meine Hand, das sei der Hauptgrund seiner Brautwerbung. Dann bemerkte er, daß ich sehr ärmlich lebe, daß es kein Wunder sei, wenn ich krank würde, da ich in einer so armseligen Hütte wohne, er sagte mir den unweigerlichen Tod voraus, wenn ich auch nur einen Monat da bliebe, er meinte, in Petersburg seien die Wohnungen abscheulich, und schließlich, ob ich nicht irgend etwas brauche.

Ich war von seinem Antrage so überrascht, daß ich, ich weiß selbst nicht warum, anfing zu weinen. Er hielt meine Tränen für Dankbarkeit und sagte zu mir, er wäre immer davon überzeugt gewesen, daß ich ein gutes, feinfühliges und gebildetes Mädchen sei, doch habe er sich nicht zu diesem Schritt entschlossen, bevor er sich nicht eingehend über mein jetziges Tun und Treiben erkundigt gehabt hätte. Alsdann fragte er nach Ihnen und sagte, er habe alles gehört, Sie seien ein Mann mit vornehmen Grundsätzen, er seinerseits wolle Ihnen nichts schuldig bleiben, und ob Ihnen wohl fünfhundert Rubel für alles, was Sie für mich getan haben, genügten. Als ich ihm jedoch erklärte, Sie hätten für mich das getan, was man nicht mit noch soviel Geld und guten Worten vergelten könne, sagte er zu mir, das sei Unsinn, das käme alles nur in Romanen vor, ich sei noch jung und sage Gedichte auf; Romane führten junge Mädchen ins Verderben, Bücher verdürben bloß die Sittlichkeit und er könne Bücher nicht ausstehen; er riet mir, erst einmal in sein Alter zu kommen und dann über die Menschen zu reden; »dann«, fügte er hinzu, »werden Sie die Menschen kennengelernt haben.« Danach sagte er, ich solle mir sein Anerbieten reiflich überlegen, es wäre ihm sehr unangenehm, wenn ich einen so wichtigen Schritt unbedacht täte, und er fügte hinzu, Unbedachtsamkeit und Übereifer verdürben die unerfahrene Jugend, doch sein außerordentlicher Wunsch wäre eine beifällige Antwort meinerseits, und schließlich würde er sich anderenfalls gezwungen sehen, in Moskau eine Kaufmannsfrau zu heiraten, denn er habe geschworen, den Taugenichts von einem Neffen zu enterben. Gewaltsam legte er fünfhundert Rubel auf meinen Stickrahmen, für Bonbons, wie er sagte; auf dem Lande, sagte er, würde ich aufgehen wie ein Hefekuchen, würde bei ihm leben wie die Made im Speck, augenblicklich habe er schrecklich viele Scherereien, er sei den ganzen Tag in geschäftlichen Dingen unterwegs gewesen und sei jetzt nur zwischendurch zu mir vorbeigekommen. Dann ging er. Ich habe lange überlegt, vieles bedacht, mich mit Gedanken gequält, mein Freund, und habe mich schließlich entschlossen. Mein Freund, ich werde ihn heiraten, ich muß seinen Antrag annehmen. Wenn mich jemand von meiner Schande befreien, mir wieder einen rechtschaffenen Ruf geben, in Zukunft Armut, Entbehrungen und Unglück von mir abwenden kann, dann ist es er allein. Was habe ich denn von der Zukunft zu erwarten, was kann ich noch vom Schicksal erwarten? Fjodora meint, man dürfe sein Glück nicht loslassen; sie sagt, was denn in diesem Falle Glück zu nennen sei? Ich finde zumindest keinen Ausweg für mich, mein werter Freund. Was soll ich tun? Mit der Arbeit habe ich ohnehin schon meine ganze Gesundheit ruiniert; beständig arbeiten kann ich nicht. Eine Stellung annehmen? Ich würde vor Kummer vergehen, zudem kann ich es niemandem recht machen. Ich bin von Natur aus kränklich und würde deshalb fremden Leuten immer zur Last fallen. Natürlich gehe ich auch jetzt nicht ins Paradies, doch was soll ich machen, mein Freund, was soll ich machen? Was habe ich für eine Wahl?

Ich habe Sie nicht um Rat gefragt. Ich wollte allein überlegen. Der Entschluß, den Sie eben gelesen haben, ist unabänderlich, und ich werde ihn unverzüglich Bykow verkünden, der mich ohnehin schon zu einer endgültigen Entscheidung drängt. Er hat gesagt, seine Geschäfte warteten nicht, er müsse fahren und könne sie nicht wegen solcher Lächerlichkeiten aufschieben. Ob ich glücklich sein werde, weiß Gott in seiner heiligen, unergründlichen Macht über mein Schicksal allein, aber ich habe mich entschieden. Man sagt, Bykow sei ein guter Mensch; er wird mich achten, vielleicht werde auch ich ihn achten. Was kann man von unserer Ehe mehr erwarten?

Ich werde Ihnen alles mitteilen, Makar Alexejewitsch. Ich bin überzeugt, Sie werden meine Schwermut verstehen. Bringen Sie mich nicht von meinem Vorsatz ab. Ihre Bemühungen werden vergeblich sein. Wägen Sie in Ihrem eigenen Herzen alles ab, was mich gezwungen hat, so zu handeln. Ich war anfangs sehr aufgeregt, doch jetzt bin ich gelassener. Was mich erwartet, weiß ich nicht. Komme, was da wolle; wie Gott will! . . .

Bykow ist gekommen; ich breche den Brief unvollendet ab. Ich wollte Ihnen noch vieles sagen. Bykow ist schon hier!

W. D.

Den 23. September

Mütterchen, Warwara Alexejewna!

Ich beeile mich, Mütterchen, Ihnen zu antworten; ich beeile mich, Ihnen mitzuteilen, Mütterchen, daß ich verwundert bin. Alles kommt irgendwie so plötzlich ... Gestern haben wir Gorschkow beerdigt. Ja, ganz richtig, Warenka, das stimmt; Bykow hat ehrenwert gehandelt; nur, sehen Sie, meine Liebe, Sie willigen also ein. Freilich ist das alles Gottes Wille; das ist so, das muß unbedingt so sein, das heißt, hier muß unbedingt Gottes Wille geschehen; und die Vorsehung des himmlischen Schöpfers ist gewiß trefflich und unergründlich, und das Schicksal auch, das auch. Fjodora fühlt ebenfalls mit Ihnen. Natürlich werden Sie nun glücklich, Mütterchen, Sie werden wohlhabend sein, meine Liebe, mein Sternchen, Sie, meine Herzallerliebste, mein Engelchen – nur, sehen Sie, Warenka, wieso denn bloß so schnell? ... Ja, die Geschäfte ... Herr Bykow hat zu tun – freilich, wer hätte nicht zu tun, das kann auch bei ihm vorkommen ... ich habe ihn gesehen, als er von Ihnen wegging. Ein stattlicher, ein stattlicher Mann; ein sehr stattlicher Mann sogar. Nur stimmt das alles irgendwie nicht, es geht nämlich nicht darum, daß er ein stattlicher Mann ist, ich bin jetzt auf einmal irgendwie ganz verstört. Wie werden wir denn jetzt einander bloß Briefe schreiben? Und ich, wie kann ich denn allein bleiben? Ich wäge alles ab, mein Engelchen, ich wäge alles ab, wie Sie es mir geschrieben haben, in meinem Innersten wäge ich das alles ab, all diese Gründe. Ich hatte schon den zwanzigsten Bogen fertig abgeschrieben, und unterdessen haben sich diese Ereignisse begeben! Mütterchen, wenn Sie nun wegfahren, dann müssen Sie doch verschiedene Besorgungen machen, allerlei Schuhchen, Kleidchen, und ich kenne ja, nebenbei gesagt, einen guten Laden in der Gorochowaja; Sie erinnern sich wohl, daß ich Ihnen den einmal genau beschrieben habe. Aber nicht doch! Wie können Sie denn, Mütterchen, wo denken Sie hin! Sie können doch jetzt nicht fahren, das ist völlig unmöglich, ganz und gar unmöglich. Sie müssen ja große Einkäufe machen und auch eine Droschke anschaffen. Überdies ist jetzt auch schlechtes Wetter; sehen Sie doch nur, es regnet in Strömen, und so ein nasser Regen, und dann . . . dann werden Sie auch noch frieren, mein Engelchen; Ihr Herzchen wird frieren! Sie fürchten sich doch vor fremden Leuten, fahren aber. Und wie soll ich hier allein bleiben? Fjodora sagt zwar, daß Sie das große Glück erwartet . . . aber sie ist ein ungestümes Weibsbild und will mich zugrunde richten. Gehen Sie heute zur Abendmesse, Mütterchen? Ich würde kommen, um Sie zu sehen. Es ist wahr, Mütterchen, es ist die reine Wahrheit, daß Sie ein gebildetes, tugendhaftes und feinfühliges Mädchen sind, aber mag er doch lieber die Kaufmannsfrau heiraten! Was halten Sie davon, Mütterchen? Soll er doch lieber die Kaufmannsfrau heiraten! Ich werde zu Ihnen kommen, Sie, meine Warenka, sobald es dunkelt, werde ich auf ein Stündchen kommen. Jetzt wird es ja früh dunkel, dann werde ich also kommen. Ich werde heute gewiß auf ein Stündchen bei Ihnen vorbeischauen, Mütterchen. Sie warten jetzt auf Bykow, aber wenn er weggegangen ist, dann . . . Warten Sie also, Mütterchen, ich werde kommen . . .

Makar Dewuschkin

Den 27. September

Mein Freund Makar Alexejewitsch!

Herr Bykow hat gesagt, ich müsse unbedingt drei Dutzend Hemden von holländischem Leinen haben. Daher müssen wir so schnell wie möglich Weißnäherinnen für zwei Dutzend suchen, aber wir haben sehr wenig Zeit. Herr Bykow ist aufgebracht, er sagt, diese Lappen machen schrecklich viel Scherereien. Unsere Hochzeit ist in fünf Tagen, und am Tage nach der Hochzeit reisen wir ab.

Herr Bykow hat es eilig und sagt, für dummes Zeug dürfe man nicht viel Zeit verlieren. Ich bin von den Scherereien völlig erschöpft und kann mich kaum auf den Beinen halten. Es ist schrecklich viel zu tun, und es wäre wahrhaftig besser, wenn es das nicht gäbe. Und noch etwas: es fehlt uns an Spitzen und Blonden, so daß wohl welche hinzugekauft werden müssen, denn Herr Bykow sagt, er will nicht, daß seine Frau wie eine Köchin herumläuft, und ich muß unbedingt »alle Gutsbesitzerfrauen übertrumpfen«. Das hat er selbst so gesagt. Also, Makar Alexejewitsch, wenden Sie sich bitte an Madame Chiffon in der Gorochowaja, und bitten Sie sie, uns erstens Weißnäherinnen zu schicken, und zweitens möge sie sich selbst herbemühen. Ich bin heute krank. In unserer neuen Wohnung ist es so kalt, und es herrscht schreckliche Unordnung. Das Tantchen von Herrn Bykow kann vor Altersschwäche kaum noch atmen. Ich fürchte, sie wird noch vor unserer Abreise sterben, aber Herr Bykow sagt, das habe nichts zu bedeuten, sie werde wieder zu sich kommen. Bei uns im Hause ist furchtbare Unruhe. Herr Bykow wohnt nicht bei uns, so daß die ganze Dienerschaft Gott weiß wohin auseinanderläuft; es kommt vor, daß Fjodora uns allein bedient; der Kammerdiener von Herrn Bykow aber, der alle beaufsichtigt, ist schon den dritten Tag wer weiß wohin verschwunden. Herr Bykow kommt jeden Morgen, ist immer böse und hat gestern den Hausverwalter verprügelt, weshalb er Unannehmlichkeiten mit der Polizei bekam . . . Ich hatte niemanden, den ich mit dem Brief hätte zu Ihnen schicken können. Er kommt mit der Stadtpost. Ja! fast hätte ich das Wichtigste vergessen. Sagen Sie Madame Chiffon, sie soll die Seidenspitzen unbedingt nach dem gestrigen Muster abändern und dann selbst zu mir kommen, um die neue Auswahl vorzulegen. Und sagen Sie noch, daß ich es mir hinsichtlich des Jäckchens anders überlegt habe; es soll gehäkelt werden. Und noch eins: die Buchstaben für die Monogramme auf den Tüchern sollen in Tamburierstich gestickt werden; hören

Sie? In Tamburierstich, nicht in Plattstich. Sehen Sie zu, daß Sie es nicht vergessen – in Tamburierstich! Und noch etwas hätte ich beinahe vergessen! Bestellen Sie ihr um Gottes willen, die Blättchen auf der Pelerine sollen erhaben genäht werden, die Ranken und Dornen mit Borte, und dann soll der Kragen mit Spitze oder einer breiten Falbel besetzt werden. Richten Sie das bitte aus, Makar Alexejewitsch.

Ihre

W. D.

PS. Es ist mir so peinlich, daß ich Sie fortwährend mit meinen Aufträgen quäle. Schon vorgestern sind Sie den ganzen Morgen herumgelaufen. Aber was soll ich machen! Bei uns im Hause herrscht keinerlei Ordnung, und ich selbst bin krank. Ärgern Sie sich also nicht über mich, Makar Alexejewitsch. Es ist so traurig! Ach, was wird das werden, mein Freund, mein lieber, mein guter Makar Alexejewitsch! Ich habe Angst, auch nur einen Blick in meine Zukunft zu werfen. Ich habe fortwährend irgendeine Vorahnung und lebe wie in einem Rausch.

PS. Um Gottes willen, mein Freund, vergessen Sie nichts von dem, was ich Ihnen jetzt gesagt habe. Ich habe immerzu Angst, Sie könnten sich irgendwie irren. Denken Sie also daran, Tamburierstich, nicht Plattstich.

W. D.

Den 27. September

Sehr geehrtes Fräulein Warwara Alexejewna!

Ihre Aufträge habe ich alle sorgfältig erledigt. Madame Chiffon sagt, sie habe schon selbst daran gedacht, den Besatz in Tamburierstich auszuführen; das sei passender, oder dergleichen, ich weiß wirklich nicht, ich habe es nicht recht begriffen. Und dann haben Sie da von einer Falbel geschrieben, da hat sie auch von der Falbel gesprochen. Nur habe ich vergessen, Mütterchen, was sie mir über die Falbel erzählt hat. Ich erinnere mich bloß, daß sie sehr viel gesagt hat; so ein widerliches Frauenzimmer! Was war es doch gleich? Doch sie wird Ihnen ja alles selbst erzählen. Ich weiß nicht, wo mir der Kopf steht, mein Mütterchen. Heute bin ich auch nicht zum Dienst gegangen. Nur sind Sie, meine Liebe, ohne Grund verzweifelt. Zu Ihrer Beruhigung bin ich bereit, alle Läden abzulaufen. Sie schreiben, daß Sie sich fürchten, in die Zukunft zu blicken. Aber heute kurz nach sechs Uhr werden Sie ja alles erfahren. Madame Chiffon wird selbst zu Ihnen kommen. Also verzweifeln Sie nicht; hoffen Sie, Mütterchen; vielleicht wird sich alles zum Guten wenden – sehen Sie. Doch ich muß ständig an diese verdammte Falbel denken, ach, diese Falbel, diese Falbel geht mir nicht aus dem Sinn! Ich würde wohl zu Ihnen kommen, Engelchen, würde kommen, ganz gewiß kommen; ich war auch schon zweimal nahe am Tor Ihres Hauses. Aber Bykow ist immer, das heißt, ich wollte sagen, Herr Bykow ist immer so böse, da ist es wohl nicht gerade . . . Na, was ist da zu machen!

Makar Dewuschkin

Den 28. September

Sehr geehrter Herr Makar Alexejewitsch!

Um Gottes willen, laufen Sie sofort zum Juwelier. Sagen Sie ihm, die Ohrgehänge mit Perlen und Smaragden braucht er nicht anzufertigen. Herr Bykow sagt, das sei allzu üppig, das reiße ins Geld. Er ist verärgert; er sagt, daß es auch so schon ins Geld laufe und wir ihn ausplündern, und gestern hat er gesagt, wenn er vorher etwas von diesen Unkosten gewußt und geahnt hätte, würde er sich nicht darauf eingelassen haben. Er sagt, sobald wir getraut sind, werden wir sofort abreisen, Gäste werde es nicht geben, und ich solle mir keine Hoffnungen machen aufs Schwelgen und aufs Tanzen, Feste lägen noch in weiter Ferne. So redet er jetzt! Bei Gott, als ob ich das alles brauchte! Herr Bykow selbst hat doch alles bestellt. Ich wage nicht, ihm etwas zu erwidern: er ist so heftig. Was wird aus mir werden?

W. D.

Den 28. September

Meine liebste Warwara Alexejewna!

Ich – das heißt der Juwelier sagt, es sei gut! Und von mir wollte ich zu Beginn sagen, daß ich erkrankt bin und nicht aufstehen kann. Gerade jetzt, wo alle Hände voll zu tun und viel zu besorgen ist, muß ich mir eine Erkältung zuziehen, hol' der Teufel! Ich setze Sie auch davon in Kenntnis, daß zur Vollendung meines Unglücks auch Seine Exzellenz geruhten, streng zu sein, sich über Jemeljan Iwanowitsch sehr geärgert, ihn angeschrien haben und zum Schluß ganz erschöpft waren; der Arme. Sie sehen, ich teile Ihnen alles mit. Ich wollte Ihnen eigentlich noch etwas schreiben, fürchte aber, Sie zu belästigen. Ich bin ja ein dummer, einfacher Mensch, Mütterchen, und schreibe, wie es gerade kommt, so daß Sie da vielleicht dieses und jenes – nun, da ist nichts zu machen!

Ihr
Makar Dewuschkin

Den 29. September

Warwara Alexejewna, meine Teure!

Ich habe heute Fjodora gesehen, meine Liebe. Sie sagt, Sie werden schon morgen getraut und übermorgen reisen Sie ab und Herr Bykow habe schon Pferde gemietet. Über

Seine Exzellenz habe ich Sie schon in Kenntnis gesetzt, Mütterchen. Ach ja: die Rechnungen aus dem Laden in der Gorochowaja habe ich durchgesehen; es stimmt alles, ist nur sehr teuer. Aber weshalb ärgert sich denn Herr Bykow über Sie? Na, werden Sie glücklich, Mütterchen! Ich bin froh; ja, ich werde froh sein, wenn Sie glücklich sind. Ich würde in die Kirche kommen, Mütterchen, doch ich kann nicht, ich habe Kreuzschmerzen. Ich muß immer wieder von den Briefen anfangen: wer wird sie uns denn jetzt überbringen, Mütterchen? Ja! Sie haben Fjodora mit Wohltaten bedacht, meine Teure! Da haben Sie ein gutes Werk getan, meine Freundin; das haben Sie sehr gut gemacht. Eine gute Tat! Und für jedes gute Werk wird der Herr Sie segnen. Gute Taten bleiben nicht unbelohnt, und die Tugend wird früher oder später von Gott immer mit der Krone der Gerechtigkeit geschmückt. Mütterchen! Ich würde Ihnen gern so vieles schreiben, jede Stunde, jede Minute würde ich schreiben, immerfort schreiben! Es ist noch ein Büchlein von Ihnen bei mir liegengeblieben, »Belkins Erzählungen«, doch wissen Sie, Mütterchen, nehmen Sie mir das nicht fort, schenken Sie es mir, meine Beste. Nicht deshalb, weil ich es unbedingt lesen möchte. Aber Sie wissen selbst, Mütterchen, der Winter rückt näher; die Abende werden lang; es wird einem traurig zumute, und dann will man vielleicht doch ein wenig lesen. Ich werde aus meiner Wohnung in Ihre alte umziehen und mich bei Fjodora einmieten. Von dieser rechtschaffenen Frau werde ich mich jetzt unter keinen Umständen trennen; zudem ist sie so arbeitsam. Ich habe mir gestern Ihre leere Wohnung eingehend angesehen. Dort, wo Ihr Stickrahmen mit der Stickerei darauf war, ist er unberührt geblieben; er steht in der Ecke. Ich habe Ihre Stickarbeit betrachtet. Allerlei Flicken sind auch noch dort liegengeblieben. Auf einen Brief von mir hatten Sie angefangen, Garn aufzuwickeln. Im Tischchen fand ich einen Bogen Papier, auf dem geschrieben stand: »Sehr geehrter Herr Makar Alexejewitsch, ich beeile mich« –

weiter nichts. Offensichtlich hat Sie irgendwer an der interessantesten Stelle unterbrochen. In der Ecke hinter den Wandschirmen steht Ihr Bettchen ... Sie, meine Liebste!!! Nun leben Sie wohl, leben Sie wohl; antworten Sie mir um Gottes willen recht bald etwas auf dieses Briefchen.

Makar Dewuschkin

Den 30. September

Mein teurer Freund Makar Alexejewitsch!

Es ist alles geschehen! Mein Los ist gefallen; ich weiß nicht, welches – doch ich füge mich dem Willen des Herrn. Morgen fahren wir. Ich sage Ihnen ein letztes Mal Lebewohl, mein Teurer, mein Freund, mein Wohltäter, mein Lieber! Grämen Sie sich nicht um mich, leben Sie glücklich, denken Sie an mich, und Gottes Segen möge über Sie kommen! Ich werde Ihrer oft in meinen Gedanken und meinen Gebeten gedenken. Nun ist also diese Zeit zu Ende! Ich nehme nicht viel Erfreuliches aus den Erinnerungen an die Vergangenheit in das neue Leben mit; um so wertvoller wird die Erinnerung an Sie sein, um so teurer werden Sie meinem Herzen sein. Sie sind mein einziger Freund; Sie allein haben mich hier geliebt. Ich habe doch gesehen, ich habe ja gewußt, wie Sie mich geliebt haben! Schon über ein Lächeln von mir waren Sie glücklich, schon über die Zeile eines Briefes von mir. Jetzt müssen Sie versuchen, ohne mich auszukommen! Wie wird es Ihnen hier allein ergehen? Bei wem werden Sie hier bleiben, mein guter, teurer, einziger Freund? Ich hinterlasse Ihnen das Büchlein, den Stickrahmen und den angefangenen Brief; wenn Sie diese angefangenen Zeilen betrachten, so lesen Sie in Gedanken weiter, alles, was Sie gern von mir gehört oder gelesen hätten, alles, was immer ich Ihnen geschrieben hätte; und was hätte ich jetzt nicht alles zu schreiben! Denken Sie an Ihre arme Warenka, die

Sie so sehr geliebt hat. All Ihre Briefe sind bei Fjodora in der Kommode geblieben, in der oberen Schublade. Sie schreiben, daß Sie krank sind, aber Herr Bykow läßt mich heute nirgendwohin gehen. Ich werde Ihnen schreiben, mein Freund, das verspreche ich, aber Gott allein weiß, was geschehen kann. Lassen Sie uns also jetzt für immer Abschied voneinander nehmen, mein Freund, mein Bester, mein Teurer, für immer! . . . Ach, wie ich Sie jetzt umarmen würde! Leben Sie wohl, mein Freund, leben Sie wohl, leben Sie wohl. Seien Sie glücklich; werden Sie gesund. Ich werde ewig für Sie beten. Oh, wie traurig mir zumute ist, wie bedrückt meine ganze Seele ist. Herr Bykow ruft mich. Ihre Sie ewiglich liebende

W.

PS. Meine Seele ist jetzt so über und über voll von Tränen . . . Die Tränen ersticken mich, zerreißen mir das Herz. Leben Sie wohl. Gott! wie traurig das ist!
Vergessen Sie nur Ihre arme Warenka nicht!

Mütterchen, Warenka, meine Liebe, meine Teure! Man bringt Sie fort, Sie fahren weg! Es wäre jetzt besser, mir das Herz aus der Brust, als Sie von mir zu reißen! Wie können Sie das tun? Sie weinen ja, und trotzdem fahren Sie fort?! Auf dem Brieflein, das ich eben von Ihnen bekommen habe, sind lauter Tränen. Also wollen Sie nicht fahren; also bringt man Sie gewaltsam fort, also tut es Ihnen um mich leid, also lieben Sie mich! Doch was wird werden, mit wem werden Sie zusammensein? Dort wird Ihnen traurig, garstig und kalt ums Herz sein. Die Sehnsucht wird es aufzehren, die Traurigkeit wird es zerbrechen. Sie werden dort sterben, man wird Sie dort in die feuchte Erde legen; und es wird dort niemanden geben, der um Sie weint! Herr Bykow wird immerfort Hasen hetzen . . . Ach, Mütterchen, Mütterchen! Wofür haben Sie sich da entschieden, wie konnten Sie sich bloß zu solch einem Schritt entschließen? Was haben Sie getan, was haben Sie getan, was haben Sie sich angetan! Man wird Sie ja dort ins Grab bringen; man wird Sie dort zu Tode quälen, Engelchen. Sie sind doch zart wie ein Federchen, Mütterchen! Und wo war ich denn? Warum habe ich Dummkopf denn Maulaffen feilgehalten! Ich konnte sehen, daß das Kind eine Laune hat, daß dem Kindchen einfach der Kopf weh tat! Da hätte ich doch einfach – aber nein, ich ausgemachter Dummkopf denke nichts und sehe nichts, als wäre das das Rechte, als ginge mich die Sache nichts an; und laufe noch nach einer Falbel herum! ... Nein, Warenka, ich werde aufstehen; vielleicht werde ich bis morgen gesund, und dann werde ich aufstehen! ... Ich werde mich vor die Räder werfen, Mütterchen; ich lasse Sie nicht wegfahren! Aber nein, was hat das denn alles zu bedeuten? Mit welchem Recht geschieht das alles? Ich werde mit Ihnen fahren; ich werde hinter Ihrem Wagen herlaufen, wenn Sie mich nicht mitnehmen, werde aus Leibeskräften laufen, bis mir der Atem ausgeht. Wissen Sie denn, wie es dort aussieht, wo Sie hinfahren, Mütterchen? Sie wissen das vielleicht nicht, dann sollten Sie mich fragen! Dort ist Steppe, meine Liebe, dort ist Steppe, kahle Steppe; so kahl wie meine Handfläche! Da laufen abgestumpfte Bauernweiber und ungebildete, trunksüchtige Kerle herum. Da sind die Blätter schon von den Bäumen gefallen, da regnet es, da ist es kalt – und Sie fahren dahin! Nun, Herr Bykow hat dort seine Beschäftigung: er hat da seine Hasen; aber Sie? Sie wollen eine Gutsbesitzerfrau sein, Mütterchen? Aber mein Engelchen! Schauen Sie sich doch an, sehen Sie etwa wie eine Gutsherrin aus? ... Wie kann denn so etwas sein, Warenka! Wem werde ich Briefe schreiben, Mütterchen? Ja! Überlegen Sie sich das einmal, Mütterchen – an wen wird er dann Briefe schreiben? Wen werde ich Mütterchen nennen; wen werde ich mit diesem freundlichen Namen anreden? Wo werde ich Sie dann finden, mein Engelchen? Ich werde sterben, Warenka, ganz gewiß sterben; mein Herz wird solch ein Unglück nicht überstehen! Ich habe Sie wie das Sonnenlicht geliebt, wie ein leibliches Töchterchen habe ich Sie geliebt, alles an Ihnen habe ich geliebt, Mütterchen, meine Liebe! Ich habe einzig und allein für Sie gelebt! Ich habe gearbeitet und Akten geschrieben, ich bin umhergelaufen und habe Spaziergänge gemacht und meine Beobachtungen in Form von freundschaftlichen Briefen zu Papier gebracht, alles nur, weil Sie, Mütterchen, hier, gegenüber, in der Nähe gelebt haben. Mag sein, Sie haben das nicht gewußt, aber es ist alles genau so gewesen! Ja, hören Sie mal, Mütterchen, überlegen Sie doch, mein liebes Herzchen, wie kann es denn sein, daß Sie von uns wegfahren? Sie können nicht fahren, meine Beste, es ist unmöglich; es ist ganz und gar undenkbar! Es regnet ja, und Sie sind schwächlich, Sie werden sich erkälten. Ihr Wagen wird durchnäßt sein; er wird bestimmt durchnäßt sein. Er wird auseinanderbrechen, sobald Sie durch das Stadttor gefahren sind; ganz gewiß wird er brechen. Denn hier in Petersburg werden schreckliche Wagen gebaut! Ich kenne doch all diese Wagenbauer; sie zimmern nur um der Form willen irgendein Spielzeug zusammen, aber das ist nichts Haltbares! Ich schwöre, daß sie nichts Haltbares anfertigen! Ich werde mich Herrn Bykow zu Füßen werfen, Mütterchen; ich werde ihn überzeugen, ich werde ihm alles erklären! Auch Sie, Mütterchen, werden es erklären; sie werden ihn mit Vernunft überzeugen! Sagen Sie, daß Sie bleiben werden und daß Sie nicht fahren können! ... Ach, warum hat er nicht die Kaufmannsfrau in Moskau geheiratet? Hätte er doch die da geheiratet! Eine Kaufmannsfrau hätte besser, weitaus besser zu ihm gepaßt; ich weiß, wovon ich rede! Und ich hätte Sie hier bei mir behalten. Was bedeutet er Ihnen denn, Mütterchen, dieser Bykow? Weshalb ist er Ihnen plötzlich lieb geworden? Mag sein, weil er Ihnen immerfort Falbeln kauft, deshalb vielleicht! Aber was ist denn eine Falbel? Wozu braucht man eine Falbel? Sie ist ja dummes Zeug, Mütterchen! Hier geht es um ein Menschenleben, aber sie, die Falbel ist doch nur ein Lappen, Mütterchen; sie, die Falbel, Mütterchen, ist bloß ein Fetzen. Und ich selbst werde Ihnen, sobald ich Gehalt bekomme, Falbeln kaufen; ich werde Ihnen welche kaufen, Mütterchen; ich weiß da auch schon einen kleinen Laden; lassen Sie mich nur mein Gehalt abwarten, mein kleiner Engel, Warenka! Ach Gott, ach Gott! Sie werden also bestimmt mit Herrn Bykow in die Steppe fahren, unwiderruflich fortfahren! Ach, Mütterchen! ... Nein, Sie werden mir noch einmal schreiben, mir noch einen Brief über alles schreiben, und wenn Sie weggefahren sind, dann schreiben Sie auch von dort ein Brieflein. Denn sonst ist das der letzte Brief; und das kann überhaupt nicht sein, daß das der letzte Brief war, mein himmlisches Engelchen. Wie kann es denn, so plötzlich, ausgerechnet, wirklich der letzte sein! Nicht doch, ich werde schreiben, und auch Sie werden mir schreiben ... Auch mein Stil fängt gerade an, besser zu werden ... Ach, meine Teure, was ist schon Stil! Ich weiß jetzt nicht einmal, was ich da schreibe, ich weiß es gar nicht, ich weiß überhaupt nichts, lese es nicht noch einmal durch und berichtige den Stil nicht, ich schreibe und schreibe, nur um Ihnen so viel wie möglich zu schreiben ... Meine Beste, meine Liebe, Sie mein Mütterchen!

Anmerkungen

1 Epigraph aus der Erzählung *Hohngelächter eines Toten* (1839) von W. F. Odojewskij (1803–69).

2 ›Baron Brambäus‹ war das Pseudonym von O. I. Senkowskij (1800–58), Redakteur der Zeitschrift *Lesebibliothek*. Seine Artikel und Erzählungen trafen den Geschmack eines breiten, literarisch wenig gebildeten Lesepublikums.

3 1769 wurden in Rußland Papierrubel eingeführt; in den 1830er Jahren war ein Papierrubel nach offiziellem Kurs 27 Silberkopeken wert; 1849 wurde der Papierrubel wieder abgeschafft.

4 Namen der beiden unglücklichen Liebenden in einem sentimentalen Roman des französischen Schriftstellers N. G. Léonard (1744–93), der zu Beginn des 19. Jahrhunderts auch in Rußland populär war; Theresa und Faldoni wurden in den 1840er Jahren als Appellativa verwendet.

5 Ende Mai ist in Petersburg die Zeit der weißen Nächte.

6 Die Vorstadtgegend von Petersburg nördlich der Newa wurde »Petersburger« bzw. »Wyborger Seite« (Gegend) genannt.

7 *Vollständige französische Grammatik* von L'Homond (Moskau 1831).

8 *Neues Lehrbuch für die französische Sprache* von W. Sapolskij (Moskau 1817).

9 Die auf der Wassilij-Insel von Norden nach Süden führenden durchnumerierten Straßenzüge werden ›Linien‹ genannt.

10 Es ist die erste nach seinem Tode erschienene Ausgabe der *Werke* Puschkins gemeint; herausgegeben 1831–41 in elf Bänden in Petersburg.

11 Charles-Paul de Kock (1793–1871), französischer Romanschriftsteller, dessen freizügige Schilderungen u. a. des Bohemelebens von der russischen Kritik in den 1840er Jahren vielfach als »schlüpfrig« eingestuft wurden.

12 Werk von A. I. Galitsch (1783–1848), Psychologe und Philosoph, Lehrer Puschkins im Lyzeum.

13 In dem Roman des französischen Schriftstellers F. G. Ducray-Duminil (1761–1819) wird das unglückliche Schicksal eines Jungen dargestellt, der in Armut aufwächst, aus dem dann aber aus einem umherziehenden Musikanten ein vornehmer Graf wird.

14 Die Novelle *Der Postmeister* aus den *Erzählungen Belkins* (1831) von Alexander Puschkin (1799–1837).

15 Die Novelle *Der Mantel* (1842) von Nikolaj Gogol (1809–52).

16 Nämlich Gogol; Makar Dewuschkin glaubt, Gogol habe ihn als Modell benutzt und Warwara habe ihm die Erzählung deswegen geschickt.

17 Gemeint ist der Vorgesetzte des Helden in Gogols *Mantel.*

18 Die niedrigste Stufe der in Rußland bis zur Revolution 1917 geltenden Rangliste für Beamte.

19 Name des Helden in dem Roman *Clarissa Harlowe* (1748) von Samuel Richardson (1689–1761); Lovelace wurde zum literarischen Typus des gewissenlosen Verführers.

20 Gemeint ist die Zeitung *Nördliche Biene,* die 1825–64 in Petersburg von F. W. Bulgarin und N. I. Galitsch herausgegeben wurde.

Literaturhinweise

Bachtin, Michail: Probleme der Poetik Dostoevskijs. München 1971.
Braun, Maximilian: Dostoevskij. Das Gesamtwerk als Vielfalt und Einheit. Göttingen 1976.
Dostoevskij v russkoj kritike. Moskau 1956.
Gerhardt, Dietrich: Gogol' und Dostoevskij in ihrem künstlerischen Verhältnis. Leipzig 1941. Reprint München 1970.
Günther, Hans: Die Bewußtseinsentwicklung des »kleinen Beamten« in Dostoevskijs »Armen Leuten«. In: Aus der Geisteswelt der Slaven. Dankesgabe an E. Koschmieder. München 1967. S. 176–188.
Kirsten, Utz: Zur Frage der künstlerischen Methode Dostoevskijs in den 40er Jahren. In: Wissenschaftliche Zeitschrift der Universität Rostock, gesellschafts- und sprachwissenschaftliche Reihe 10 (1961). Sonderheft. S. 139–153.
Kulešov, Vasilij Ivanovič: Natural'naja škola v russkoj literature. Moskau 1965.
Lachmann, Renate: Die Zerstörung der »schönen Rede«. Ein Aspekt der Realismus-Evolution der russischen Rede des 19. Jahrhunderts. In: Poetica 4 (1971) H. 4, S. 464–477.
Nečaeva, V. S.: Rannij Dostoevskij. 1821–1849. Moskau 1979.
Neuhäuser, Rudolf: Das Frühwerk Dostoevskijs. Literarische Tradition und gesellschaftlicher Anspruch. Heidelberg 1979.
Schmid, Wolf: Der Textaufbau in den Erzählungen Dostoevskijs. München 1973.
Šklovskij, Viktor: Za i protiv. Zametki o Dostoevskom. Moskau 1957.
Terras, Victor: The Young Dostoevsky. A Critical Study. Den Haag 1969. (Slavistic Printings and Reprintings. 69.)
Trubeckoj, Nikolaj Sergeevič: Dostoevskij als Künstler. Den Haag 1974. (Slavistic Printings and Reprintings. 56.)
Trubeckoj, Nikolaj Sergeevič: The Style of »Poor Folk« and »The Double«. In: American Slavic and East European Review. April 1948. S. 150–170.
Vinogradov, Viktor: O jazyke chudožestvennoj literatury. Moskau 1959. S. 477–493.
Vinogradov, Viktor: Sjužet i architektonika romana Dostoevskogo »Bednye ljudi« v svjazi s voprosom o poètike natural'noj školy. In: Tvorčeskij put' Dostoevskogo. Hrsg. von N. Brodskij. Leningrad 1924. S. 49–103.

Nachwort

I

Im Jahre 1861 erinnert sich der inzwischen berühmte Fjodor Michailowitsch Dostojewskij (1821–81) an seine literarischen Anfänge:

»Und da tauchten vor mir die unklaren Umrisse einer anderen Geschichte auf, die sich irgendwo in dunklen Winkeln abspielte – irgendein Beamtenherz der unteren Rangstufe, ehrlich und rein, moralisch und der Obrigkeit ergeben, und zugleich ein Mädchen, vom Schicksal mißhandelt und traurig, und diese Geschichte hat mir das Herz zutiefst zerrissen.«

Aus dieser Grundidee entwickelt er sein Erstlingswerk, das er dreimal überarbeitet, ehe es im Mai 1845 abgeschlossen wird. Dostojewskij liest den Text dem ebenfalls gerade debütierenden Grigorowitsch vor, dieser bringt ihn zu Nekrassow. Eine weitere, gemeinsame Lektüre füllt die halbe Nacht aus, ehe die begeisterten Schriftsteller morgens um vier Uhr den Verfasser aus dem Bett holen, um ihn zu beglückwünschen. Gleich am nächsten Tag übergibt Nekrassow das Manuskript dem Kritiker Belinskij mit den Worten »Ein neuer Gogol ist erschienen!« Belinskijs anfängliche Skepsis weicht bald Zustimmung und Begeisterung; er würdigt die *Armen Leute* als »ersten Versuch des sozialen Romans in Rußland«, betont die gelungene Verbindung von Humanismus und Humor, das »Lächeln durch Tränen«.

Als das Werk 1846 in Nekrassows *Petersburger Sammelband* erscheint, macht es seinen Autor über Nacht berühmt. Die positive Aufnahme beim Publikum wird auch durch die negativen Kritiken der konservativen Presse nicht beeinträchtigt. Jeder fand hier offenbar das, was ihn interessierte; die Kombination von sentimentaler Liebesgeschichte und Sozialkritik im damals aktuellen Stil, verbunden mit Parodien und Anspielungen, kennzeichnet einen vielschichtigen Roman, dessen Struktur erst bei mehrmaligem Lesen erkennbar wird:

»Solche Werke wie *Arme Leute* erschließen sich nicht bei der ersten Lektüre: man muß sie nicht lesen, sondern studieren« (Belinskij).

II

Dostojewskijs *Arme Leute* zählen zu den bedeutendsten Werken der »Natürlichen Schule«. Diese literarische Richtung beherrschte in den 40er Jahren des 19. Jahrhunderts die literarische Szene und ist eng verbunden mit dem Namen ihres Theoretikers, des Kritikers Belinskij. Unter dem Einfluß materialistischer und frühsozialistischer Ideen sowie dem Eindruck der Werke Gogols betrieb er die Ablösung von den Traditionen des Sentimentalismus und der Romantik in Richtung auf einen Realismus, in dem die Literatur die gesellschaftlichen Probleme thematisiert. Als wichtige Postulate formulierte Belinskij die »immer engere Annäherung an das Leben« und die »möglichst große Ähnlichkeit der dargestellten Figur mit ihrem Vorbild in der Wirklichkeit«. Die liberalen und teilweise revolutionären Ansichten der Mitglieder der »Natürlichen Schule« gaben Anlaß zu Diskussionen und heftigen Angriffen von seiten der konservativen Kritik.
Die »Natürliche Schule« unterzog die traditionelle Thematik der Prosa einer grundlegenden Revision. An die Stelle von Liebesgeschichten gebildeter Adliger sollte die ungeschminkte Darstellung des Alltags der kleinen Leute treten; statt der Schönheit der Natur begegnen die Schattenseiten des städtischen Lebens: Dunkelheit, Schmutz, Gestank, Erniedrigung, Krankheit und Tod. Zum beliebtesten Held stieg der kleine Beamte auf, was nicht verwundert, da die große Armut dieses Personenkreises, der in Petersburg ein Drittel der Bevölkerung bildete, das größte soziale Problem der Hauptstadt darstellte.
Der Stil der »Natürlichen Schule« entspricht dem thematischen Wechsel. Speziell in der Figurenrede schlugen sich die Bemühungen um Ablösung des »rhetorischen Stils« nieder, der keinerlei sprachliche Differenzierung in sozialer Hinsicht

zuließ – traditionellerweise bedienten sich die Bauern in der Literatur (sofern sie überhaupt auftraten) der gleichen gehobenen Ausdrucksweise wie ihre Herren. In Fortführung der Ansätze Puschkins in den *Erzählungen Belkins* kombinierte man jetzt verschiedene Sprachschichten, ließ umgangssprachliche und sogar ungrammatische Elemente zu. Das Ergebnis war eine ›unliterarische‹ Sprache, die realistisch und provokant wirkte.

Zum charakteristischen Genre entwickelte sich die *physiologische Skizze*, die in Anlehnung an französische Vorbilder entstand. Sie stellte eine Mischung von Belletristik, Publizistik und wissenschaftlicher Literatur dar, war streng deskriptiv ausgerichtet und strebte im Extrem eine photographisch genaue Wiedergabe der Realität an. Die Aufgabe des Autors bestand in der Wiedergabe eines *Typus*, der die für die Romantik kennzeichnende Darstellung von Individuen ablöste. Meist gab schon der Titel an, welcher berufliche oder regionale Typ vorgestellt wurde: *Petersburger Hausmeister*, *Petersburger Leierkastenmänner*, *Der Kaukasier*. Wenn heute die meisten dieser Texte vergessen oder nur als historische Dokumente von Interesse sind, dann liegt das vor allem am fehlenden ästhetischen Reiz, dem Primat der Abbildhaftigkeit und der damit verbundenen fehlenden Aktualisierbarkeit. Es gibt jedoch beachtenswerte Ausnahmen, die, ohne ihre Verwandtschaft zur »Natürlichen Schule« zu leugnen, auch heute aktuell sind. Hierzu zählen neben Turgenjews Skizzen Zyklus *Aufzeichnungen eines Jägers* die Romane *Wer ist schuldig?* (Herzen), *Eine gewöhnliche Geschichte* (Gontscharow) und *Arme Leute.*

III

Die Anklänge an die »Natürliche Schule« in den *Armen Leuten* sind offensichtlich. An erster Stelle ist natürlich das Thema der Armut zu nennen, das schon im Titel anklingt. Sowohl Dewuschkin als auch Warwara leben am Rande des Existenzminimums, ihre physischen und psychischen Kräfte

werden überwiegend von den Bemühungen aufgezehrt, den Lebensunterhalt zu sichern. Wenn auch kaum über das Essen gesprochen wird, so erwähnt Dewuschkin doch die Probleme der Finanzierung des täglichen Teetrinkens. Seine größte Sorge gilt allerdings der Kleidung und speziell seinen alten Stiefeln, die sich in einem erbarmungswürdigen Zustand befinden. Stellenweise treten finanzielle Probleme völlig in den Vordergrund und verdrängen die übrigen Themen.
Parallel zu diesem Komplex ist das Motiv der Krankheit zu sehen: nacheinander erkranken Dewuschkin, Warwara, ihr Vater, ihre Mutter, Pokrowskij, Fjodora, Gorschkow, dessen Frau und Sohn – vor diesem Unglück scheinen nur die Vertreter der besseren Kreise (Anna Fjodorowna und Bykow) geschützt zu sein.
Als typische Texte der »Natürlichen Schule« erscheinen vor allem die Briefe Dewuschkins vom 12. April (Beschreibung des Hauses und seiner Bewohner) und 5. September (Spaziergang durch die Stadt).
Ungewöhnlich wirkte für die Zeitgenossen die Kombination von Elementen der »Natürlichen Schule« mit einer Liebesgeschichte, die zudem nicht dem traditionellen Muster entsprach. Die Beziehungen zwischen den beiden Helden bleiben lange Zeit unklar und fordern die Phantasie des Lesers heraus. Nachdem Dewuschkin mit einem zwar unbeholfenen, aber relativ eindeutigen Liebesbrief die Korrespondenz eröffnet, führt die nüchterne Antwort Warwaras zu einem Rückzug. Jetzt spricht er nur noch von »väterlicher Zuneigung« zu seinem »Kindchen«. Der erneute Umschwung mit seinem offenen Liebesgeständnis erfolgt erst im letzten Brief, der seinen Adressaten wohl nicht mehr erreicht.
Wenn sich das Verhältnis des schüchternen Dewuschkin (von ›devuška‹ = Mädchen, Jungfrau) zur verehrten Warenka nur schwer bestimmen läßt, so gilt dies in noch höherem Maße für die Gefühle Warwaras. Offensichtlich empfindet sie Dankbarkeit und Mitleid mit dem um vieles älteren Mann, der aber nicht in der Lage ist, den geliebten Pokrowskij zu ersetzen. Völlig verunsichert wird der Leser schließlich durch die Wen-

dung am Ende, als Warwara sich völlig in die Probleme der Hochzeitsvorbereitung versenkt und ihren Vertrauten Dewuschkin als Dienstboten mißbraucht.

IV

Man hat zu verschiedenen Zeiten Dostojewskij den Vorwurf gemacht, er habe es nicht verstanden, seinem Erstlingswerk die nötige Einheit zu geben, das Werk zerfalle in mehrere, nur schwach verbundene Teile. Diese Kritik erweist sich bei näherer Betrachtung jedoch als gegenstandslos: zwar liegt dem Text nur eine reduzierte Fabel zugrunde, aber der größte Teil der Briefe bezieht sich ohnehin nicht auf die Handlung. Statt dessen findet man ein Geflecht von alternativen Textstrukturen, das hier nur angedeutet werden kann.

Die Handlung ist von Trubeckoj (1948) als eine Kurve von Ereignissen beschrieben worden, die ihren Ausgang nimmt von der recht positiven Situation im Frühjahr. Die Krankheit Warwaras und die damit verbundenen Geldausgaben Dewuschkins bezeichnen die erste Krise. Auf eine lange ruhige Periode folgt Unglück auf Unglück. Der Tiefpunkt, der in der Knopfszene zur schlimmsten Erniedrigung des Helden führt, bringt durch das Geldgeschenk die scheinbare Wende, ehe die endgültige Katastrophe hereinbricht.

Die Rückblenden motivieren nicht nur die Erzählgegenwart, sondern weisen zudem schon auf das tragische Ende hin. Noch deutlicher wird die vorweisende Funktion bei der Parallelgeschichte Gorschkows, die analog zum Schicksal Dewuschkins angelegt ist: der Nachbar des Helden erlebt den Abstieg und die scheinbare Rettung durch eine größere Geldsumme, die ihn aber nicht vor dem Untergang bewahren kann.

Verbunden mit der Handlung ist eine Reihe von durchgehenden Themen, die – manchmal unterbrochen von längeren Pausen – immer wieder anklingen. Auffällig ist neben der ständigen Erwähnung von Krankheit und Tod die ›Geschichte der Geschenke‹, die zunächst von Dewuschkin ausgehen, bis am 27. Juli die Rollen getauscht werden. Beachtung verdient aber auch die ›Tragödie‹ der Stiefel des Helden, die mehrere Monate umspannt.

V

Ein zentrales Thema des Romans wurde bisher ausgespart, obwohl es in vielen Briefen anklingt: die Literatur. Nicht nur für den heutigen Leser wirkt es zunächst befremdlich, auch die Zeitgenossen Dostojewskijs mußten mit Verwunderung feststellen, daß der arme Beamte Dewuschkin, dessen Lebensunterhalt kaum gesichert war, nicht nur über Probleme der physischen Existenz, sondern über hohe Literatur korrespondierte – ja, daß er sogar davon träumte, selber ein berühmter Schriftsteller zu werden.
Auf den ersten Blick könnte der Eindruck entstehen, das Interesse an der Literatur gehe von der wohlerzogenen Warwara aus, die nach Büchern verlangt und ihrem Briefpartner Texte Puschkins und Gogols schickt. Der Grund hierfür dürfte in ihrer einstigen Beziehung zu Pokrowskij liegen, die über Bücher zustande kam, durch gemeinsame Lektüre gefördert wurde und durch das Geschenk der Werke Puschkins ihren Höhepunkt erreichte. Ihr Bedürfnis nach Literatur wäre so durch den Wunsch begründet, an diese Vergangenheit anzuknüpfen.
Hinweise auf das Thema der Literatur finden sich jedoch schon im ersten Brief Dewuschkins, der nach eigenen Angaben teilweise aus Büchern abgeschrieben wurde; die betreffende Passage mündet in ein verballhorntes Lermontow-Zitat. Bereits hier wird ein wichtiger Aspekt der Persönlichkeit des Helden deutlich: er hat Schwierigkeiten, seine Gedanken und Gefühle auszudrücken, es fällt ihm schwer, sich von literarischen Schablonen zu lösen und eine eigene Ausdrucksweise zu finden. Der Beamte, der auch im Dienst nur Akten *kopiert,* sucht einen eigenen literarischen Stil. Mehrfach beklagt er gegenüber Warwara, er habe »keinen Stil« und ihm fehlten »die Redewendungen«. Dewuschkins

Redeweise ist in der Tat von einer halb rührenden, halb belustigenden Unbeholfenheit. Spricht Warwara die relativ abstrakte Sprache wohlerzogener junger Mädchen, so bedient sich Dewuschkin der Umgangssprache der ungebildeten Beamten, die durch ihre Mischung von Kanzleistil und Slang schwer übersetzbar ist. Ellipsen, Anakoluthe, Tautologien, sinnlose Adverbien, Pronomen und Partikel werden mit galanten Ausdrücken und rhetorischen Figuren verbunden und schaffen den in der Forschung als »defekte Sprache« bezeichneten Stil.

Dewuschkin arbeitet nun ständig an seiner Sprache, nimmt Kontakt zu dem dubiosen dilletierenden »Schriftsteller« Ratasjajew auf und setzt sich mit den von Warwara geschickten Werken Puschkins und Gogols auseinander. Tatsächlich bessert sich seine Ausdrucksweise als Ergebnis dieser Bemühungen. Stolz präsentiert er am 5. September eine »Probe seines guten Stils«, die ganz in der Tradition der »Natürlichen Schule« steht. Auch wenn er die ›Knopfszene‹ schildert, »diesmal ohne auf den Stil zu achten«, so kommt er doch immer wieder zum Thema zurück und beklagt im letzten Brief die Trennung angesichts der Tatsache, daß »der Stil gerade anfängt, besser zu werden«. Träume von einer eigenen Schriftstellerkarriere werden durch die Gedanken an die schäbigen Stiefel zerstört, und der in Beruf, Liebe und geheimer Leidenschaft unfruchtbare Dewuschkin zieht sich wieder auf seine Kopistentätigkeit für andere Autoren zurück.

VI

Das Thema der Literatur kann indes nicht immanent gesehen werden, zu deutlich repliziert der Text auf andere literarische Werke. Die *Armen Leute* stellen nicht nur den Anfang des sozialen, realistischen Romans in Rußland dar, sondern sind gleichzeitig ein Dokument literarischer Polemik, das von seiner Beziehung zu anderen Texten lebt, die erwähnt, zitiert oder parodiert werden.

Die Zeitgenossen sahen deutliche Parallelen zu Gogols *Man-*

tel (1842), die sich bei einem Vergleich sofort erschließen. Dostojewskij imitiert aber keineswegs das große Vorbild der »Natürlichen Schule« (wie ihm seinerzeit vorgeworfen wurde), sondern gestaltet seine Art zu schreiben schöpferisch um. Er korrigiert Gogols Bild des kleinen Beamten beziehungsweise läßt es von seinem Helden selbst korrigieren, der gegen seinen literarischen Prototyp Akakij Akakijewitsch Baschmatschkin (den Helden des *Mantel*) rebelliert (8. Juli).

Die erste Veränderung betrifft die Sprache des Beamten. Wie die meisten Helden der »Natürlichen Schule« sprach Akakij Akakijewitsch nur wenig, sein Stil war zudem ungeeignet, um sentimentale Inhalte auszudrücken. Dostojewskij gelingt nun die »Humanisierung des defekten Sprechens«; der soziale Hintergrund der Erscheinung wird sichtbar, und gleichzeitig demonstriert der Autor, wie sehr sein Held unter der mangelnden Ausdrucksfähigkeit leidet. Die ständigen Wiederholungen, Tautologien und Umformulierungen lassen den Eindruck entstehen, als verteidige sich Dewuschkin ständig gegen einen imaginären Gesprächspartner, eine verinnerlichte Autorität, deren Einwände er vorwegnimmt und zu entkräften sucht.

Die zweite Korrektur Dostojewskijs besteht darin, daß er Dewuschkin mit einem – wenngleich reduzierten – Selbstbewußtsein versieht. Er vegetiert nicht wie ein Tier dahin, sondern ist stolz auf das »Brot, durch Arbeit redlich verdient«. Im Gegensatz zu Baschmatschkin spielen für ihn soziale Gesichtspunkte eine große Rolle, wiederholt macht er sich Sorgen um Reputation, Ehre, Würde und den guten Ruf.

Anders als Akakij Akakijewitsch lebt Dewuschkin nicht für ein Ding (Mantel), sondern für einen Menschen. Der Autor läßt ihn auch nicht am Geld scheitern, sondern gerade in dem Moment untergehen, als er die finanzielle Sicherung seiner Existenz erreicht. Die menschlichen und sozialen Züge Dewuschkins erheben ihn über den Helden Gogols; er steht zwar nicht über den Dingen, läßt sich aber im Gegensatz zu Warwara nicht von ihnen fesseln. Als sich die Thematik der

Briefe von der Literatur auf Geld und Kleidung verlagert, ist er es, der zu korrigieren versucht und am Schluß verächtlich feststellt: »Falbeln sind doch nur Lappen!«
Alle diese Punkte kulminieren im »Aufstand des Helden gegen seine literarische Abgeschlossenheit« (Bachtin). Dewuschkin ist bei seiner Lektüre des *Mantels* persönlich tief gekränkt darüber, daß der Autor ein geschlossenes Bild aus der Außenperspektive gibt, ohne den Helden selbst zu Wort kommen zu lassen. Dostojewskij dagegen stellt nicht den armen Beamten, sondern dessen Selbstbewußtsein dar: »Alle beständigen, objektiven Eigenschaften des Helden, seine soziale Lage, das soziologisch und charakteristisch Typische an ihm, sein Habitus, seine seelische Verfassung und sogar sein Äußeres [...] wird bei Dostojewskij Objekt der Reflexion des Helden selbst« (Bachtin).
Wenngleich Dewuschkin trotz Identifikation die Darstellung Baschmatschkins ablehnt, so bleibt sein Sich-Wiedererkennen in der Figur des Samson Wyrin in Puschkins *Postmeister* ohne Widerspruch (1. Juli). Der Held erkennt den Text als realistisch an und ist von der Lektüre überwältigt. Die Parallelen im Schicksal Dewuschkins und Wyrins sind offensichtlich, hier ist nicht nur an den Gang zum Offizier zu denken, sondern auch an das Entführen der geliebten Frau durch einen anderen Mann.
In der Person Ratasjajews setzt sich Dostojewskij mit dem Epigonentum auseinander. Die Leseproben, die Dewuschkin seiner Partnerin bietet, karikieren die Mode der pseudohistorischen Romane bzw. die Nachahmung der Texte Bestuschew-Marlinskijs und Gogols (die Geschichte der beiden Iwane).
Subtiler sind die Anspielungen auf die Tradition des sentimentalen Romans im allgemeinen und des Briefromans im besonderen. Schon durch die für die »Natürliche Schule« ungewöhnliche Wahl des Genres stellte Dostojewskij sein Werk in eine Entwicklungsreihe, die gerade in Rußland noch sehr populär war. Der Autor spielt mit den traditionellen Vorstellungen der Leser, indem er zwar die Psychologie der

Briefpartner in den Mittelpunkt stellt, die junge Heldin adliger Herkunft aber durch den ältlichen Beamten Dewuschkin ersetzt, der weniger über seine Liebe als vielmehr den Zustand seiner Stiefel spricht. Die Hinweise auf solche Anspielungen sind zwar versteckt, aber eindeutig; so wird Dewuschkin von Ratasjajew als »Lovelace« – der männliche Held in Richardsons Briefroman *Clarissa Harlowe* – bezeichnet, und die Namen Theresa und Faldoni der beiden Bediensteten entsprechen denen der Briefpartner in N. G. Léonards *Lettres de deux amants*, einem Roman, der zwei russische Auflagen erlebte und die Geschichte eines unglücklichen Liebespaares schildert, das aus Verzweiflung darüber, daß die Eltern die Zustimmung zur Heirat versagen, in einer Kirche gemeinsam Selbstmord begeht. Daneben finden sich Repliken auf Rousseaus *Nouvelle Héloïse*.
Dostojewskij spielt nicht nur mit seinen Vorlagen, sondern korrigiert sie in entscheidenden Punkten, indem er die soziale Komponente der »Natürlichen Schule« einbringt. Traditionellerweise spielten materielle Gesichtspunkte im sentimentalen Roman keine Rolle; Alltag und Arbeitswelt waren stark idyllisiert und in Anlehnung an Rousseau verklärt. Das typische russische Beispiel stellt Karamsins Erzählung *Die arme Lisa* (1792) dar, in der Natürlichkeit, Empfindsamkeit und Sauberkeit zum Hauptmerkmal der bäuerlichen Figuren wurden. Dostojewskij, der schon durch den Titel Beziehungen zu Karamsin herstellt (*»Arme Lisa« – »Arme Leute«*), deutet das Epitheton nun im materiellen Sinne und stellt die Armut und ihre Auswirkungen auf die Psyche eines kleinen Beamten in den Mittelpunkt.
Wer den Roman *Arme Leute* nur als »Dokument humanitärer Parteinahme für Unterdrückte und Ausgebeutete« liest, der reduziert ihn um einen wesentlichen Aspekt und betrügt sich selbst um einen Teil des Lesegenusses. Das Werk steht im Spannungsfeld einer ganzen Reihe literarischer Texte, mit denen der Roman kommuniziert – auch Ironie und Humor beruhen weitgehend hierauf.
Dostojewskijs Verdienst besteht darin, daß er in einer auch

heute noch ansprechenden Form sein Suchen nach einem eigenen literarischen Weg dem Zuschauer offenlegt, indem er die Schablonen des Sentimentalismus zerstört, die Begrenztheit der »Natürlichen Schule« überwindet und so neue Möglichkeiten realistischen Schreibens demonstriert.

Martin Schneider

Inhalt

Russische Literatur

IN RECLAMS UNIVERSAL-BIBLIOTHEK

Sergej Aksakow, *Familienchronik*. 7743 [4]

Isaak Babel, *So wurde es in Odessa gemacht*. Geschichten. 9952

Alexander Block, *Die Zwölf*. Ausgewählte Dichtungen. 8725

Fjodor Dostojewskij, *Arme Leute*. 8047 [2] – *Aufzeichnungen aus dem Kellerloch*. 8021 [2] – *Der Großinquisitor*. 6256 – *Die Sanfte*. 6570 – *Weiße Nächte*. 2126

Nikolaj Gogol, *Die Geschichte, wie sich Iwan Iwanowitsch mit Iwan Nikiforowitsch zerstritt*. 1767 – *Die Heirat*. 7687 – *Der Mantel. Aufzeichnungen eines Verrückten*. 1716 – *Die Nase. Der Sorotschinsker Jahrmarkt*. 1892 – *Der Revisor*. 837

Maxim Gorki, *Das Ehepaar Orlow*. 9877 [3] – *Jegor Bulytschow und andere*. 9980 – *Die Kleinbürger*. 8096 [2] – *Nachtasyl*. 7671 – *Sommergäste*. 9791 [2]

Alexander Gribojedow, *Verstand schafft Leiden*. 9884

Michail Lermontow, *Ein Held unserer Zeit*. 968 [3]

Nikolaj Leskow, *Der Gaukler Pamphalon*. 7788 – *Die Geschichte von dem stählernen Floh und dem Linkshänder aus Tula. Das Tier*. 8215

Wladimir Majakowskij, *Gedichte*. 9324

Alexander Ostrowskij, *Der Wald*. 7673 [2]

Boris Pasternak, *Sicheres Geleit*. 7968 [2]

Alexander Puschkin, *Boris Godunow*. 2212 – *Eugen Onegin*. 427 [4] – *Die Hauptmannstochter*. 1559 [2] – *Der Posthalter*. Die Erzählungen Bjelkins. 7469

Michail Scholochow, *Erzählungen vom Don*. 8432

Leo Tolstoi, *Herr und Knecht*. 3373 – *Kosaken*. 4707 [3] – *Leinwandmesser*. 8571 – *Der Tod des Iwan Iljitsch*. 8980 – *Und das Licht scheinet in der Finsternis*. 5434 – *Volkserzählungen und Legenden*. 2556 [3]

Anton Tschechow, *Der Bär. Der Heiratsantrag. Die Hochzeit.* 4454 – *Drei Schwestern.* 4264 – *Iwanow.* 7740 – *Der Kirschgarten.* 7690 – *Der Mensch im Futteral.* Erzählungen. 9901 [4] – *Die Möwe.* 4319 – *Onkel Wanja.* 8738 – *Die Steppe.* 7809 [2]

Iwan Turgenjew, *Aufzeichnungen eines Jägers.* Erzählungen. 2197 [6] – *Ein Monat auf dem Lande.* 7685 [2]

Zweisprachige Ausgaben

Leonid Andrejew, *Der große Schlemm. Es waren einmal…* 7689 [2]

Iwan Bunin, *Der Herr aus San Francisco.* 9788 [2]

Wsewolod Garschin, *Die rote Blume. Das Signal.* 4866 [2]

Nikolaj Gogol, *Der Mantel.* 9489 [2]

Nikolaj Karamsin, *Die arme Lisa.* 7861

Jurij Kasakow, *Arktur, der Jagdhund.* 9833

Nikolaj Leskow, *Die Lady Macbeth aus dem Landkreis Mzensk.* 7619 [2]

Alexander Puschkin, *Pique Dame.* 1613 [2]

Valentin Rasputin, *Wassilij und Wassilissa. Französischstunden.* 8241 [2]

Viktor Rosow, *Der Kulturleiter.* 9862 [2]

Russische Lyrik. Von den Anfängen bis zur Gegenwart. 7994 [9]

Michail Saltykow-Schtschedrin, *Die idealistische Karausche.* Satirische Märchen. 7957 [2]

Alexander Solschenizyn, *Matrjonas Hof.* 7945 [2]

Anton Tschechow, *Die Dame mit dem Hündchen.* 5290

Iwan Turgenjew, *Erste Liebe.* 1732 [3] – *Gedichte in Prosa.* 1701 [2]

Philipp Reclam jun. Stuttgart